GOLDMANN

Arrakkandis – die Menschheit nennt ihn Kandis oder den wüsten Planeten. Er ist eine zuckerbedeckte Einöde, in der es kein Fleisch, dafür aber eine schreckliche Lebensform gibt: gigantische Brezeln.
Diese grausame Welt bildet den Hintergrund für ein apokalyptisches Drama. Auf der einen Seite steht der böse Baron Wladimir Hackwonnen – gnadenlos, unersättlich und unermeßlich fett. Sein Gegenspieler: Pall Arthritis, der Teenager, der möglicherweise (oder möglicherweise auch nicht) der Messiah ist. Palls einzige Verbündete sind die Nomadenstämme von Kandis, das stolze, religiöse, Schweißanzug tragende Volk der Femen.
Diese Mächte prallen in einem tödlichen Kampf aufeinander, bei dem es um eine wertvolle Substanz geht, die sonst nirgendwo im Universum gefunden wird: sinnesverwirrendes Bier...

Weitere Bände aus der herrlichsten epischen Science Fiction Serien-Saga in der Geschichte der epischen Science Fiction Saga-Serien:

Der wüste Meshugganah

Männer, Frauen, Kinder
Haustiere auf dem wüsten Planeten

Gott im Himmel. Hilf uns,
noch eine Folge vom wüsten Planeten

Das Wüste Planet-Nachschlagewerk, Atlas
und Gereimtes Wörterbuch

Der Wüste Planet-Qualitätskatalog
Alles für Papi und die Kleinen

Das Wüste Planet-Geschenkset
Alle wüsten Bände, ein komplettes
Farbposter und eine Anstecknadel

DER WÜSTE PLANET · DER WÜSTE PLANET · DER WÜSTE PLANET · DER WÜSTE PLANET · DER WÜSTE PLANET · DER WÜSTE PLANET · DER WÜSTE PLANET · DER WÜSTE PLANET · DER WÜSTE PLANE

Franz und Herbert

Der wüste Planet

Die Parodie von Ellis Weiner

Deutsche
Erstausgabe

GOLDMANN VERLAG

Aus dem Amerikanischen übertragen von Dieter Winkler

Titel der Originalausgabe: National Lampoon's Doon
Originalverlag: Pocket Books,
A Simon & Schuster Division, New York

Made in Germany · 7/85 · 1. Auflage

Umschlagentwurf: Design Team München
Umschlagillustration: Klaus Holitzka, Mossautal
Satz: IBV Satz- und Datentechnik GmbH, Berlin
Druck: Elsnerdruck GmbH, Berlin
Verlagsnummer: 6878
Lektorat: Fredy Köpsell/Peter Wilfert/ST
Herstellung: Peter Papenbrok
ISBN 3-442-06878-9

DER WÜSTE PLANET · DER WÜSTE PLANET · DER WÜSTE PLANET · DER WÜSTE PLANET · DER WÜSTE PLANET · DER WÜSTE PLANE

DER WÜSTE PLANET · DER WÜSTE PLANET · DER WÜSTE PLANET · DER WÜSTE

ERSTES BUCH

KANDIS

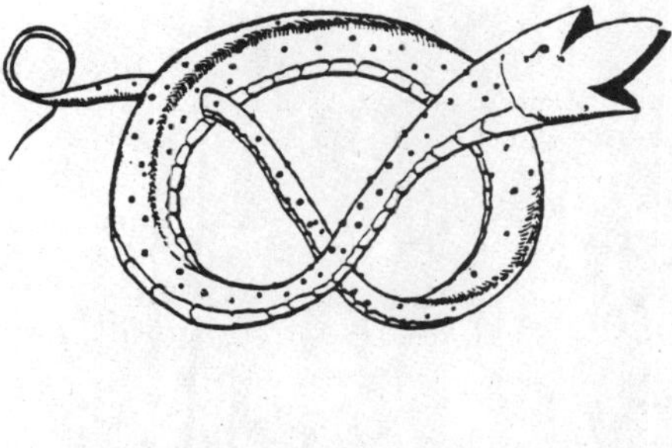

Wisset, Schwestern der Boni Makkaroni, daß euch das Studium von Muhmäh' Plip die sorgfältigste Aufmerksamkeit auf die Details der Örtlichkeiten abverlangt. Könnt ihr wirklich verstehen, warum ein Mann etwas ist, wenn ihr euch weigert zu verstehen, wo er das ist, was er ist?

Erfahrt zuerst, daß es der Planet Cowboy-Dan ist, auf dem Muhmäh' Plip seine Jugend verbringt – doch es ist auf Arrakkandis, dem wüsten Planeten, kurz auch Kandis genannt, wo sich sein Schicksal erfüllt. Es ist Kandis der seine Heimatwelt ist, Kandis ist der Ort seines Triumphes, Kandis, der für alle Zeiten postalisch sein erster Wohnsitz bleibt.

Daher: sendet eure Anfragen nach Rezepten und Neuauflagen nach Kandis – oder sendet sie gar nicht.

AUS: »DIE ERSCHAFFUNG DES MESSIAH. 10.193«
VON PRINZESSIN SERUTAN

In der Woche vor ihrer Abreise nach Arrakkandis, inmitten der Hetze der letzten Vorbereitungen, traf eine alte Frau auf dem Planeten Cowboy-Dan ein, um die Frau-Mutter des Mann-Kindes Pall zu besuchen.

Ihre Reise im Eyeliner der Schlepper-Gilde war alles andere als angenehm gewesen. In der Nether-Region war es zu Turbulenzen gekommen – die Navigatoren der Schlepper-Gilde hatten den Raum nicht nur falten, sondern auch zurechtstutzen und beiseite schieben müssen. So war es nicht verwunderlich, daß sie schlecht gelaunt auf Burg Arthritis erschien.

Sie wurde in den Salon der Arthritis geführt, wo sie bereits von Lady Jazzica erwartet wurde, der Mutter des Mann-Kinds Pall und Gattin des Mann-Vaters Herzog Lotto Arthritis.

»Ich möchte den Jungen sehen, Jazzica«, verlangte die Alte.

»Ich werde... ihn holen, Euer Ehrwürgende Mutter«, antwortete Jazzica.

Sie machte einen Knicks und ging. Auf dem Weg zum Schlafzimmer des Jungen nutzte sie, durch ihr Boni-Makkaroni-Training dazu befähigt, die Zeit optimal aus, um sich darüber klarzuwerden, was in diesem Augenblick ihres Lebens geschah.

Sie ist gekommen, um den Test durchzuführen, dachte sie. *Er ist ein fähiger Junge, mein Junge, und sollte ihn hervorragend bestehen. Doch selbst die Fähigen sind fähig – zu versagen!*

Das ließ eine unerwartete Frage in ihrem Bewußtsein aufkommen: *Hatte Pall bei einer Nachhilfeschule Unterstützung gesucht?*

Jazzica versuchte verzweifelt, ihre Angst zu verbergen, damit ihr Sohn sie nicht spürte und genauso ängstlich wurde wie sie. Sie wandte ihr Boni-Makkaroni-Training der Kontrolle des Geistes und des Körpers an, die zweifachen und einander ergänzenden Disziplinen, die als Jog-Hurt und Jog-Hurta bekannt waren, um ihre aufgewühlten Emotionen zu beherrschen und die Ruhe der Rationalität wiederherzustellen.

Sie erreichte seine Tür, klopfte, wurde hereingebeten, trat ein. Pall saß an seinem Schreibtisch, ein geöffnetes Filmbuch vor sich. Jazzica beobachtete seine Augen, mit ihren Brauen und Lidern und der dazugehörenden Nase, dem Mund und den Ohren.

Er ähnelt darin sehr seinem Vater, dachte sie. Der Gedanke an Herzog Lotto löste in ihr den Anflug eines Schuldreflexes aus, den sie mit Hilfe ihrer überragenden Fähigkeiten unterdrückte.

»Was gibt es, Mutter?« fragte Pall.

»Da ist jemand, der dich sehen möchte, Pall«, erklärte sie. »Es ist die Ehrwürgende Mutter George Cynthia Moharem. Sie ist gekommen, dich zu... prüfen.«

»Stimmt etwas nicht?« erkundigte sich der Junge.

»Nun... nein... Pall.«

Aber das feine Gespür des Jungen, durch jahrelanges Boni-Makkaroni-Training geschärft, entdeckte schnell die subtilen Anzeichen von Unbehagen, Verräter ihrer Unruhe, nur für jene wahrnehmbar, die wie er mit den Augen hören konnten.

»Aber Mutter, du fürchtest etwas«, stellte er fest.

»Ich?« *Der Junge hat viel gelernt.* »Unsinn. Warum sagst du so etwas?«

»Du zitterst.«

»Mir ist kalt.«

»Deine Zähne klappern.«

»Ich mache meine... Kiefergymnastik.«

»Du kaust auf den Fingernägeln.«

»Ich bin... hungrig, Pall.«

Der Junge schwieg. Irgend etwas beunruhigte seine Mutter – etwas, das sie zu bestreiten vorzog, anstatt es zu erklären. Und er wußte, daß sie wußte, daß er ihre Sorge spürte – hatte sie ihn nicht selbst ausgebildet? Hatte nicht sie selbst beschlossen, ihn in den Wegen und Methoden der Boni Makkaroni auszubilden?

Es stimmte schon, so ein Training war für einen Jungen ungewöhnlich – der Boni-Makkaroni-Orden war von seinem Wesen her hauptsächlich Frauensache.

Vielleicht bin ich eine Frau, dachte Pall.

Aber seine hochentwickelten Kräfte der Beobachtung ließen ihn zwischen seinen Beinen etwas erkennen, das dem gewöhnlichen Beobachter durch die Kleidung seiner Gattung verborgen war: jene verräterischen Organe, die seiner Intuition bestätigten, daß er tatsächlich ein männlicher Mann war.

»Wir dürfen die Ehrwürgende Mutter nicht warten lassen«, sagte Jazzica und führte Pall aus dem Raum.

Diese rätselhafte Ankündigung war eine weitere unter den vielen Absonderlichkeiten der letzten Zeit. Palls Geist quoll über von der Bewußtheit dessen, was seine Familie zu tun im Begriff war: Cowboy-Dan, dreißig Generationen lang Heimat der Arthritis, zu verlassen, um nach Kandis zu übersiedeln.

Arrakkandis. Der wüste Planet.

Herzog Lotto würde den Planeten auf Geheiß von Pahdedbrah, Kaiser Sinkbad IV. als Lehen erhalten und damit Baron Wladimir Hackwonne und das Haus Hackwonnen ablösen. Eine unerwartete Wahl – dem Kaiser war lediglich bekannt, daß die Arthritis und die Hackwonnen seit Jahrhunderten Todfeinde waren. Sie hatten einander die formelle Form der Blutrache geschworen, die als Kramden bekannt war.

Einige der anderen Häuser hatten sich nicht die Mühe gemacht, ihren Neid zu verhehlen. Haus of the Rising Sun, Haus Geifersucht, Haus Omelette, Haus Hungrigleid – sie alle hatten sich bereits als Lehnherren von Arrakkandis gefühlt. Aber der einzig Erfolgreiche war Herzog Lotto gewesen.

Pall verstand einiges, aber nicht alles davon. Aber eins stand fest: Arrakkandis würde seine neue Heimat werden. Es war ein verbotener Planet – der wüste Planet, der so genannt wurde, weil seine Oberfläche aus einer nahezu gleichmäßigen Schicht Zucker bestand: seine Erhebungen und geologischen Oberflächenformationen bestanden hauptsächlich aus Kandisfels, sehr oft mit leichtem Arrakgeschmack. Es war eine Welt, zu der es praktisch keinen Zutritt gab.

Als er der verhutzelten Alten im Salon vorgestellt wurde, steigerte sich seine Verwirrung noch. Sie war dünn und gebeugt und trug eine formlose schwarze Robe. Eines ihrer Augen war ein nutzloser, wolkiger Ball, wie zerbrochenes Kristall. Ihre Finger waren knochig und verkrümmt, ihre Stimme ein böses Krächzen und ihre Nase eine Karotte. Lady Jazzica stellte Pall vor. Die Ehrwürgende Mutter betrachtete ihn mürrisch.

Diese verdammte Jazzica! dachte sie. *Wenn sie nur unseren Befehlen gehorcht hätte! Wir schickten sie nach einem Pfund süßer Butter, und sie kommt schwanger zurück!*

»Das ist also unser Kandidat für den Kumquat Haagerdaß«, sinnierte die Ehrwürgende Mutter. »Wie alt bist du, Bürschchen?«

»Fünfzehn, Gnä' Frau.«

»Pall«, wies ihn seine Mutter zurecht. »Du sollst sie ›Ehrwürgen‹ nennen ...«.

»Laß nur«, schnappte die Alte. »Er kann mich nennen, wie er will.«

»Solange er mich nicht verfressen nennt«, beendete Pall den Satz aus dem Katechismus.

Im Auge der alten Frau glitzerte Amüsiertheit.

»Das ist wohl ein Schlauer, wie?« Abrupt wirbelte sie herum, schoß einen durchdringenden Blick auf Jazzica ab und zischte: »Geh, laß uns allein. Wir haben etwas zu besprechen.«

Jazzica sah Pall in die Augen, lächelte und sagte: »Ich bin bald zurück. Gib dir Mühe. Es ist äußerst wichtig, daß du den Test bestehst – sowohl für mich als auch für deinen Vater. Und für deine Zukunft, Pall. Und... möglicherweise... für die Zukunft der menschlichen Rasse. Aber fühle dich nicht unter Druck gesetzt.« Sie schenkte ihm einen Blick, in dem sich Furcht und erwartungsvolles Verlangen mischten, und verließ den Raum.

Pall versuchte mit trockener Kehle zu schlucken. Was für ein Test mochte das sein?

»Gib acht, Junge«, sagte die alte Frau und holte aus ihrem Umhang einen kleinen Würfel mit einer Kantenlänge von zehn Zentimetern hervor; jede Fläche schillerte in einer anderen Farbe. »Hier. Paß gut auf«, sagte die Frau und überreichte ihn mit einem affektierten Grinsen. »Du wirst ihn vielleicht nie mehr so sehen.«

Bei näherer visueller Untersuchung des Objekts stellte Pall fest, daß jede Seite des Würfels in neun kleine Quadrate unterteilt war. Plötzlich entriß ihm die Ehrwürgende Mutter den Würfel und verdrehte ihn mit ihren Krallenhänden. Hinter jedem kleinen Quadrat verbarg sich ein kleiner Würfel, der trickreich auf einem Drehzapfen gelagert und vollkommen frei beweglich war. Mit ein paar schnellen Bewegungen hatte sie das gleichförmige Muster vollkommen zerstört. Jetzt lagen rote Quadrate neben gelben, blaue neben orangefarbenen, grüne neben weißen.

Das ist mit an Sicherheit grenzender Wahrscheinlichkeit ein Produkt der mechanischen Kultur von Ix-Nay, dachte Pall.

»Und nun, Bürschchen, richte ihn wieder her«, sagte die Alte. »Genauso, wie er war.«

Pall drehte vorsichtig an den bunten Würfeln. Sie ließen sich sowohl horizontal als auch vertikal verschieben. Er begriff, daß es einer dreischrittigen Strategie bedurfte, um das alte Farbmuster wiederherzustellen...

Mit einer schnellen Bewegung war die Alte neben ihm und

drückte etwas Kaltes in seinen Nacken. Er wollte sich umdrehen, um zu sehen, was es war.

»Tu es nicht«, zischte sie. »Die kleinste Bewegung und du stirbst. Das, was du im Nacken spürst, nennen wir Abdul-Jabbar – der hochhändige, langbeinige Feind. Du hast vielleicht schon von ihm gehört?«

Pall hielt seinen Kopf unbeweglich. »Man nennt ihn auch den Witwenmacher, nicht wahr?«

»A-h-h-h-h-h, man hat dich viel gelehrt«, murmelte sie. »Jetzt laß uns hoffen, daß du auch den Würfel bewältigst. Wenn du wirklich der Kumquat Haagerdaß bist, sollte es dir ein Leichtes sein. Aber eine einzige falsche Bewegung, und mein Abdul-Jabbar wird sich in dich bohren.«

Pall versuchte sich ausschließlich auf den Würfel zu konzentrieren. Es war fast zu einfach, auf einer Seite die richtige Farbe wiederherzustellen. Aber sobald er mit der nächsten begann, geriet die erste Seite wieder in Unordnung, und er war soweit wie am Anfang. Die ganze Zeit über spürte er die Spitze des Abdul-Jabbars in seinem Nacken. Was sollte der Test beweisen? Und was war ein Kumquat Haagerdaß?

Plötzlich entdeckte Pall das Grundmuster, mit dessen Hilfe sich eine Farbe richtig einrichten ließ, ohne ein bereits eingestelltes Muster zu zerstören. Natürlich! dachte er. Es bedurfte dazu einer Art vierdimensionaler paralogischer Voraussicht – eine Art der Wahrnehmung, für die sein Boni-Unterricht in Kochen und Backen die ideale Voraussetzung gewesen war.

Aber ein Gedanke nagte an ihm... daß er eine Fähigkeit besaß, über die andere Boni Makkaroni nicht verfügten...

Seine Intuition bestätigte sich, als die Ehrwürgende Mutter, die ihren Blick auf den Fortschritt seiner Hände geheftet hielt, flüsterte: »Kooll-juh-ba! Solche Geschicklichkeit, solche Schnelligkeit. Er könnte es sein...! Er könnte es sein...!«

»Könnte was sein, alte Frau?« fragte Pall, der Würfel näherte sich dem Urzustand. »Euer Kumquat Haagerdaß? Was ist das?«

»Derjenige, dessen fruchtähnliche Seele zu sanfter Konsistenz

gerührt ist«, zitierte sie die jahrhundertealte Boni-Makkaroni-Prophezeiung. »Derjenige, der das verlorengegangene Rezept wiederfinden wird. Das Rezept von...« Sie stockte, schluckte hart und quetschte zwischen zusammengepreßten Zähnen hervor: »...von dem Gericht, das Zeit und Raum überdauert!«

»Wie Emmentäler?« fragte Pall plötzlich.

Sie nickte widerstrebend. »Dann weißt du also von dem Käse – der-nicht-stirbt«, stellte sie fest. »Du hast viel gelernt. Doch da ist noch etwas anderes.«

Der Würfel hatte wieder sein ursprüngliches Farbmuster. Pall gab ihn der alten Frau zurück und spürte, daß sie den Abdul-Jabbar zurückzog.

»Heißt das, daß ich die Frühen Weihen bekomme?« fragte er.

»Vielleicht«, murmelte sie. »Sage mir, Mann-Kind – weißt du, was wir lehren?«

Pall zuckte mit den Schultern. »Kochen. Menufolgen. Einkauf von jahreszeitlichen Lebensformen.«

Die Ehrwürgende Mutter verzog das Gesicht. »Da ist mehr! Viel mehr!« Ihr Auge funkelte vor Intensität. »Wir versuchen den Geschmack zu verfeinern. Wir trennen Menschen mit Urteilskraft von der dumpfen Masse. Es gibt zwei Arten von Menschen im Universum, Knabe: die Erlesenen und den Mob. Achte darauf, es zu deiner Sache zu machen, daß du zur richtigen Seite gehörst.«

Pall sagte nichts, aber er fühlte eine innere Regung. Die Worte der alten Frau hatten eine mächtige Saite tief im innersten Weltempfinden seines *Selbst* zum Schwingen gebracht. Er wußte, daß er etwas *Besonderes* war – und daß die meisten anderen, denen er begegnete, es nicht waren. Und nun sprach diese wunderliche alte Hexe von den *Erlesenen*...

Die Tür öffnete sich, und Lady Jazzica trat ein. Die Ehrwürgende Mutter warf ihr einen scharfen Blick zu.

Er lebt! dachte Jazzica. *Mein Sohn lebt! Genau wie ich und die Ehrwürgende Mutter. Wir alle leben!*

»Er hat sich gut geschlagen«, krächzte die Ehrwürgende Mutter.

Jazzica warf einen Blick auf ihren Sohn, versuchte mit üppigen

Lippen zu lächeln, sagte: »Ausgezeichnet, Pall. Du darfst zu deinen Studien zurückkehren.«

»Ja, Mutter.«

Pall verbeugte sich und wollte gehen.

In diesem Moment ergriff ihn eine Erkenntnis. Es war weniger ein Konzept klar definierter Klarheit als eine Intuition, eine Ahnung, enthüllt durch eine Art innerer Schau, sichtbar gemacht durch ein Geistesorgan, das seine Mutter sein *Auge für den Haupttreffer* genannt hatte.

Erst vor kurzem war er durch das schreckliche Wissen verunsichert worden, daß seine Jugend sich dem Ende näherte. Die unbeschwerten Tage der Kindheit würden hinter ihm liegen. Er würde bald einen Weg wählen müssen. Geschäfte, wie sein Vater? Gourmet-Mystizismus wie seine Mutter? Er wußte es noch nicht. Aber die Wahl mußte getroffen werden – und das bald.

Er wandte sich an die Ehrwürgende Mutter: »Haben viele versucht, der Kumquat Haagerdaß zu sein?«

»Einige«, antwortete sie nach einer Turbulenz inneren geistigen Nachdenkens.

»Und keinem gelang es?«

»Keinem.«

»Was geschah mit ihnen?« fragte Pall

»Sie tranken MaKokaKola«, antwortete die alte Frau.

MaKokaKola, dachte Pall. *Das Wort habe ich noch nie gehört.*

»Tot?« fragte Pall.

»Schlimmer«, antwortete sie. »Bankrott. Nicht mehr im Geschäft.«

An jene, die einst im Dienst stehen werden: Es gibt einen Raum, der dazwischenliegt, einen Ort nicht exakt an jenen Orten, die üblicherweise aufgesucht werden. Obwohl er nicht offensichtlich ist, ist er dennoch nichtsdestotrotz von lebenswichtiger Bedeutung. Er ist weder rechts noch links, doch mag er direkt unter dem Zentrum gefunden werden. Dort. Da ist er. Und jetzt kratzt.

AUS: »MUHMÄH' PLIP, WIE ICH IHN KANNTE«
VON PRINZESSIN SERUTAN

Er war ein abstoßend wirkender Mann, gemein und fett. Er stand in dem Schatten eines geschmacklos eingerichteten Büros und erdrosselte ein junges Kätzchen. In seiner Nähe lümmelte sich, rund von Gesicht und mürrischen Blicks, ein Knabe von sechzehn Jahren unverschämt auf einer Thermofax Suspensorcouch. Außerdem war noch ein älterer Mann anwesend, dessen Gesicht einen Anflug von Müdigkeit zeigte; seine Erschöpfung, die vom schwachen Licht der Westinglobes beschienen wurde, paßte zum weichen Schein der abendlichen Aprildämmerung.

»Ist das nicht köstlich?« seufzte der fette Mann, während er die tote Katze zur Seite warf und mit der Bosheit des gemeinen Vorsatzes kicherte. »Haus Arthritis an Kandis gebunden – Herzog Lotto erkennt bereits die Vorbereitungen für unsere unvermeidliche Übernahme. Bin ich, der Baron Hackwonnen, nicht schlau? Sag mir, mein Neffe Flip-Rotha – sag es mir in Anwesenheit des Mannes Peter de Vries, der durch irgendeinen glücklichen Zufall den Namen eines vor Jahrtausenden verstorbenen Humorschriftstellers der alten Erde trägt. Sag es ihm, wie wir hier in unserer großen Burg Prämien-Sauger sitzen, wohin wir vor ein paar Jahren exiliert wurden, nachdem wir irgendwo irgend etwas Schreckliches getan hatten oder irgend so etwas. Bin ich nicht schlau oder schlimmer?«

»Sehr schlau, Onkel«, sagte der Jugendliche.

Blöder Kerl! wütete der Knabe in Gedanken. *Er bringt die besten Kätzchen selbst um!*

»Und du, Peter, der du mein offizieller Mannhau und Charakterkiller bist – bewunderst du nicht diese meine Arglist, die deines geliebten Barons Wladimir Ha...«

»Bewundern ist gar kein Ausdruck, Baron«, sagte De Vries. »Und doch...«

»Komm, komm, Peter«, tadelte der Baron. »In meinem Plan gibt es keinen Schwachpunkt. Auch mein Neffe Flip-Rotha wird seinen Nutzen daraus ziehen – ich bin tatsächlich sein Onkel, der Baron Wladimir Hackwonnen, der ich bin, ich höchstpersönlich.«

Peter de Vries veränderte seine Sitzposition in dem Verifax-Sitzmodul und sah den Jungen an. »Der Plan deines Onkels ist in der Tat einfach wie die meisten Schweinereien«, begann er. »Er gibt sich den Anschein, sich auf Befehl des Kaisers Sinkbad IV. von Arrakkandis zurückzuziehen. Herzog Lotto und das Haus Arthritis werden ihn ersetzen.«

»Du hättest mal das Gesicht des Prinzen Mirabelli vom Haus Omelette sehen sollen«, kicherte der Baron. »›Warum zieht Sinkbad Arthritis vor?‹ fragte er mich ständig. Warum, das ist gut, Hahaha.«

»Dabei liegt die Antwort doch auf der Hand«, fuhr de Vries fort. »Dein Onkel und der Kaiser stecken unter einer Decke. Kennst du die einzigartigen Eigenschaften von Arrakkandis?«

Flip-Rotha nickte. »Der wüste Planet. Er ist völlig von Zucker bedeckt. Bis auf die großen Städte ist er praktisch unbewohnt.«

»Und die primitiven Stämme«, ergänzte der Mannhau. »Die Femen.«

»Gotterbärmlicher Abschaum«, murmelte der Baron.

»Onkel«, sagte Flip-Rotha, »darf ich...

»A-h-h-h-h-h-h-h-h-h-h-h-h-h-h-h-h-h-h-h-h-h-h-h-h-h-h-h-h-h-h-h-h, mein Neffe scheint ungeduldig«, sagte der Baron gedehnt. »Mein Liebling Flip, wie willst du jemals meine Nachfolge antreten können, wenn du dir nicht einmal selbst folgen kannst?«

»Huh?«

»Ich meine, mein lieber Junge, wie willst du je lernen, wie du mich ersetzen kannst, wenn du – nein... Wie willst du je meine Rolle übernehmen können, wenn du noch nicht einmal... ach was, lassen wir das.« Der Baron seufzte, streckte seinen zitternden, kraftlosen Arm vor und läutete. Ein schmaler, jugendlicher Diener erschien im Eingang. »Bring uns noch ein paar Kätzchen, Duane«, befahl der Baron. »Und dann laß zwei Jungen in meine Gemächer bringen, einen griffigen und den mit dem Schnauzbart. Nach diesem anstrengenden Treffen steht mir der Sinn nach Perversem.« Der Diener verbeugte sich und zog sich zurück. »Weiter, Peter«, befahl der Baron.

»Lotto und Haus Arthritis werden die Kontrolle über Kandis erhalten und die Verwaltung des einzigen Exportartikels organisieren – den ihr, wie ich überzeugt bin, kennt.«

Flip-Rotha nickte. *Wer kennt ihn nicht.* »Bier.«

»Genau. Es wird weit verstreut auf dem gesamten Planeten gefunden – hauptsächlich in Teichen, aber auch in vielen kleineren Tümpeln, die von den Einheimischen Bier-Fäßchen genannt werden. Unser Plan sieht vor, Lotto die Flaschenabfüllung und Vermarktung zu gestatten, dann einzuschreiten, Lotto zu vernichten und den Planeten wieder zu übernehmen. Bis dahin wird uns Haus Arthritis die gesamte Schmutzarbeit mit Lizenzen, Gewerkschaften und so weiter abgenommen haben.«

»Wie können wir sie vernichten?« fragte der Junge. »Sie sind ziemlich stark.«

»Es ist uns gelungen, den Chefbuchhalter des Herzogs zu bestechen«, antwortete de Vries. »Ein Mann namens Ohje…«

»Unmöglich!« entfuhr es Flip-Rotha. »Er hat an der kaiserlichen Schule für Buchführung, die mit keiner anderen Schule oder Institution vergleichbar ist, die Abschlußprüfung bestanden. Man kann ihn nicht kaufen.«

Der Baron kicherte. »Wir haben seinen Preis gefunden, Flip-Liebling. Weißt du, er ist sehr unzufrieden mit seiner Position als oberster Buchführer. Er möchte eine Karriere als sitzengelassener Liebhaber in Komödien aufbauen. Wir werden in der Position sein, diesen Wunsch zu erfüllen.«

»Wir? Wie?«

Der Baron lächelte. »Fahre fort, Peter.«

»Wir haben Ohje instruiert – heimlich –, zwei Bücher zu führen.

Im richtigen Moment wird unser Kaiser eine Buchprüfung auf Kandis ankündigen. Ohjes schöpferische Buchführung wird zu gegebener Zeit offenbar werden. Der Kaiser wird Verrat schreien, Lotto davonjagen und das Haus Hackwonnen wieder einsetzen. Dann werden wir unsere Geheimwaffe einsetzen und jeden möglichen Widerstand im Keim ersticken.«

»Was für eine Geheimwaffe?«

Hier erlaubte sich selbst de Vries ein schiefes Lächeln. »Wir haben eine ganz spezielle Truppe von Gastronomielehrlingen«, antwortete er. »Sie werden Hackwonnen-Uniformen tragen – doch in Wirklichkeit sind sie nichts anderes als zwei Divisionen kaiserlicher Hardehaurhar.«

Flip-Rotha schwieg. »Du scherzt«, flüsterte er schließlich.

»Denk darüber nach«, sagte der Baron selbstgefällig. »Der Kaiser verfügt über seine eigene Rausschmeißertruppe. Kein Kunde und Käufer kann ihnen widerstehen. Mit ihrer Hilfe werden wir Haus Arthritis zuerst von Kandis und dann aus dem Universum fegen. Und was diese Boni-Spaghetti-Gattin Lottos und ihren Sohn angeht, nun, derer werden wir uns später entledigen. Dann festigen wir unsere Position auf Kandis, monopolisieren den Biermarkt und machen uns mit Hilfe unseres stillen Teilhabers die ganze Welt untertan.«

»Unseres... stillen Teilhabers...?« fragte Flip-Rotha.

»Denk nach, Flip! Nimm es als Indiz, daß Kandis künftig Stinkbäders Treff heißen soll. Klingt doch nett, nicht?«

»Stinkbäder... Du meinst...!«

»Genau. Unser Kaiser. Sinkbad IV. selbst. Warum sonst sollte er uns seine Hardehaurhar zur Verfügung stellen?«

»Und dafür wird er gleichberechtigter Partner?«

Der Baron klatschte in seine fetten, entsetzlichen Hände. »Bravo, Flip! Peter, ist Flip-Rotha, mein Neffe, nicht ein passender Neffe seines Onkels, Baron...«

»Der Kaiser wird dem Baron außerdem eine Stelle im Direktorium des interplanetarischen Industriekombinats NOAM-CHOMSKI zur Verfügung stellen«, sagte de Vries. »Wahrscheinlich wißt ihr, was sich hinter diesem Kürzel verbirgt.«

Der Junge nickte. »Neutrale Organisation Aller Machthungrigen Cleveren Häuser Ohne Meckerer, Stänkerer, Krämerseelen und Idealisten.«

»Du siehst also Neffe, daß die Einsätze hoch sind«, sagte der Baron. »Nicht nur für mich, sondern auch für dich – als mein Nachfolger.«

Der Junge nickte. *Ich halte besser den Mund.*

»Ah, da! Mehr Kätzchen!«

Der Baron streckte seinen gallertigen, widerwärtigen Arm aus und bediente sich aus dem Körbchen, das der eingetroffene Diener Duane vor ihm abstellte. Auf de Vries' Gesicht spiegelte sich Ekel – was dem Baron nicht entging.

»Peter, du magst das nicht, wie? Obwohl du sehr gut weißt, daß Generationen von Hackwonnen Kätzchen erdrosselt haben – genaugenommen seit der Zeit der Babylonischen Gefangenschaft auf Babalu 4, als Papst Dali Islama der Achte die Anti-Kontra-Konterreformation gegen die verbündeten Mächte der Haydn-Sikhs, der Perfekt Freien Kirche Christi der Samstagsheiligen, die Jiu-Jitsus für den Jesus und der Judo-Christlichen Tradition und die Ayatollah-Haus-Köche führte.«

Er hat es versäumt, die Maha-Aha-Sekte der Muschi-Buddhisten zu erwähnen. »So ist es, Baron.«

»Also, dann Peter« sagte der Baron mit einem Schmollmund und reichte de Vries ein Kätzchen. »Verhalte dich wie mein persönlicher Charakterkiller. Erwürge das Tier.«

»Muß ich?«

»Ich fürchte: ja.«

Das fette, alte Schwein, dachte Flip-Rotha. Er beobachtete teilnahmslos, wie der widerstrebende de Vries die Katze strangulierte, während der Baron kicherte. *Er ist abstoßend und verdorben. Aber, zum Teufel, das bin ich auch. Also ist er vielleicht doch nicht so schlimm.*

Und bei diesem Gedanken verzog sich das Gesicht des jungen Mannes in grausamstem Gelächter.

Du hast gelesen, daß Muhmäh' Plip keine Spielgefährten seines Alters auf Cowboy-Dan hatte. Hast du aber auch gelesen, daß er wundervolle kameradschaftliche Lehrer hatte? Nein, das hast du nicht. Und warum nicht? Weil du die ganze letzte Nacht mit deiner Freundin Marcie am Visiphon vertratscht hast. Geh jetzt zu deinem Schlafmodul und an deine Hausaufgaben, und wage nur nicht herunterzukommen, bis ich dich über Kommuninetz-Phasenverbindung rufe.

AUS: »DIE GESCHICHTE MUHMÄH' PLIP – ERZÄHLT FÜR HERANWACHSENDE« VON PRINZESSIN SERUTAN

Nach dem Gottesurteil mit dem vielfarbigen Würfel aus der Gegenwart der Ehrwürgenden Mutter George Cynthia Moharem entlassen, brütete der Knabe Pall in seinem Zimmer. Morgen würde er mit seinen Gefolgsleuten und Freunden an Bord des Gilden-Eyeliners gehen und Cowboy-Dan für immer verlassen. Im Moment war ihm jedoch nicht danach, an die unvermeidlichen Abschiedsszenen zu denken, denn die letzten Momente mit der alten Frau hatten ihn mit verwirrten Gedanken zurückgelassen.

»Du bist möglicherweise der Kumquat Haagerdaß, Bürschchen«, hatte sie gesagt. »Oder du wirst zu einem dieser aufgeblasenen Pfauen, die schon vor Stolz die Federn spreizen, wenn sie Spiegeleier fabrizieren können, ohne Eigelb auslaufen zu lassen. Wir werden sehen.«

»Und wenn ich der Kumquat Haagerdaß bin?« hatte Pall gefragt. »Was habe ich dann davon?«

Die Frage hatte sie offensichtlich verblüfft. »Was du davon hast? Nun... den Anspruch auf mehr als dreihundert Superrezepte...«

»Ich brauche keine Rezepte«, hatte er geantwortet. »Ich bin fünfzehn. Ich brauche... etwas anderes...«

»Brauchen? Was kannst du schon brauchen? Du bist der Sohn eines Herzogs!«

»AAA-BBB-CCC!« hatte Pall geschrien, überrascht von seinem Mut, seiner Unbeherrschtheit, seiner puren Anstößigkeit. »Wozu soll das gut sein? Es führt in die Boni Makkaroni, zugegeben. Und dann ende ich als Pasteten-Chef in irgendeinem Restaurant auf Vega 4.«

»Du hast ein schlechtes Benehmen, Junge«, hatte die Frau gesagt, ihre Röcke gerafft und war aus dem Raum geeilt. Das letzte, was Pall gehört hatte, war: »Verzogener kleiner Balg.«

Bin ich das? fragte er sich. Doch in seinem Denken brodelte der Es-ist-nicht-fair-Groll. Andere Jugendliche hatten Freunde in ihrem Alter – Jungen, mit denen man herumhängen konnte und Mädchen mit denen man herummachen konnte. Aber hier gab es nur Erwachsene. Na, vielleicht änderte sich das auf Arrakkandis.

Hinter ihm erklang ein Geräusch. Ohne sich umzudrehen wußte er, daß es Thufix Habwat war, der Mannhau und Chef-Charakterkiller seines Vaters. »Deine Mutter ist wie ein Päckchen Kaugummi…«, begann er.

»Ich weiß«, unterbrach ihn Pall. »Fünf Stück zum halben Preis.«

Habwat blieb vor dem Jungen stehen und runzelte die Stirn. »Was ist los, Junge?« fragte er, das gealterte, zerfurchte Gesicht, ein Ledersofa, auf dem Sorge und Zeit einmal zu oft gesessen hatten. »Der Beleidigungsdrill langweilt dich, eh? Dann warte mal ab, wie gelangweilt du bist, wenn du mit einem jüngeren und härteren Gegner als den alten Thufix konfrontiert wirst, einem, der ohne Pause auf Leben und Tod kämpft.« Er blickte sich im Raum um, sah, daß die meisten Möbelstücke bereits nach Arrakkandis verschifft waren. »Sauer, weil du hier weg mußt, ist es das?«

»Ist es auf Arrakkandis gefährlich?« fragte Pall fast begierig.

»Für einen Mann, der zu sich selbst spricht, ist jeder Ort gefährlich«, zitierte Thufix Habwat. »Mach dir das zur Lebensregel, Junge.«

»Was ist mit den Femen?« drängte Pall. »Wie sind sie?«

Fragen, Fragen. Habwat unterdrückte ein Lächeln. *Bin ich etwa die Enzyklopedophilia Prophylactica?* »Ein vorsichtiges Volk, bedacht und sparsam«, sagte er. »Hungrig, manisch-depressiv, übergewichtig. Vergiß nicht, Junge, daß du von einem Volk sprichst, das noch nie das Vergnügen und die Befriedigung kennengelernt hat, eine Hauptmahlzeit zu essen.«

»Sie leben nur von Nachtischen?«

»Desserts, ja. Und natürlich das Bier. Und alles Nahrhafte, das die Kreaturen produzieren, die zwischen den Zuckern umherstreifen.«

»Kreaturen?« Pall hatte Gerüchte gehört, aber sicher waren...

»Nun, Junge, du willst mir doch sicher nicht weismachen, daß du noch nie von den gigantischen Brezeln gehört hast?«

Dann war es also wahr! Er hatte sie für Märchen gehalten – übertriebene Erfindungen von Händlern, Schmugglern und Konzernvertretern, die an den Hof von Cowboy-Dan mit Berichten über riesige Hybridwesen, Tier-Imbiß-Zwittern mit einer Größe von hundert Metern, zurückgekehrt waren. »Gibt es wirklich so große Brezeln, Thufix?«

Der Mannhau nickte. Seine Augen schimmerten wie kleine Seen voller Nitrate und Sulfide. »Große umherwandernde Dinger sind es«, antwortete er. »Man sagt, daß ein Salzbrocken, der von ihrem Rücken fällt, einen Mann zerquetschen kann.«

»Wer auch immer das sagt, ist ein Schwachkopf!« erscholl eine Stimme vom Flur.

»Gurnsey!« rief Pall erfreut. Gurnsey Hallheck, Herzog Lottos Troubadour-Erster-Klasse, schlenderte bucklig und glasäugig, die zwölfsaitige Rickenbacker über der Schulter in den Raum. Er nahm sie ab, stimmte sie und sagte zum Mannhau: »Was für 'nen Unsinn erzählst du denn unserem jungen Herrn, Habwat, eh? Diese Geschichten über die Brezeln, die durch die Zuckerhügel der Welt namens Kandis streifen?«

»Das ist kein Unsinn, Gurnsey«, widersprach Thufix. In seinen Augen blitzte Fröhlichkeit auf. »Du hast die Brezeln selbst gesehen.«

»Ja, das ist wahr«, gab Gurnsey nach. Zu Palls großäugiger Verwunderung fügte er hinzu: »Die Erwachsenen, die ihre volle Größe erreicht haben, erreichen leicht die Ausmaße dieser Burg. Die kleinen, die Nuggets, reichen immer noch bis zu deiner herzoglichen Nase, Partner. Die Femen nennen die großen die *Absoluten Wahnsinnshämmer.*« Er blinzelte, kicherte, nickte, wackelte mit den Ohren und fügte hinzu: »Können einem ganz schön das Leben versalzen, die Hämmer!«

Pall lächelte, aber dann runzelte er die Stirn. Normalerweise genoß er Gurnseys Anwesenheit – von all den Männern seines Vaters war er der einzige, den Pall für dümmer als sich selbst hielt. Aber heute war er trüber Stimmung, sah sich bedrängt von sehnsuchtsvollem Verlangen. Thufix Habwat bemerkte seine Melancholie.

»Irgend etwas beunruhigt dich, Pall«, erkundigte er sich. »Was es auch ist, du kannst es ohne Scheu uns alten, abgewrackten Soldaten offenbaren, die ihr Blut und ihre Muskeln für ihren Herzog, den braven Lotto, verbraucht haben.«

»Jawohl, und auch er wird 'nen mächt'gen Herzog abgeben!« rief Gurnsey lachend. »Aber bleib noch, hier kommt eine Weise über unser neues Zuhause...« Er nahm die Rickenbacker hoch, schlug einen Akkord und sang:

»O-h-h-h, die Mädchen von Cowboy-Dan
Die nehmen's gar gern in die Hand
Doch mögen wir die Damen von Arrakkandis noch mehr.
Wir bringen ihnen Thunfisch auf Pumpernickel
Und saftiges Aldebaran-Karnickel
Dann hol'n wir unser'n Lohn und haben sie beim Wickel
Denn wir wissen – sie machen richt'gen Geschlechtsverkehr.«

Hallheck zwinkerte Pall zu. »Was meinst du, warum sie eine solche Weise einen Hinleger nennen, hm?« Pall begann zu lachen, und Hallheck schlug ihn quer über das Gesicht. »Paß verdammt noch mal auf, du Hanswurst, hast du nichts vom Alten Gurnsey gelernt?«

»Und was hast du gelernt, du?«

Sie wandten sich um, als Trunken Omaha, der Boß der herzoglichen Leibgarde, in den Raum schlenderte. *Es wird langsam voll hier,* dachte Pall. *Warum helfen diese Leute nicht beim Packen?*

Gurnsey wandte die Aufmerksamkeit seines intakten Auges Omaha zu und sagte scherzend: »Warum steckst du deinen Kopf nicht in einen Topf voll Kreznum, Omaha?«

»Das würde ich eher dir raten«, erwiderte der massige, durchtrainierte Mann. Die beiden umarmten sich und verabreichten sich gegenseitig freundschaftliche Klapse.

»Ah«, sagte Omaha. »Ist schon toll, einem edlen Tzid zu dienen und sich auf treue Kumpels verlassen zu können. Komm, Gurnsey! Spiel uns einen Flotz!«

»Dazu wird noch genug Zeit sein, wenn wir uns auf Arrakkandis eingerichtet haben«, erklang eine wohltönende, befehlsgewohnte Stimme vom Korridor.

Sie wirbelten alle herum und sahen Herzog Lotto, der im Eingang stand. Er trug den dunkelgrauen Trainingsanzug mit dem winzigen roten Alligator-Symbol des Hauses Arthritis. Die drei Männer drängten sich in Palls Zimmer zusammen, um ihm Platz zu machen.

Wie immer erfuhr Pall die tiefgründige Empfindung, wie sehr sein Vater *sein Vater* war, und nicht etwas anderes, wie etwa ein Stuhl.

Der Herzog nickte grüßend, das Gewicht seiner Verpflichtungen eine Last, unter der er zusammenzubrechen drohte. *Ich muß mich zusammenreißen,* dachte er, *sonst färbt meine Unruhe auf die anderen ab und breitet sich wie die Pest unter ihnen aus.*

»Meine Herren, wenn Sie nichts dagegen haben«, sagte er. »Ich hätte gern mit meinem Sohn ein paar Worte unter vier Augen gewechselt.«

Die drei Männer nickten, ergriffen ihre Habe und gingen.

»Vater...?« fragte Pall, nachdem sie allein waren. »Der Eyeliner, ist er wirklich so groß, wie alle behaupten?«

Der Herzog schwieg – sein Sohn war noch ein Knabe. *Er ist mein Sohn,* dachte er. *Und ich? Ich bin sein Vater.* Der Herzog erlaubte sich ein kurzes Lächeln. *Wie äußerst angenehm das doch ist.*

»Größer«, antwortete er. »Das Monopol der Schlepper-Gilde gestattet ihnen, ihre Operationen immer mehrer auszuweiten.

Große Ökonomien haben eine Methode, die geopferte Flexibilität zu überwältigen, wenn die vielfältigen Wahlmöglichkeiten zugunsten des Maßstabs über Bord geworfen werden.«

»Das ergibt keinen Sinn«.

Er ist mein Sohn, dachte der Herzog, *sonst würde ich ihm für diese Impertinenz eine Tracht Prügel verabreichen.*

»Was ich meine, Pall«, sagte er, »die Schlepper-Gilde hat das Monopol auf die Raumfahrt. Sie können alles machen, was sie wollen.«

»Leben wir deshalb in diesen kalten Steinburgen und machen alles, wie es schon vor fünfzehntausend Jahren gemacht wurde?« fragte Pall. »Haben sie etwa auf alles ein Monopol, das seit dem Mittelalter auf der Alten Erde erfunden wurde?«

Lotto nickte. »Auf alles außer Waffen, Funk und kleinere Geräte. Du hast doch im Unterricht von der Industriellen Revolution gehört, nicht wahr?«

»Vor ungefähr sechs Jahrhunderten erhob sich die gesamte Menschheit im Imperium«, antwortete Pall. »Sie fürchteten, von Maschinen ersetzt zu werden, die damals von der Industrie hergestellt wurden. Deshalb zerstörten sie die gesamte... Technologie und das andere Zeug.«

»Genau.« Das Gesicht des Herzogs war ein Gobelin, auf den seine grauenvolle historische Verantwortung seit Jahrzehnten die Füße setzte. »Die Menschheit wurde ins vortechnologische Chaos gestürzt. Wir haben sehr lange gebraucht, um wieder unser heutiges Entwicklungsniveau zu erreichen. Unser jetziges politisches System beruht auf einer unausgeglichenen Mixtur – ein Wort, das auch irgend etwas mit Getränken zu tun hat, ich weiß nur nicht mehr genau, in welchem Zusammenhang. Jedenfalls meine ich es rein politisch.«

»Ja«, nickte Pall. »Aber was sind die Grundelemente unserer Zivilisation, Vater?«

»Der Kaiser und das Kaiserhaus bilden ein empfindliches Gleichgewicht mit den Großen Mächtigen Häusern, zu denen Arthritis gehört, und der inoffiziellen Allianz zwischen Schlepper-

Gilde und Boni Makkaroni«, erklärte der Herzog. »Man sagt, daß die Gilde mit ihrer überlegenen Technologie und die Boni Makkaroni mit ihren kulinarischen Schatzkammern einen galaxisumspannenden Lebensmitteldienst aufziehen könnten, wie ihn die Welt seit Kaiser Massa nicht mehr gesehen hat – vorausgesetzt, sie könnten sich wirklich einigen. Doch bedauernswerterweise...« Lotto schüttelte den Kopf. »Die beiden Gruppen tolerierten sich gerade so. Nun – du kennst ja deine Mutter. Sie ist eine typische Boni Makkaroni. Kannst du dir vorstellen, daß mit ihr irgendeine Art friedlicher Zusammenarbeit möglich wäre? Mord und Totschlag!«

Darf ich es wagen, so zu reden? dachte Lotto plötzlich. *Der Junge ist nur ein Junge.* Doch dann durchzuckte ihn ein sardonischer Gedanke: *Ein Junge, ja – aber nicht zu jung, um zu begreifen, daß eine Frau eine Frau ist.*

»Vater, wenn wir Kandis übernehmen und die Flaschenabfüllung des Biers kontrollieren... werden wir dann reich sein?«

Der Herzog gestattete sich ein kurzes zufriedenes Lächeln bei dem Gedanken daran, wie zwingend diese Frage war. »Relativ gesehen, schon«, murmelte er. »Aber unsere Feinde werden uns damit in Atem halten, daß sie uns zwingen, uns zu verteidigen. Unter Umständen geht unser Vermögen für Männer, Waffen, Bestechungen und Postversand-Werbung drauf.«

»Welche Feinde?«

»Vor allem Haus Hackwonne. Der Baron hat nie einen Hehl aus seinem Wunsch gemacht, uns zu vernichten. Und Kaiser Sinkbad – er fürchtet den Respekt, den ich unter den Großen Mächtigen Häusern genieße.«

»Warum gehen wir dann nach Arrakkandis?« frage Pall.

»Weil wir dadurch viel gewinnen können«, fuhr Herzog fort. »Vor allem etwas, das ich *Biermacht* nenne. Aber genug davon...« Das Gespräch hatte ihn erschöpft. »Pack deine Sachen zusammen.« Er verließ den Raum.

Er ist auch keine Hilfe, dachte Pall mit Hilfe seiner überlegenen Fähigkeit, zu denken. *Selbst, wenn der Wechsel nach Kandis ein*

Vermögen einbringt, wird es doch alles ans Geschäft gebunden sein.

Die logische Schlußfolgerung und die Brillanz seiner Gedankengänge verdeutlichte dem Jungen Pall mit plötzlicher, erschreckender Deutlichkeit etwas, was zu den Geheimnissen des Lebens gehörte. Sein Leben, seine Spiele im Sand- und mit dem Doktorkasten, ohne Richtung – sinnlos! Oder steckte schon seit Anbeginn ein tieferer Sinn dahinter – ein Sinn hinter einem Sinn hinter einem Sinn (was auch immer das hieß) (was auch immer das hieß) (was auch immer das hieß)? – ein schrecklicher, tiefergehender Sinn? Ihm war die Bedeutung des Wortes *tiefergehend* bewußt. Doch in der Tiefe seines verwirrten Geistes mißverstand er den Bezug und brachte das Wort *tiefergehend* mit den Doktorspielen in Zusammenhang.

Was konnte das nur bedeuten?

Nein, es war ein Sinn – und er wußte, was für einer. Er war sich vollkommen sicher, spürte mit jeder Faser seines Körpers, das dieser schreckliche Sinn ihn weiterführen würde, durch Zeit und Raum, rein und raus. Und dieser Sinn erinnerte ihn an die Worte der Ehrwürgenden Mutter George Cynthia Moharem, die geheimnisvollen Andeutungen seiner Mutter Lady Jazzica und an seine eigene Verwirrung.

Es gibt keinen Ausweg, dachte er. *Ich muß mir einen Job suchen.*

Es ist offensichtlich geworden, daß das Boni-Makkaroni-Netzwerk der vorgeschobenen Außenposten und Klatschmäuler, die man als Missionari Phonibalconi bezeichnet, für die Vorgänge auf Arrakkandis von entscheidender Bedeutung war. Das Wesen ihrer Arbeit war zweifach: Durch die Verbreitung von Legenden, Rezepten und einer beträchtlichen Anzahl kostenloser Probierhappen verankerte sie den halbgöttlichen Status der Boni Makkaroni im Bewußtsein unzähliger Menschen im bekannten Universum. Gleichzeitig stellte sie eine gerechte Methode zur Verteilung eines Teils der immensen Nahrungsmittelüberschüsse der Regierung dar, die hauptsächlich aus Butterbergen, Planktonprodukten und Lammkoteletts bestanden.

AUS: »DIE MISSIONARI PHONIBALCONI:
PROPHEZEIUNGEN, DUMMES GESCHWÄTZ ODER WAS?«
VON PRINZESSIN SERUTAN

Lady Jazzica blickte sich in dem hohen Raum um und registrierte mit Verachtung seine Einrichtung und Gestaltung. Sie stand mitten in der Gemäldegalerie der Gouverneursresidenz in der Hauptstadt Arrakzuck auf dem Planeten Arrakkandis – dem neuen Heim der Arthritis. Um sie herum herrschte ein unbeschreibliches Chaos.

Ein in Khakibraun gekleideter Arbeiter der Umzugsgilde trat ein. Jazzica entdeckte auf seinem Arbeitswestchen das Abzeichen der Sieben Milliarden Martini-Brüder; sie sah zu, wie er heftig grunzend eine Kiste auf dem Boden abstellte.

»Wo soll 'n die Etagere aus dem Meditationszimmer hin, o Hochwohlgeborene?« fragte er geradeheraus.

»Da hinüber«, säuselte sie und deutete mit ihrem wohlgeformten Kinn auf einen freien Platz an der Wand.

»Vors Bild?«

Er deutete auf ein Gemälde, das die Hackwonnen an der Wand zurückgelassen hatten. Es war eine dreidimensionale Kopie eines alten Meisters; jetzt sah es eher so aus, als wäre das Motiv durch einen Zerrspiegel gedehnt, geknickt und wieder ausgespuckt worden. Das komplizierte System der Linsen, das dem drei mal vier Meter Machwerk durch Brechung und Knickung den richtigen holografischen Anstrich geben sollte, schien bei der letzten Wartung etwas durcheinandergeraten zu sein. Jazzica überlief ein müder Schauder, als sie erkannte, daß es sich um die Karte New Yorks des Künstlers Steinberg handelte, das einst die Titelseite des *New Yorker* geziert hatte, eines uralten Magazins der Alten Erde.

Können wir denn diesem Ding nirgends entgehen? dachte sie in Agonie.

»Ja«, sagte sie. »Vor das Bild.«

Der Möbelpacker stellte die Etagere vor das Gemälde, das dadurch völlig verdeckt wurde. Jazzica entließ ihn, und er ging mit einer Verbeugung.

Es war ihr bewußt, daß es etwas Symbolisches hatte, die Kunst, die ihre Vorbewohner zurückgelassen hatten, mit Möbeln zu verdecken. Tatsächlich war alles, was sie tat, irgendwie symbolisch. Sie sah sich zufrieden im Raum um – und auch das hatte etwas Symbolisches. Sie ordnete ihr wallendes Kleid – etwas Symbolisches. Sie putzte sich die Nase – symbolisch. *Oh, warum können wir nicht so wie normale Menschen leben*, dachte sie.

Aber ihr Boni-Makkaroni-Training war zu fest verwurzelt, ihre Treue zur Schwesternschaft zu groß, um sich dem Gefühl des Verlorenseins hingeben zu können. *Ich bin eine Tochter des Boni Makkaroni*, dachte sie automatisch. *Ich existiere, um zu dienen. Nun, vor allem existiere ich natürlich, um die Menufolgen zu planen und zu kochen. Doch dann existiere ich auch noch, um zu dienen.*

»Eh, hey, Frau, stimmt was nicht?«

Jazzica wirbelte herum. Vor ihr stand eine alte, unattraktive Frau. Sie trug ein formloses graues Gewand, ihr Haar ähnelte einem Besen mit braunen Borsten, der den Winter über draußen gestanden hatte. Aber es waren ihre Augen, die Jazzicas Aufmerksamkeit auf sich zogen: Es waren typische Femenaugen, rot in rot.

»Man nennt mich die Ruferin Griesy«, sagte die alte Frau. »Ganz zu Euren Diensten, meine Dame.«

»Ich bin entzückt, dich kennenzulernen, Griesy«, begrüßte sie Jazzica kühl. »Aber man nennt mich nicht ›Frau‹ oder ›meine Dame‹, sondern schlicht und einfach ›My Lady‹.« Sie brachte ein kleines, aber feines Lachen zustande. »Ob ich eine Dame bin, steht schließlich auf einem anderen Blatt.«

Die Alte starrte sie aus aufgerissenen Augen an, tänzelte zurück und flüsterte erschreckt: *»›Und sie wird erfreut sein, dich zu sehen, und obwohl sie so aussieht, ist sie keine Dame.‹«* Ihre Augen glühten wie überreife Tomaten. »Die Legende ist wahr!« Sie warf einen schüchternen Blick auf Jazzica, halb ängstlich, halb hoffnungsvoll und halb forschend. »Seid Ihr die Eine?«

Jazzica musterte sie mit unverhohlenem Mißtrauen. *Natürlich!* durchzuckte es sie plötzlich. *Die Missionari Phonibalconi! Der Klatsch und die Gerüchte hatten sogar diesen gottverlassenen Planeten erreicht! Aber wie sollte sie wissen, mit welcher Fortsetzung der Legende sie diesmal konfrontiert wurde...?*

Sie beschloß, ihre Fühler vorsichtig auszustrecken und nicht gleich mit der Tür ins Haus zu fallen. »Wer soll ich sein?«

Die Alte wich weiter zurück und stieß einen Schrei des Entzükkens aus. »Aww-reeeeeeeett! Sie bringt die Koteletts!«

»Koteletts...?«

»Die Lammkoteletts! Die Lammkoteletts!«

Verrat! dachte Jazzica. *Sie schreit nach Lammkoteletts, und ich habe gar keine...*

»Eine wirklich interessante Geschichte, Griesy«, versicherte ihr Jazzica. »Aber könntest du mir nicht etwas genauer sagen, um welche Legende es sich handelt?«

»Nun, es ist eine sehr alte Legende, deren Ursprung auf die Große Prophetin Phyllis zurückgeht.« Griesy straffte sich und stellte sich in Positur. »›Aufgepaßt‹«, zitierte sie die alte Prophetin. »›Denn ich bringe euch leckere Rezepte aus den Feinschmekkerküchen der Boni Makkaroni. Eßt dieses Lammkotelett und seid gewiß, daß dereinst die Eine kommen wird, um euch mit Nachschub zu versorgen.‹« Sie warf einen mißtrauischen Blick auf Lady Jazzica. »Kennt Ihr diese Worte nicht, Schätzchen?«

»Griesy«, sagte Jazzica freundlich, »es schmerzt mich, dich enttäuschen zu müssen. Aber die Große Prophetin Phyllis wurde vor dreihundert Jahren beim Naschen in der Speisekammer überrascht und folglich von den Boni Makkaroni verstoßen. Sie ist keine Große Prophetin mehr. Ihre Legenden wurden nicht vervollständigt.«

Die Alte starrte zu Boden und drehte sich dann mit einer plötzlichen Kopfbewegung ab. »Keine Lammkoteletts?« fragte sie einfach.

»Es tut mir wirklich leid, Griesy. Du hattest dich darauf gefreut, nicht wahr?«

»Dann seid Ihr nicht die Eine?«

»Vielleicht nicht die Eine«, sagte Jazzica, hielt einen Moment inne, atmete tief durch und fuhr dann fort: »Aber vielleicht... die Andere.«

»Aiiieeeeee!!« rief die Alte. »Und Ihr habt einen Sohn, Schätzchen?«

»Kaum zu leugnen.«

»Und er ist ein launischer Junge, verzogen und eigenwillig?«

»Nun...«

»Hier!« Griesy riß plötzlich ihr Gewand auf, unter dem ihre braune, verschrumpelte Haut und die vertrockneten Brüste zum Vorschein kamen. »Nehmt das Fleisch meines Körpers! Ihr seid gekommen, uns zu befreien – Ihr seid die Andere und Euer Sohn wird dann wohl der Laserium al-Dilah' sein. Der Mahdl-T, der uns endlich ins gelobte Land führen wird.«

Jazzica starrte auf die Alte. *Ist das eine Tradition der Femen?* dachte sie. *Oder eine Eigenart verrückter, alter Frauen?*

»Zieh dich wieder an, Griesy«, gebot sie. »Und dann begib dich bitte in meine Gemächer und pack die Sachen aus.«

»Da ist noch etwas anderes, Schätzchen«, verkündete die Alte, holte aus einer Tasche ihres Gewandes etwas Kleines hervor und reichte es Jazzica. »Ein Geschenk.« Dann fügte sie hinzu: »Das heißt, wenn Ihr wißt, was Ihr wißt.«

Jazzica nahm es vorsichtig in die Hand. Es bestand aus Metall und paßte in ihre Handfläche: Klingen und andere kleine Werkzeuge, die sich wegklappen oder hervorholen ließen. Der Schaft war alabasterrot. Jazzica kannte es aus ihrem Boni-Makkaroni-Unterricht.

»Es ist ein Fingerschneider«, sagte sie.

»Ja, ganz genau, My Lady«, bestätigte Griesy. Dann fragte sie so gleichgültig, als ob die ganze Unterredung nur dem Zweck dieser Frage dienen würde: »Und wißt Ihr, wofür es verwandt wird?«

Ich muß vorsichtig sein, dachte Jazzica. *Wenn ich zögere, wird das gegen mich sprechen, aber ein Fehler könnte fatale Folgen haben. Selbst wenn ich nur rate, erreiche ich möglicherweise nicht die volle Punktzahl.*

Sie täuschte Gelangweiltheit vor und untersuchte den Fingerschneider. Sie wußte, daß er ein Produkt jahrhundertealter Fertigkeiten der Femen war und man weit mehr damit vollbringen konnte, als sich in den Finger zu schneiden. Es besaß mehrere Klingen verschiedener Größe, aber auch andere Werkzeuge und Instrumente, die nur mit der Bierkultur in Zusammenhang stehen konnten – eins war offensichtlich dazu gedacht, geschlossene Bierbüchsen zu öffnen. Das alte Wort verdeutlichte gleichermaßen den funktionellen Zusammenhang wie den religiösen Hintergrund. Vielleicht...

»Das ist der Schlüssel für die Kirche...«, begann sie.

»Aiiiieeee!« schrie Griesy begeistert. »Kirchenschlüssel... ist richtig!«

»Ich sagte nicht Kirchenschlüssel«, gestand Jazzica, »sondern Schlüssel für die Kirche.«

Die Alte zuckte mit den Achseln und begann sich zurückzuziehen. »Nah genug dran.« An der Tür blieb sie noch einmal stehen und sagte ruhig: »Ihr seid die Andere, daran besteht kein Zweifel. Steak zum Mittagessen, so Schmai-Gunug will.« Damit war sie verschwunden.

Auf was für eine Art Welt bin ich denn hier geraten? fragte sich Jazzica. Dieser seltsame Ausdruck der Alten – »Nehmt das Fleisch meines Körpers« – deutete an, daß man hier auf Arrakkandis jede mögliche Fleischquelle in Betracht zog. Aber was war der Laserium al-Dilah'? Und dann der letzte Ausdruck: Schmai-Gunug?

Ohne Zweifel eine religiöse Figur der Eingeborenen. Die Missionari Phonibalconi gaben sich immer sehr viel Mühe, die Mythologie der Boni Makkaroni mit den landeseigenen Legenden zu verweben. Manchmal mochte das in seltsame, wenn nicht sogar grausliche Verschmelzungen ausarten – wenn etwa die halbaffenähnlichen Geschöpfe von Rigel 3 eine Gottheit in Form eines Weihnachtsplätzchens und mit der Seele eines Baumgeistes anbeteten. Aber das zeugte nur von dem Respekt, den die Missionari Phonibalconi den vielfältigen religiösen Formen entgegenbrachten, die sie im bekannten Universum vorfand.

Wer auch immer die Große Prophetin Phyllis war, dachte Jazzica, *sie hat gute Arbeit geleistet.*

Jazzica durchquerte den großen Raum, ging an der Bibliothek vorbei und hielt auf den Ausgang zu. Sie bemerkte einen untersetzten Mann mit kohlrabenschwarzem Haar, der aus der Richtung der herzoglichen Büros kam. Offensichtlich hatte er es eilig, dieser Jipi-Ohje, seines Zeichens Chefbuchhalter des Herzogs. Er hatte beide Hände voll Aktenordner.

»Seid Ihr gut untergebracht, Ohje?« fragte sie.

»Sehr gut, My Lady«, behauptete er lächelnd. *Was bin ich doch für ein Schuft*, dachte er. *Spiele den Freundlichen und bereite derweil in aller Ruhe den Sturz meines Chefs vor. Aber was soll's? Ich tue alles – alles! um ins Show Business zu kommen.*

»Ein verrückter Planet«, sagte er. »Also wirklich. Die haben doch kein Fleisch hier. Ich war heute morgen spazieren. Kam an einem Restaurant vorbei. Ließ mich dort nieder, aber es war nicht gedeckt. Kein Besteck, kein Messer! Ich rief den Kellner und sagte: ›Kein Besteck, kein Messer!‹ Kellner darauf: ›Macht Euch keine Sorgen. Wir haben auch nichts zu essen.‹ Ich kann Euch sagen...«

»Ihr seid hierhergekommen, um Euch über Arrakkandis lustig zu machen.«

Es war eine Feststellung und keine Frage, die mit solcher Intensität hervorgebracht wurde, daß Jazzica und Ohje unwillkürlich aufsahen. Mitten in der Eingangshalle stand ein Mann. Er war klein, wirkte fast plump und war von Kopf bis Fuß in einen lockeren, weißen Schweißanzug gekleidet; Arm- und Fußenden waren kaugummiähnliche Stulpen, und die ganze Kleidung wirkte geriffelt – einschließlich des Hemds. Ein loser Gesichtsschutz, der lokker am Hemd befestigt war, verdeckte seinen Kopf. Er hielt geradewegs auf sie zu.

»Ist es nicht erlaubt zu scherzen, wenn selbst Gottes Vertreter hin und wieder einen Scherz machen?« murmelte Jazzica in dem Versuch, die Situation zu entschärfen.

»Gott lacht nicht, wenn die Gläubigen beleidigt werden«, sagte der Mann mit fester Stimme.

»Sorry«, sagte Ohje. »Ich habe nur gerade einen neuen Sketch probiert. Wenn ich jemand beleidigt haben sollte...«

»Ihr seid die Mutter des Jungen«, stellte der Mann plötzlich fest und wandte seine Aufmerksamkeit Jazzica zu. »Man spricht bereits in jeder Hütte von Eurem Kommen. Ihr seid die Frau, die den Laserium al-Dilah' begleitet, das helle Licht der italienischen Liebeslieder.« Mit einer einzigen, gewagten Bewegung riß er sich den Kopfschutz vom Gesicht und enthüllte ein rundliches Gesicht mit Hamsterbacken – und den rot in roten Augen der Femen. »Ich bin Spilgard, Nabe von Dootch City.« Er streckte seine Hand vor. »Möge sich unser Fleisch vereinen.«

Jazzica erwiderte gelassen seinen Blick. *Ein Nabe der Femen,* dachte sie. *Ein Stammeshäuptling. Sie können mächtige Verbündete werden. Ich muß ihn vorsichtig kultivieren.*

Sie ergriff seine Hand. »Ich vereine mein Fleisch mit Spilgard.« Dann fuhr sie in dem Dialekt fort, der bei den Zuckerstämmen der Eingeborenen von Arrakkandis gesprochen wurde. »Nix fix synd wyr hyr.«

Seine Augen verengten sich vor Überraschung und Mißtrauen. »Ych nix fix picks Euch.« Er gestattete sich ein kleines Lächeln. »Die Legende hat sich erfüllt«, sagte er sanft. »›Und sie wird wie eine von uns sprechen, auch wenn sie eine Langweilerin ist. Und er wird gehen, wohin ihn seine Füße tragen, und das wird nicht sehr weit sein.‹«

»Einen Moment mal, Freundchen...«, protestierte Ohje. Dann hustete er und fuhr fort: »Ich will mich wirklich nicht aufdrängen, Spilgard. Ich bin ja auch gerade erst angekommen und kenne mich mit euren Bräuchen noch nicht aus. Also, als ich gestern so durch die Stadt schlenderte, was meinen Sie, was ich da sehe? Lungert da doch einer so rum und versucht Schuhe an den Mann zu bringen. ›Mann‹, sage ich, ›für die Pistentrampler könnt Ihr doch nicht das verlangen, was Ihr verlangt.‹ Meint er doch tatsächlich:...«

»...ich werde meinen Leuten berichten, daß die Wahrheit wahr ist«, unterbrach ihn Spilgard, ohne sich um die buchhalterische Unterhaltungskanone zu kümmern. »Wir haben lange genug gewartet.« Er verbeugte sich. »Auf ein baldiges Wiedersehen bei Steak und Sonnenschein. Schmai-Gunug ist großzügig. Buffo.« Er machte auf dem Absatz kehrt, winkte noch einmal mit seinem Kopfschutz und verließ dann gemessenen Schrittes die Residenz.

Was für eine Art Mann war Herzog Laserium Al-Dilah' Arthritis? Wir können mit Fug und Recht behaupten, daß er ein tapferer Mann war, der durchaus die Vorteile vorsichtigen Taktierens zu schätzen wußte. Wir können ebenfalls sagen, daß er ein außergewöhnlich starkes Ehrgefühl besaß – obgleich er wie alle Führer keine Schwierigkeiten hatte, in der Öffentlichkeit genau das Gegenteil von dem zu behaupten, was er vorhatte. Wir können das sagen, wir können jenes sagen – wir können an sich alles sagen. Wir können beispielsweise sagen, daß er gar kein Mann, sondern die hochentwickelte Form eines Fahrrads war. Klar? Wir könnten natürlich auch das Gegenteil behaupten.

AUS: »HAUS ARTHRITIS: HISTORISCHE PERSPEKTIVEN UND WERTLOSE DEUTUNGEN« VON PRINZESSIN SERUTAN

Die Sonne tauchte Arrakkandis in ihr milchigrosafarbenes Licht, fügte am entfernten Horizont ein paar himmelblaue Tupfer hinzu und schien freundlich auf Pall, seinen Vater und Gurnsey Hallheck hinab, die gerade das Flugfeld von Arrakzuck betraten. Sie wurden erwartet. Eine Gruppe Femen stand in der Nähe tiefer Furchen, die von wenig glücklichen Notlandungen zeugten. Es waren Arbeitsgruppen unterschiedlichster Couleur: Toilettenfrauen, Putzkolonnen, Bruchpiloten, bummelstreikende Lotsen – und sie alle sprachen von dem, den sie Mahdl-T, den Laserium Al-Dilah' nannten.

Ihr Gespräch verstummte schlagartig, als sie der herzoglichen

Gruppe gewahr wurden.

»Doc Keynes«, sagte der Herzog, nachdem Hallheck die unvermeidliche Vorstellung hinter sich gebracht hatte. »Mir wurde aufgetragen, mich für die Schweißanzüge zu bedanken. Aber sind sie denn wirklich notwendig? Wir wollen uns doch nur einen schnellen Überblick über die Bierernte verschaffen. Wozu brauchen wir da die Anzüge?«

Wie mager sie sind, dachte Keynes angeekelt. »Hier mögt Ihr sicher sein, Herzog«, deutete er an, »aber wenn Ihr erst einmal den Schutz der Stadt verlassen habt, seid Ihr den gnadenlosen Naturgewalten ausgesetzt – dem Zucker und dem Bier. Das Bier durchdringt hier alles – und das bedeutet Kalorien.«

»Es heißt nicht mehr Kalorien«, wies ihn der Herzog zurecht, »sondern Joule. Aber lassen wir das. Ich glaube, Euch auch so verstanden zu haben. Ihr meint, wir könnten an Gewicht zulegen, wie?«

Was für ein schlauer Herzog dieser Herzog ist. »Ich bewundere Euren Scharfblick, Sire. Die Femen haben den Anzug in Hunderten von Jahren entwickelt, um angesammeltes Körperfett zu reduzieren. Ich würde meinen Pflichten und Verantwortungen zuwider handeln, gestattete ich Euch, ohne Anzug zu reisen.«

»Werden wir auch Brezeln sehen?« fragte Pall.

Keynes musterte ihn eingehend. *Was für eine intelligente Frage*, dachte er. »Zweifelsohne«, antwortete er. »Wo Bier ist, da gibt es auch Brezeln.«

»Warum?«

Was für ein wundervoll tiefschürfendes Forschen, dachte Doc Keynes fast gegen seinen Willen. *Vielleicht ist dieser Junge der Laserium Al-Dilah' und damit der großartigste Mensch, der je lebte.* »Brezeln und Bier gehören zusammen«, erklärte er. »Genau wie Kartoffelchips, Schokoplätzchen, Nnn... und andere Dinge...« Er wandte sich an den Herzog. »Gestattet mir, Euren Schweißanzug zu richten, Euer Hochwohlgeboren.«

Er wollte noch etwas anderes sagen, dachte Pall. *Kann er Nüsse gemeint haben? Warum hat er sich dann so geziert?*

»Der Kopfschutz wird unter freiem Himmel getragen«, erklärte Keynes, während er sich unter Hallhecks mißtrauischen Blicken am Anzug des Herzogs zu schaffen machte. »Die Ärmel können ein Stück zurück gezogen werden, um ein lässigeres Erscheinungsbild zu erreichen, etwa nach dem Motto: ›Hoppla, jetzt komm' ich!‹ Die Hosen werden aus Bequemlichkeitsgründen von Hosenträgern gehalten; mit den Fahrradklammern bitte die Socken befestigen – und nicht umgedreht. Es ist natürlich möglich, Sire, die Hosenträger auch gekreuzt zu tragen – Ihr versteht, den rechten über die linke Schulter und den linken über das rechte Schülterchen. Ich persönlich finde es weitaus angenehmer und vor allem attraktiver. Ihr könntet das Hemd in der Hose tragen oder darüber. Ich stopfe meins nie in die Hose; ich finde es einfach gräßlich, wenn es teilweise rausrutscht.«

»Ich werde meins auch draußen lassen«, gab der Herzog bekannt.

Wie weise, dachte Pall. *Das Hemd aus der Hose als Zeichen großer Lässigkeit – für so einen Führer werden die Männer alles tun.*

Doc Keynes wandte sich an Pall. »Jetzt wollen wir mal sehen...« Er hielt mitten im Wort inne, trat einen Schritt zurück und runzelte die Stirn. »Ihr habt schon Schweißanzüge getragen?«

»Bis jetzt hatte ich noch nicht das Vergnügen«, gestand Pall.

»Dann hat Euch jemand gezeigt, wie man das Fliegenkrawättchen bindet...?«

»Nein, ich habe es einfach mal versucht.«

Durch die Femen, die neben dem Thopter herumlungerten, lief ein Raunen. Einer von ihnen schrie: »Lasagne Allah!« Ein anderer schlug ihm ins Gesicht und flüsterte ihm etwas zu. Der erste nickte, zuckte mit den Achseln und schrie: »Laserium Al-Dilah'!«

Doc Keynes wirbelte herum und machte mit dem Finger eine schnelle Bewegung quer über den Hals. Dann wandte er sich wieder an den Jungen und seinen Vater. »Achtet nicht auf sie«, sagte er. »Das sind Eingeborene, und manchmal schreien sie nur so zum Spaß irgendeinen Unsinn in Italo-Arabisch.«

Aber als er die drei zum Orthodontothopter führte, murmelte er die alten Worte der Legende: *»Und er wird das Fliegenkrawättchen schon beim ersten Mal richtig binden, und seine Fragen werden von Wissen zeugen.«*

Herzog Lotto ließ sich hinter den Kontrollen nieder, und eine Minute später hob der Orthodontothopter ab. »Ich habe Eurem Braumeister die Gegend südöstlich des Schilds zugewiesen«, sagte Doc Keynes.

Lotto nickte und steuerte den Thopter in die angegebene Richtung. Die Begleitthopter folgten ihnen. Kurz darauf hatten sie das Schild hinter sich gelassen; die dünne Tierhaut, die die Hauptstadt umspannte, um ein Maximum von Hygiene und Kalorien –, Jouleabbau zu erreichen, ohne die Bewegungsfreiheit zu sehr einzuschränken.

Pall schaute aus dem Fenster und wurde sich plötzlich bewußt, daß er jetzt zum ersten Mal Gelegenheit hatte, einen Blick auf die Planetenoberfläche von Arrakkandis zu werfen. Die Gegend, in der die Hauptstadt lag, war eine trostlose, flache Einöde, die sich in alle Richtungen mehrere Kilometer weit erstreckte. Sie war rostbraun mit goldenen Streifen.

»Ich dachte, das Land sei weiß«, sagte er zu Keynes. »Oder ist das hier gar nicht das Zuckergebiet?«

»Ganz Arrakkandis ist Zuckergebiet«, antwortete der Planetologe. »Aber es gibt verschiedene Zuckerarten. Das Gebiet hier besteht im Verhältnis 70 zu 30 aus dunklem und braunem Zucker. Alle großen Städte sind auf solchen Gebieten errichtet worden...«

»...weil brauner Zucker fester als weißer ist«, beendete Pall seinen Satz. »Natürlich.«

»Der Mahdl-T wird eure Welt kennen, als ob er hier sein Praktikum vollbracht hätte«, lautete die Legende.

Doc Keynes schüttelte den Kopf. »Die Gegend, auf die wir jetzt zusteuern, die Große Weiße Weite, ist von trügerischer Beschaffenheit – Schlagsahnelöcher, Sahnetortenverwehungen, glitschige Teigreste. Und natürlich die Big Rock Candy Mountains. Dort sind die weißen Zuckerfelder – und natürlich das Bier.«

»Und die Brezeln?« fragte Pall.

»Und die Brezeln.«

Gurnsey Hallheck hämmerte in die Saiten seiner Rickenbacker und hob an zu singen:

»Wer ist der Mann mit den Pistentramplern
Der über die Zuckerfelder marschiert
Nur um zerquetscht und in kleine Stücke gerissen zu werden
Von den gigantischen Brezeln?
Ich bin's nicht, My Lord, Aeyah! Hah! Ah!
Yi-yi-yi-yi-hahaha! Hayah!
Ich bin's nicht! Ah-yee-yah-yee-yah...

»Gurnsey...«, ermahnte ihn Lotto und bedeutete ihm mit dem geheimen Familienzeichen – *halt's Maul.*

»Yi–yi–yi–yi–hahaha! Hayah!
Ich bin's nicht! Ah-yee-yah-yee-yah
Der über die Zuckerfelder streunt
Um von einem entsetzlichen Monster zu Tode gequetscht zu werden.
Seh' ich etwa so aus, My Lord? Nein danke! Aiyah!
So blöd bin ich nicht! Yeeaiah!
Gebt mir statt dessen...«

»Gurnsey!« belferte Lotto. Der singende Leibwächter brach beleidigt ab.

»Euer Mann hat viel Spaß am Gesang«, kommentierte Keynes.

Ich wünschte, wir auch, dachte Pall.

Die Landschaft, die sie überflogen, wechselte von einem leichten Braun zu Beige und dann zu schattenhaftem Weiß. Die grenzenlos ebene Landschaft mit den ineinanderlaufenden Farbmustern erzeugte den Eindruck einer fortlaufenden Wellenbewegung. Weiße Zuckerwürfel, die das helle Sonnenlicht reflektierten, kollerten von sich gemächlich vorwärts schiebenden Dünen herunter, und ein dünner Schleier aus Zuckerkristallen wurde von mäßig starken

Windböen vor sich hergetrieben. Das schneeähnliche Treiben verstärkte sich, und wohin man sah, war alles weiß in weiß.

Das mußte die Große Weiße Weite sein, dieses gigantische Meer zuckersüßer Kandiskristalle, das sich vom Sorbeteispol bis zum Früchteeispol spannte. Pall bemerkte, daß sein Vater den Thopter heruntergehen ließ und die Begleitthopter ihm wie eine Meute Schleckermäuler folgten.

»Da«, sagte Lotto und deutete auf eine ferne Unregelmäßigkeit in dem kochwäscheweißen Weiß. Was auf den ersten Blick wie eine natürliche Erhebung in der Landschaft gewirkt hatte, stellte sich bei genauerem Hinsehen als ein von Menschenhand geschaffenes Etwas heraus. »Ist das der Bierpeser?«

Keynes starrte in die angegebene Richtung und nickte. »Einer von den großen«, murmelte er. »Sieht wie eine Fässer-am-laufenden-Band-Einheit aus.«

Als sie näher kamen, erkannte Pall die riesigen Raupenketten, von der die gigantische Plattform angetrieben wurde. Auf ihr waren Schaufelbäggerchen angebracht, die ihre Klauen in den Boden schlugen. Über dem Bierpeser hingen drei kleine Thopter in der weißgeschwängerten Luft.

»Sie achten auf Brezelzeichen«, erklärte Doc Keynes. »Die Mannschaft vom Peser versucht, so schnell wie möglich soviel Brühe anzusaugen, wie die Am-laufenden-Band-Einheit verkraftet, und haut dann beim ersten Brezelzeichen ab. Ein großer Grapscher wartet für gewöhnlich in der Nähe, um den Peser bei Gefahr rauszuholen ...«

»Ist das vielleicht ein Brezelzeichen?« fragte der Herzog und deutete nach vorn.

Vielleicht fünf Kilometer vor dem Bierpeser wallte eine Zuckerwelle über das Gelände und hielt beständig auf sie zu.

Der Herzog hat einen richtigen Adlerblick, dachte Keynes. Dann erinnerte er sich an die Prophezeiung: *»Und der Vater des Mahdl-T verfügt über ausgezeichnete Ohren. Was sein Augenlicht angeht, so wissen wir nur sehr wenig darüber. Möglicherweise trägt er Kontaktlinsen.*

Selbst in diesem Detail stimmt die Legende, dachte Doc Keynes.

»Scharfer Blick, Sire«, meinte er, riß das Mikrofon aus dem Cockpit und sagte: »Hier spricht Herzog Lottos Kanzlei. Ich rufe Brühen Einheit Vier, wiederhole, Brühen Einheit Vier. Brezelzeichen nordwestlich vom Peser. Geschätzte Brezelzeit nach Brezelkurs und Brezelgeschwindigkeit sechs Minuten neununddreißig Sekunden. Wie immer alle Angaben ohne Gewähr. Lotto over.«

Statisches Geknister erfüllte die Kabine des Thopters, dann eine kräftige Stimme: »Roger, Boß.«

Eine andere Stimme: »Fluchtmelder Eins an Brühen Einheit Vier. Brezelsicht bestätigt. Unsere Zahlen sind: 3, 12, 17, 26, 32, 34. Ebenfalls ohne Gewähr. Over.«

»Verstanden, Fluchtmelder Eins«, erscholl die Stimme vom Peser. »Bitte bekanntgeben, wann der Grapscher kommt. Over.«

Eine Pause – nur atmosphärische Störungen.

»Wiederhole: Bitte bekanntgeben, wann der Grapscher kommt. Over.«

»Wo bleibt der Grapscher?« fragte der Herzog und ließ den Thopter noch dichter an den Peser herangehen. Seine zuckerverkrustete Oberfläche erstrahlte im hellsten Glanz, als hätte jemand das Weiß im Weiß angeknipst.

»Ich weiß nicht, Sire«, sagte Keynes. Pall war dank seines intensiven Trainings in der Lage, zu erkennen, daß er es nicht wußte.

»Wir holen sie da raus«, sagte der Herzog plötzlich und zog den Thopter in eine scharfe Kurve.

»Brühen Einheit Vier«, ertönte eine andere Stimme aus dem Lausprecher, »hier spricht Grapscher Delta Fieber. Alles vorbereiten zum Abflug. Wir holen euch hoch, over.«

»Doc Keynes«, sagte Lotto grimmig, »macht ihnen klar, daß *wir* sie holen werden. Schickt diesen Grapscher weg.«

»Aber Sire – der Grapscher ist viel größer und wird in zwei Minuten hier sein…«

»Macht dem Doc die Grundzüge der Public Relation klar, Gurnsey«, befahl der Herzog. Er griff nach dem Mikrofon. »Brühen Einheit Vier, hier spricht euer Herzog, Lotto Arthritis. Ich kann euch gar nicht sagen, wie sehr es mich freut, heute nachmittag bei euch sein zu können. Over.«

»Seine Herzogliche Gnaden möchte die Loyalität dieser Männer gewinnen«, flüsterte Gurnsey mit einem Seitenblick auf Pall.

»... und um die Sache gleich richtig anzugehen, werden wir fünfzig Meter südöstlich von euch niedergehen und euch aufnehmen, bevor uns die Brezel Ärger bereiten kann. Over.«

»Aber was ist mit dem Peser?« protestierte Keynes. »Der Grapscher ist stark genug, um ihn als Ganzes mitzunehmen. Wir dagegen können höchstens die Mannschaft aufnehmen – aber dann geht uns die ganze Ausrüstung verloren.«

»Sie ist versichert«, murmelte der Herzog. Er gab dem Grapscher Anweisung, sich zu verziehen und befahl der Biermannschaft, alles zur Evakuierung vorzubereiten.

Ein schlauer Fuchs, dieser Arthritis, dachte Keynes.

»Die Brezel wird schneller, Chef«, gab Gurnsey bekannt.

»Schon gut.«

Der Herzog ging steil nach unten und befahl der Eskorte, es ihm gleichzutun. Pall wurde sich plötzlich einer gewissen Spannung bewußt, die in der Luft lag wie kurz vor einem Gewitter, wenn sich die Atmosphäre statisch auflädt. Und seine Nase nahm etwas auf, was unverkennbar durchdringender Hefegeruch war – Bier. Ein dumpfes Dröhnen durchdrang den Boden und hielt auf sie zu.

»Alle aufgepaßt«, brüllte Lotto betont ruhig ins Mikrofon. »Pesermannschaft in Spurtstellung. Auf die Plätze, fertig, los!« Er warf einen Blick auf die Uhr. »Ihr habt noch ein oder zwei sechzigstel Stunden Zeit. Vielleicht auch weniger. Vielleicht auch gar nichts mehr. Nur keine Panik!«

Die Bodenluken des Pesers sprangen auf, und die Männer rannten wie wildgewordene Kaninchen auf die Thopter zu. *Und das alles für Bier,* dachte Pall. *Bier ist das Schlüsselwort. Dafür riskieren diese Männer tagtäglich ihr Leben in der Zuckerwüste. Und deshalb sind wir nach Arrakkandis gekommen, obwohl wir wissen, daß wir hier in eine Falle stolpern, die der Kaiser und das Haus Hackwonnen ersonnen haben. Und wegen des Biers verhält sich die Schlepper-Gilde uns gegenüber vorläufig noch abwartend.*

Trotzdem ergab das alles keinen Sinn. Was steckte wirklich hinter dem Bier, das doch nichts weiter als ein leicht berauschendes Getränk war, populär vielleicht, aber doch kein Grund, sich die Köpfe einzuschlagen? Und Doc Keynes – offensichtlich wußte er mehr, als er zugeben wollte. War Bier auch der Schlüssel zu seinem Wissen? Oder umgedreht: War der Schlüssel zum Bier sein Wissen? Es war jedenfalls nicht *sein* Bier, und auch nicht das der Femen. *Schon eher,* dachte Pall, *ist es mein Bier.* Aber mein Bier, dein Bier, war es denn wirklich sein Bier, sich darüber Gedanken zu machen? Schließlich...

»Schnell, Jungs, sie ist gleich da! Rein mit euch!«

Gurnsey Hallheck hatte schnell geschaltet und die Frachtluke des Thopters aufgerissen; jetzt half er den Männern, die schrekkensbleich ins Innere taumelten. Es war dicke Luft, statisch aufgeladene Luft, und anscheinend war es an der Zeit, sich in Sicherheit zu bringen. Der Boden grollte, irgend etwas grummelte, zischte und schlug krachend auf dem Boden auf. *Das Salz von ihrem Rükken,* durchfuhr es Pall.

»Start in 0,07 Minuten«, heiserte der Herzog und startete die Gummibandmaschinen des Thopters.

»Wir sind überladen, Sire«, bemerkte Gurnsey.

»Wird schon schiefgehen«, sagte Lotto grimmig und schaltete die Maschinen auf volle Last. Durch den Orthodontothopter lief ein Schütteln und Rütteln und dann, ganz langsam und Stück für Stück, hob er ab. Die Maschinen schrien gequält auf, die Gummibänder wimmerten, und die Männer stöhnten. Aber der Thopter gewann langsam an Höhe, stieß zu den anderen, nahm seine Position im Formationsflug ein und dann ab die Post.

»Da ist sie!« schrie jemand. Pall warf einen raschen Blick durchs Fenster und erkannte unter sich den Bierpeser.

Der Boden um die schwere Arbeitsmaschine brach wie von Urgewalten erschüttert auf. Der Peser wurde hochgedrückt, zur einen Seite gerissen, zur anderen gedrückt, gekippt und gedreht; sein Schlauch, dem Rüssel eines Ungeheuers gleich, wedelte hilflos in der Luft, seine Luken schwangen auf und zu, als wolle er ihnen ein letztes Mal zuwinken.

Dann sah sie Pall.

Ein schlachtschiffgroßes *Etwas* brach aus dem entstehenden Zuckerstrudel hervor. Es war gewaltig; es mußte zweihundert Meter in die Tiefe gehen, tiefer als jede U-Bahn. Seine Form erinnerte vage an die eines Herzens, sein Körper bestand aus drei ineinander verschlungenen, gleichmäßig geformten Ringen, und seine Farbe war ein angenehmes, gut durchgebackenes Braun. Seine vertikale Verdickung, an der sich alle drei Ringe vereinten, bebte. Die vier und sieben Uhr Ringe überlappten sich, auch sie zitternd; eins von ihnen war der Kopf, mit böse funkelnden, thoptergroßen Augen und gewaltigen Kiefern, zwischen denen das Monstrum gerade die Reste des Pesers verdrückte – ein alptraumhafter, wie in Zeitlupe ablaufender Prozeß. Der untere Ring war sein Schwanz, ein hart hämmerndes Etwas. Große Salzbrocken purzelten wie Steinschlag von seinem Rücken herab. Die Luft knisterte vor elektrischer Ladung. Mit einem erschreckenden Röhren zog sich die Brezel in ihr Loch zurück und verschwand.

Das ist eine der größten Brezeln, die ich je gesehen habe, dachte Pall.

Aber seine Aufmerksamkeit wurde von Keynes abgelenkt, der mit feierlichem Gesichtsausdruck auf das Loch starrte, das das Monster gerissen hatte. »Zucker am Morgen, Zucker am Abend, erquickend und labend«, flüsterte er. »Gesegnet sei Schmai-Gunug und Sein Bäcker. Steak zum Mittagessen. Buffo.«

»Buffo«, murmelten die Biermänner.

»Es sollte eine Psychologie der Füße geben. Denn ist es nicht so, daß wir Entscheidungen mit unseren Füßen treffen und uns im Laufe der Zeit den Verstand ablaufen? Was meinen Sie mit ›Nein, nicht wirklich‹?«

AUS: »DIE TAGEBÜCHER VON MUHMÄH' PLIP –
»WIE ES WAR, HÄTTE SEIN KÖNNEN
ODER HÄTTE SEIN MÜSSEN«
HERAUSGEGEBEN VON PRINZESSIN SERUTAN

Herzog Lotto Arthritis lehnte sich in den goldenen Sessel zurück und warf einen müden Blick auf seinen massiven Schreibtisch. Beide Möbelstücke waren aus Normenkontroll gefertigt, einem seltenen Edelholz, das man auf den Schwammhügeln von Trödlig-4 fand und skurrilerweise nicht umhaute, sondern pflückte. Seit der Sache mit dem Bierpeser waren drei Wochen ins Land gegangen – drei Wochen voller Hofintrigen, Gerüchten über geplante Anschläge, Festnahmen hackwonnischer Spione (neun an der Zahl!) und der Vergiftung zweier niederer Bediensteter. *Irgend etwas stimmt nicht,* dachte der Herzog. *Es ist viel zu ruhig.*

Selbst die beiden Vergiftungen waren alles andere als spektakulär gewesen. Eins war der klassische Fall von denkste – eine Tollkirsche unter vielen normalen Kirschen. Das andere war eine zeitpräzise Schweinerei, die kürzlich in Mode gekommen war: Kaubäckchen. Vergifteter Kautabak, der nur noch in das richtige Bäckchen plaziert werden mußte. Und dann gut Kau, mein Bäckchen. Die phantasielosen Mordfälle trugen nicht gerade zur Beruhigung des Herzogs bei. Es war die stete Erinnerung, daß zwischen Haus Arthritis und Haus Hackwonnen alles andere als Waffenstillstand herrschte. Es lag auf der Hand, daß noch nicht entdeckte hackwonnische subversive Elemente mit den Mordbuben identisch waren. Einfach gesagt: Zwischen den Häusern herrschte jener erbärmliche Zustand, den man Kramden nannte. Die tödlichste aller tödlichen Blutrachen.

Lotto grinste von einem herzoglichen Ohr zum anderen, als er sich an die archaisch anmutende Definition dieses Wortes erinnerte: »Blutrache, die unter zwei Häusern oder zwei Menschen ausgetragen wird, die von Rechts wegen befreundet sein müßten.« Es war nicht gerade wahrscheinlich, daß er und der Baron je etwas anderes als die erbittertsten Feinde sein würden.

Ein Geräusch vom Flur schreckte ihn auf. Es war Thufix Habwat. Der Mannhau wirkte mürrisch und verbissen. »Wir haben da ein Problem, My Lord«, verkündete er. »Der Ausschuß vom NOAMCHOMSKI – der Kaiser selbst begleitet ihn.«

»Wann treffen sie ein, Thufix?«

»Sie sind schon da. Ich habe es gerade erfahren.«

Lotto musterte seinen Ratgeber. Dieser unerwartete Besuch war eindeutig. »So«, stellte er fest. Habwat nickte. »Dann...«

Der Mannhau nickte nochmals, trat gemessenen Schrittes in den Raum, verzog grüblerisch das Gesicht, preßte die Fingerspitzen voller Konzentration aufeinander. »Vielleicht...?«

»Nein, Thufix, das wagen wir besser nicht«, antwortete Lotto.

»Aber der Baron wird...«

»Was der Baron wird, kann auch ich tun«, stellte Lotto mit endgültiger Bestimmtheit fest und schlug mit der Faust auf den Tisch. »Was ich werde, kann der Baron möglicherweise oder vielleicht auch nicht – das hängt davon ab, was ich tue.«

»Und falls«, fügte Habwat hinzu.

Lotto schwieg überrascht und preßte die Zähne aufeinander. *Verrat? Von Thufix? Ausgeschlossen!* »Was meinst du, Thufix?«

Der Mannhau runzelte die Stirn. »My Lord – was meint Ihr, was ich meine?«

»Ich meine, Mann, was du mit ›Und falls‹ meinst! Wenn du das meinen solltest, was ich meine, daß du meinst – nun, in diesem Fall, sei vorsichtig! Du treibst ein gefährliches Spiel.«

Habwats Augen weiteten sich erschreckt, als er begriff, was der Herzog meinte – oder als er zu glauben meinte, was der Herzog meinte. »My Lord...«

Lotto nickte grimmig. »Ganz genau.«

»Hm... genau was, My Lord?«

Das ist alles, was uns geblieben ist, dachte der Herzog bitter. *Unsicherheit durch Unsicherheit durch Unsicherheit. Schlußfolgerungen durch Schlußfolgerungen durch Schlußfolgerungen, Mehrdeutigkeit durch Mehrdeutigkeit...*

»Laßt es mich erklären, Sire...«

...durch Mehrdeutigkeit.

»Sire, mit ›Falls‹ wollte ich andeuten, daß wir die Atomphysiker als Geiseln gegenüber dem Kaiser nehmen sollten. Als Ihr dann Einwände machtet und damit auf die Möglichkeit hinwieset, der Baron könne sich mit den anderen Großen Mächtigen Häusern verbünden und Sinkbad aus purem Egoismus aus der Welt schaffen, wagte ich zu bemerken...«

»Nein, Thufix. Ich dachte, du wolltest vorschlagen, wir sollten uns mit dem Kaiser gegen den Baron verbünden und bei dem Geschäft gleich unseren Einfluß auf die Schlepper-Gilde ausdehen, um Mikrowellenherde und Geschirrspülmaschinen von Glöckner-Humboldt galaxisweit zu exportieren. Wenn es noch bei den Herden geblieben wäre... aber die Sache mit den Geschirrspülmaschinen stinkt zu sehr nach Verrat, das wirst du einsehen...«

»Nein, nein, Sire, ich meinte...«

»Schluß jetzt.« Lotto hob befehlend die Hand. »Wir haben unsere Täuschungsmanöver und Ablenkungsversuche zu weit getrieben. Man könnte fast meinen, wir hätten einander nicht verstanden. Also alles noch mal ganz von vorn, und Scheiß auf Sicherheitsvorkehrungen und Verwirrungstaktiken.«

Habwat gestattete sich ein vollmondiges Lächeln. »Gott sei Dank, Sire«, sagte er und ließ sich in den Besuchersessel fallen. »Noch eine Runde weiter in diesem ›Wenn‹- und ›Aber‹-Spiel, und ich hätte durchgedreht.«

Plötzlich wurde die Tür aufgerissen, und ein Imperiumsoffizier in Begleitung mehrerer Wachen stürmte in den Raum. »My Lord Herzog Lotto Arthritis«, grüßte der Captain. »Seine Kaiserliche Allgewaltigkeit, der Imperator Sinkbad IV., befiehlt Euch, ihm augenblicklich Eure Aufwartung zu machen.«

»Ich folge dem Ruf seiner Kaiserlichen Unglaublichkeit voll

Achtung und Ehrerbietung«, sagte Lotto formell. Mit einem besorgten Seitenblick auf Habwat erhob er sich und verließ in Begleitung der Wachen den Raum.

Sie gingen direkt auf den Steuertrakt der Arthritis zu. Die Anwesenheit des Kaisers und die schroffe Aufforderung des Captains verhießen nichts Gutes. An Buchprüfungen war sicherlich nichts Ungewöhnliches, vor allem nicht in Zeiten eines Machtwechsels von Haus zu Haus. Der Kaiser verfügte über seine eigenen M.A.D., die in Routineangelegenheiten ungewöhnlich erfolgreich arbeiteten, aber Sinkbad selbst war natürlich kein »Mitarbeiter Ausgezeichneter Dienstherren« – schließlich war er selbst der Dienstherr. Es war wirklich die Frage, warum er sich auf diese Geschäfte mit der Buchhalter-Gilde einließ.

Sie haben mit den Zeugenaussagen begonnen, dachte Lotto. *Jetzt fängt der Tanz an.*

Der Offizier begleitete ihn bis zum Büro und kündigte ihn an. Sinkbad saß im Sessel des Chefbuchhalters und beschäftigte sich stirnrunzelnd mit zwei großen Aktenordnern. Zu seiner Linken stand Ohje. Das verhinderte Show-Talent wirkte blaß und verstört; sein Blick wich dem des Herzogs aus und blieb irgendwo an der gegenüberliegenden Wand haften.

»Euer Höchstwohlgeboren«, grüßte Lotto und verbeugte sich steif. Streng nach Vorschrift und Hofetikette fuhr er fort: »Meine Bücher liegen geöffnet vor Euch. Möge die Bilanz Eurer geschätzten Aufmerksamkeit nicht...«

»Erspart mir diesen Schnickschnack, Herzog«, sagte Sinkbad schroff. »Seid lieber so freundlich, mir dieses höchst interessante Phänomen zu erklären, das hier vor meinen Augen liegt. Was ordentlicherweise ein einzelnes Hauptbuch sein sollte, hat unter der Führung des Buchhalters Ohje einen Zwilling produziert. Allerdings einen höchst unidentischen Zwilling.«

»Soll das heißen, Eure Unaussprechlichkeit, daß...«

»Das soll heißen, geschätzter Herzog, daß Ihr mit einer Hand den treuen Verwalter der Bierhalden von Arrakkandis spielt, während Ihr mit der anderen den Rahm abschöpft, um damit Eure eigenen Taschen zu füllen!«

Lotto wandte sich an Ohje. »Ich glaube...« – es gab keinen anderen Weg, es auszudrücken – »... Sie schulden mir eine Erklärung.«

»Ich habe... nur Euren Befehlen gehorcht, My Lord«, murmelte Jipi-Ohje und blickte zur Seite.

»Ich verstehe.« Lotto trat zwei Schritte in den Raum und deutete mit dem Finger auf Ohje. »Verrat!« schrie er. »Ich werde dich von hier bis nach Cygnus X-1 verklagen! Du wirst im gesamten bekannten Universum nie wieder Arbeit finden!«

»Wache!« rief der Kaiser und deutete auf Lotto. »Ergreift ihn!«

»Sofortige Rechtshilfe erforderlich!« schrie Lotto.

Von einer Sekunde auf die andere brach ein unglaubliches Chaos aus. Die kaiserlichen Soldaten ergriffen den Herzog, als eine Phalanx arthritischer Kämpfer in den Raum stürzte, begleitet von Rechtsanwälten und weiblichen Schreibkräften, die ihren Gatten mit Teilzeitarbeit das Jurastudium ermöglichten. Das letzte, was Lotto sah, bevor ihn ein Faustschlag zu Boden schickte, war das zufriedene, dreckige Grinsen des Kaisers, der dem dünnlippigen Ohje zunickte und die beiden Bücher zuschlug.

Es liegt in der Natur der Habgier, besitzen zu wollen, was sie nicht hat. Von daher ist sie auf ewig unbefriedigt. Das war Baron Wladimir Hackwonnen zweifellos bekannt. Warum hat er dann trotzdem seine Habgier gepriesen und sich in ihr gesonnt, anstatt ihr zugunsten eines Weges abzuschwören, der mit größerer Wahrscheinlichkeit zur Befriedigung führt? Weil er eine alte Fettsau war.

AUS: »MEINE PERSÖNLICHE THEORIE ÜBER DEN ARRAKKANDIS-ZWISCHENFALL FÜR DEN FALL, DASS SIE JEMANDEN INTERESSIERT«
VON PRINZESSIN SERUTAN

Baron Wladimir Hackwonnen segelte gemächlich durch die Eingangshalle der Gouverneursresidenz von Arrakzuck. Excelon-

Suspensoren trugen den größten Teil seines fetten Leibes, während er zufrieden nickend kicherte. Das Haus Arthritis war vernichtend geschlagen. Arrakkandis war sein.

»Hatte ich nicht recht, Peter?« fragte er seinen Mannhau, der ihn Melancholie ausstrahlend begleitete. »Lotto in Ketten und davor sich vor Gericht zu verantworten, seine Boni-Makkaroni-Frau hilflos, der Junge ebenfalls in unserer Hand – und das alles dank mir (des Barons Wladimir Hackwonnen) und meiner geschickten Verwendung Ohjes.«

»Ihr und die Hardehaurhar-Legionen des Kaisers«, bemerkte de Vries trocken.

»Ja, ja, schon richtig«, sagte der Baron und ließ sich auf einem nahen Thron nieder. »Sie haben ihre Rolle perfekt gespielt.«

De Vries erschauerte bei der Erinnerung. Zwanzigtausend terroristisch-fanatische Rausschmeißer, als Abordnung des wohlwollenden Planetarischen Reisebüros »Schleckermann macht's möglich« getarnt, waren einfach zuviel gewesen. In ganz Arrakzuck hatte man kein Taxi mehr bekommen können. Es war zu unbeschreiblichen Szenen gekommen. Zur fraglichen Stunde hatten die Hardehaurhar wie auf ein geheimes Kommando hin, ihre Turbane weggeschmissen und sich wie ganz ordinäre Touristen verhalten. Und das in einer Stadt, in der es weder Eisbein noch Sauerbraten, noch Wiener Schnitzel gab.

Haus Arthritis war vollkommen machtlos gewesen. De Vries hatte mit eigenen Augen beobachtet, wie zehn Hardehaurhar eine ganze Gruppe arthritischer Angestellter am Kragen gepackt, sie aus der Stadt geschleppt und brutal angefahren hatten: »Und dafür wollt ihr noch Trinkgeld, ihr Pack!? Macht, daß ihr wegkommt, und versucht es bei MacDonald!«

Lotto war endgültig geschlagen: Thufix Habwat, von schlechtem Gewissen und Selbstvorwürfen zernagt, der Trunkene Omaha und Gurnsey Hallheck irgendwo und nirgends; Lady Jazzica und ihr Sohn zweifelsohne dabei, in der Versenkung zu verschwinden – oder Schlimmeres.

»Aber, aber Peter!« sagte der Baron. »Wo drückt denn der

Schuh? Komm und teile meine Vergnügen, das des Großen Barons Wladi...«

»Lady Jazzica«, meldete eine Wache.

Zwei Leibsoldaten begleiteten sie. Sie trug ein langes, wallendes Kleid und hatte ihr Haar streng zurückgekämmt. Dem Baron entging nicht ihr großzügiger Mund, die strahlenden Augen, ihr kleines Stubsnäschen und ihre ohrähnlichen Lauscherchen.

Der Baron lächelte. »A-h-h-h-h-h-h-h-h-h-h-h-h-h-h-h.«

»Was wollt Ihr von mir, Baron?« verlangte Lady Jazzica zu wissen.

»-h-h-h-h-h-h-h-h-h-h-h-h-h-h-h-h-h-h-h-h-h-h-h-h-h-h-h-h-h-h-h-h-h-h-...«, machte der Baron. Dann brach er abrupt ab und rang nach Luft. »Lady Jazzica. Gewinnerin des Küchen Festivals vom 10. 1. 173...«

Jazzica entdeckte die winzige, verräterische Spur Unsicherheit in seiner Stimme, hakte nach und traf ihn an der empfindlichsten Stelle. »174.«

»Natürlich. Vier-und-siebzig.« Alle Freundlichkeit war schlagartig von ihm gewichen. »Wo ist jetzt Eure Schwesternclique der Superköche, eh? All die Kenntnisse um zerlassene Butter und ungesalzene Margarine – was sind sie, gegen das, was ich im kleinen Finger habe?« Das Gesicht des Barons verzog sich vor widerwilliger Anerkennung. »So etwas Ähnliches hat mal jemand zu Papier gebracht. Vielleicht war ich es sogar selbst. Es ist schließlich nicht schlecht.«

»Ihr seid momentan in der stärkeren Position«, gab Jazzica zu. »Aber das Universum ist groß und Papier geduldig.«

»Was Ihr nicht sagt.«

»Die Zeit erstreckt sich über Jahre, und alles Geschriebene ist Illusion.«

»Purer Neid.«

»Habsucht ist ein übles Gewächs und Glück ein Wunder.«

»Wunder gibt es immer wieder.«

»Träume sind Schäume und mit siebzig wachsen noch Bäume.«

»Siebzehn, Teuerste, *Siebzehn!*« Der Baron lehnte sich zurück und musterte sie selbstgefällig. »Es ist schließlich nicht so, daß ich *alle* Zahlen durcheinanderbringe.« Er sah sich nach dem Captain der Leibsoldaten um. »He, Captain, schnappt die beiden. Sie und den Jungen. Und dann... Brezelfutter.«

Der Mann zögerte. »Seid Ihr sicher, My Lord...???«

»Wagst du etwa, mir zu widersprechen, Wurm?«

»Nein, mein allerteuerster Baron.« Er machte einen Knicks und gab einem Untergebenen ein Zeichen. »Bring den Knirps.«

Pall! dachte Jazzica. *Er lebt! Und ich lebe! Aber wer lebt sonst noch?*

Sie schüttelte den Kopf, erst nach links und dann nach rechts und schließlich umgedreht, atmete tief ein, konzentrierte sich auf die Anti-Streß-Gewinne-Mit-Aerobic-Übung und keuchte schließlich, als ob überhaupt nichts sei.

Zwei Wachen schleppten Pall herein. Er war gefesselt und geknebelt.

Jazzica gestattete sich ein paar erleichterte Seufzer.

Der Captain nickte den Soldaten zu, und sie verschwanden in Richtung Küche. »Captain, was soll das?«

»Aber...«, sagte der Captain verwirrt, »ich führe doch nur Eure Befehle aus, My Lord.«

»Ich habe befohlen...«

Die Soldaten kehrten aus der Küche zurück. Einer von ihnen schob einen Teewagen. In Jazzica verkrampfte sich alles, als sie Schüsseln und Körbe erkannte, die auf ihm lagen. *Folter?* dachte sie empört. *Hier? Das wagen sie nicht!*

Auf ein Nicken des Captains hin wurde Pall neben Jazzica gestellt. Einer der Soldaten riß ihm den Knebel aus dem Mund, nahm etwas vom Teewagen und baute sich damit vor ihnen auf. Ein Weidekorb. Er riß den Deckel weg. Der Korb war bis oben hin mit kleinen braunen Teigwaren gefüllt – Brezeln, leicht gesalzene Brezeln.

»Essen«, befahl der Captain.

Jazzica schüttelte stumm vor Entsetzen den Kopf. Auch Pall wirkte verstört.

»Captain«, sagte der Baron langsam. »Was... soll... das?!«

»Äh, bitte?« fragte der Offizier nervös. »Ich führe nur die Befehle meines Herrn aus. Mein Gebieter sagte: ›Brezelfutter‹. Nun, hier ist Brezelfutter...«

»Nicht sie sollen Brezelfutter bekommen, Idiot!« schrie der Baron außer sich. »Sie sollen Brezelfutter werden! Verstanden! Sie sollen von den Brezeln gemampft werden, und nicht sie sollen Brezeln mampfen!« Er stampfte mit seinem großen Patschfuß auf, schlug dem Soldaten mit seiner wabbligen Hand den Korb aus der Hand; braunen Geschossen gleich, sausten die Brezeln durch die Luft. »Warum sollte ich, Baron Wladimir Hackwonnen, Initiator des spektkul... specktaturlärs... großartigsten Sieg in der Geschichte der Großen Mächtigen Häuser der Frau und dem Sohn meines Todfeindes eine Zwischenmahlzeit servieren!?!«

Der Captain, knallviolett angelaufen, stammelte entgeistert: »Vielleicht als Trostpreis, My Lord...?«

»RAUS! AUS MEINEN AUGEN! Und die beiden auf die Zuckerfelder!«

Der Captain nickte, verbeugte sich flüchtig und befahl seinen Männern, die Lady und ihren Sohn rauszubringen. Der Baron gab einem Dienstboten ein Zeichen, seufzte schwer und sagte: »Her mit diesem Buchhalter.«

Eine Minute später stand Ohje vor ihm. Seine Verwandlung, die er der Abteilung »Smörebroed Ram-tamtamtam« des Pahdedbrah Werbefernsehens zu verdanken hatte, war über alle Maßen erstaunlich: Nichts erinnerte mehr an die klassische Dreiteilung eines Bürodresses mit Schnüffeltüchlein und Stutzerärmchen; statt dessen trug er modische Hosen aus Ringelrein-Klammleder, ein offenes Hemd aus Leonard-Seide und handgearbeitete Schuhe von Milanos-2.

»Baron!« sagte er, ohne zu bemerken, daß Hackwonnen eine Laus über die Leber gelaufen war, »Ihr seht prächtig aus, wirklich.«

»Gemäßigten Dank«, antwortete der Baron maßvoll. »Ihr

scheint nicht übermäßig viel Zeit zu verschwenden. Wie ich sehe, habt Ihr Eure Karriere schon kräftig forciert, Ohje.«

»Nein, also wirklich.« Ohje wandte sich an de Vries und deutete auf den Baron. »Ich habe eine Schwäche für unseren Dicken. Der einzige Mensch, den ich kenne, der ein Null-G-Feld braucht, um aufrecht stehen zu können. Fett? Ach was! Die Schlepper-Gilde muß ordentlich draufzahlen, damit er *nicht* fliegt!«

»Sehr komisch, wirklich, Ohje«, stellte der Baron fest.

»He, danke. Also wann ist der Gig?«

»Der... Gig?«

»Na klar, Mann, die Show. Wann fange ich an?«

»A-h-h-h-h-h-h-h-h-h, ja. Nun, in Kürze. Sobald Ihr gepackt habt.«

Ohjes Unterkiefer sackte herab. »Gepackt? Wo ist da der Gag? Ich bin doch hier ganz richtig, oder?« Er knackte nervös mit den Fingerknöcheln und schluckte krampfhaft. »He, ich hab's. Sollte ein Scherz sein, was? Ihr wollt mir das mit dem Null-G-Feld heimzahlen. Hahaha, wirklich, ha-ha-ha-hahaha, nein, Gott, wie komisch...«

»Ihr irrt, Ohje«, seufzte der Baron. »Ihr werdet schon eine ›Donnersendung‹ kriegen – in der Cafeteria des Gefängnisplaneten Salacia Simplicissimus.« Er kicherte. »Ein wahrhaft gefesseltes Publikum.«

Das Gesicht des ehemaligen Chefbuchhalters erbleichte mit erschreckender Geschwindigkeit. »Aber Ihr habt doch gesagt...«

»In meinem Geschäft wird viel gesagt«, antwortete der Baron knapp. Er entließ ihn mit einer Handbewegung. »Beim nächsten Mal bemüht Euch bitte nicht persönlich. Eine Karte genügt auch.«

Zwei stämmige Soldaten ergriffen Ohjes Arme und schleppten ihn davon, ehe er auf die Idee kommen konnte, Gewalt anzuwenden und in einen Sitzstreik zu treten. Der Baron gluckste und winkte nach Speisen, während de Vries ihn ernst musterte.

»Er wird sich bei der Komödianten-Gilde beschweren«, bemerkte de Vries.

»Wenn ihm danach ist«, lautete die Antwort. »Wir haben jetzt den Biermarkt in der Hand, Peter. Wir brauchen hier nur noch ein bißchen aufzuräumen. Es wird kein halbes Jahr mehr dauern, bis auch die letzten Reste von Haus Arthritis aus der Welt getilgt sind und ›Stinkbäder's Treff‹ Wirklichkeit wird.«

»Und was ist mit den Femen?« fragte der Mannhau. »Sie werden doch nicht untätig zusehen...«

»Dieser versoffene Abschaum? Wir werden sie einfach gar nicht ignorieren. Sie besuchen sowieso keine Nachtclubs.« Er gab einem Untergebenen ein Zeichen. »Her mit dem Architekten. Wir werden alles ganz von vorn planen. Vielleicht sollte man ein kleines Feuer legen und ganz Arrakzuck den Flammen zum Raub lassen«, fügte er gedankenverloren hinzu. »Um so gewaltiger wird der Wiederaufbau.«

»Wäre das wirklich ratsam?« fragte de Vries. »Ihr habt ihn doch angeworben, um...«

»Ich habe ihn kommen lassen, um mir ein Vergnügen zu leisten, Peter«, sagte der Baron. »Bin ich nicht Kunde? Und ist der Kunde nicht König? Aber genug.« Er streckte seinen wabbligen Arm aus und holte ein dickes Musterbuch hervor. »Sehen wir uns diese Stoffe an. Hast du dir in deinen wildesten Träumen je vorgestellt, daß es so viele verschiedene Arten von schwarzem Samt geben könnte?«

Oh, Cowboy-Dan, Welt verschiedener Örtlichkeiten
Welt größerer und kleinerer Objekte,
Wo ist dein tausendfach polierter Glanz geblieben?
Jetzt Arrakkandis, du komischer Planet,
Auf dem Dinge geschehen, und andere Dinge nicht.
Abenteuer, Romanzen, Intrigen, Verschwörungen.
Laß uns denn gehen, ja, dich mein' ich und mich,
Laß uns aufsteigen mit dem Silbervogel hoch in die Luft
Nach Kandis, nach Kandis, nach Kandis, nach Kandis,

Nach Kandis, nach Kandis, nach Kandis, nach Kandis.
Und Mut und Tapferkeit sind unsere Begleiter.

AUS: »HYMNEN, GEBETE, PROTESTSONGS UND GREATEST HITS ÜBER MUHMÄH' PLIP« AUSGESUCHT VON PRINZESSIN SERUTAN

Lady Jazzica versuchte, sich trotz hinter dem Rücken gefesselter Hände und geknebelten Mundes in eine bequemere Position auf dem Boden des Orthodontothopters zu bringen. Neben ihr lag Pall, ebenfalls gefesselt, aber nicht geknebelt.

»Eh, Sragg, die Lady wagt ein Tänzchen«, spöttelte einer der beiden Killer, ein untersetzter Schläger namens Kragg.

Sein Kumpan, der sich an der Steuerung zu schaffen machte, knurrte: »Was für 'ne Schande, sich den ganzen Spaß entgehen zu lassen, was?«

Jazzica versuchte, die aufkommende Panik zu unterdrücken. Direkt nach der Audienz beim Baron waren sie in den Thopter verfrachtet worden. Sie wußte, daß man sie den Brezeln zum Fraß vorwerfen würde. *Diese Narren,* dachte sie. *Sie selbst werden nach ihrer Rückkehr auch nicht mehr lange leben. Der Baron wird keine Zeugen dulden. Wer Hand an die herzogliche Familie legt, muß sterben. Dann müssen ihre Mörder umgebracht werden, und so weiter, bis niemand mehr im Universum am Leben ist.* Die unglaubliche Schlußfolgerung ließ sie schwindeln. *O Gott, wie schrecklich!*

»Hey«, rief Kragg. »Komm, Sragg. Du wirst den Vogel in der Luft halten, und ich werd' ein bißchen Spaß haben. Dann tauschen wir. Gut?«

»Wau«, grunzte sein Kumpel. »Wenn du zuerst Spaß hast, bleibt nachher für mich gar nichts mehr übrig.«

»Quatsch nicht kariert, Mann – ich brauch' den Spaß doch nicht auf. Ich lass' dir was übrig, wirst schon sehen. Und nun mach schon.« Er wandte seine Aufmerksamkeit Jazzica zu und ließ seinen glitschigen Blick über sie gleiten. »Hey, Kleine – warst du schon oft hier in der Gegend?«

Jazzica schüttelte wahrheitsgemäß den Kopf. Mit einem Blick aus dem Fenster stellte sie fest, daß sie gerade über das Schild flogen und auf die offenen Zuckerfelder zusteuerten.

»Gut, gut«, brummte Kragg. Die Musterung schien zu seiner Zufriedenheit auszufallen. »Was tut so etwas Nettes wie du in so einer Gegend?« Dann drehte er sich zu dem Mann im Pilotensessel um, schlug sich auf die Schenkel und rief: »Was für ein Spaß!«

Am besten gehe ich auf seine Witze ein, dachte Jazzica. Sie versuchte zu sprechen, aber der Knebel wirkte sich irgendwie hinderlich aus. »Unh-unh-unnnah-uhn-uhn.«

»Raus...«, begann Pall, schluckte hart und brach wieder ab.

Er versucht die Koch-Stimme! dachte Jazzica.

Es war eine Boni-Makkaroni-Technik, die sie ihm unter viel Mühen beigebracht hatte.

»Jeder Mensch«, hatte sie ihm erklärt, und er hatte mit großen Augen gelauscht, »hat ein spezifisches Frequenzspektrum im Hören und Sprechen. Versuche immer, dieses Spektrum zu erfassen. Wenn du seine Eigenschwingung triffst, wirst du damit auch den bestimmten Menschen treffen. Denk an die Gläser, die die alten Opernsänger zum Zerspringen bringen konnten. Wenn du das gleiche bei einem Menschen schaffst...«

»...wird er zerspringen?« fragte er eifrig.

Sie hatte sich ein kleines Lächeln gestattet. »Nein, Pall. Aber das genetische Erbe des Menschen bringt es leider mit sich, daß er während des Kochens in der Küche rumschnüffelt und zu naschen versucht. Dieses ekelhafte Deckellüften, an Ginflaschen schnüffeln, mit denen man gerade Soßen verfeinern will – grauenhaft.«

Er hatte feierlich genickt – immer noch ein Junge, doch schon den stoischen Ausdruck eines Mannes auf dem Gesicht, der sich zum dreitausendfünfhundertachtundsiebzigsten Mal das Gekeife seiner Frau anhört.

»Wenn du die Koch-Stimme beherrschst, wirst du jeden aus der Küche vertreiben können, der deinen Töpfen zu nahe kommt.«

Dann hielt sie inne, ihre Gedanken verwirrt von Zweifeln und vagen Andeutungen.

Darf ich es wagen, ihn in diese dunkle Kunst einzuführen, fragte sie sich gnadenlos. Aber er war das Geschöpf ihrer und des Herzogs Gene. Wer, wenn nicht er, war berechtigter Erbe ihres Wissens?

»Und nun wiederhole in der gleichen Stimmlage wie ich«, wies sie ihn an. »*Raus* aus der Küche. Es ist fertig, wenn es fertig ist.«

»Raus aus der Küche«, versuchte er es. »Es ist bald fertig.«

»Noch mal. Und achte auf den genauen Wortlaut des zweiten Satzes.«

Er hatte mit der Hingabe eines Kanarienvogels, dem man Schimpfwörter beibringt, immer und immer wieder die geheimnisumwitterten Boni-Makkaroni-Worte wiederholt. Eines Tages hatte er damit seinen Vater überrascht, der zu einer gepflegten Dinerparty illustere Gäste geladen hatte. Während er zwischen den Gästen und Bediensteten einhermarschierte, hatte er plötzlich gewinselt: »*Raus* aus der Küche, Lotto. Es ist fertig, wenn es fertig ist.«

Augenblicklich war jedes Gespräch verstummt; die Männer hatten sich scharf gemustert und dann mit den Achseln gezuckt. Es war etwas so Erschreckendes, so Irritierendes, so ekelhaft Nasales in der Stimme des Jungen, daß selbst ein Country-and-Western-Musiker vor Schreck sein Mikrofon verschluckt hätte.

Schließlich hatte sich Lotto erhoben und gesagt: »Mein Junge hat in letzter Zeit zuviel in der Küche gestanden. Wahrscheinlich hat er sich durch die extremen Temperaturwechsel zwischen heißer Vorsuppe und eisigem Nachtisch eine Erkältung zugezogen.« Und zu Pall gewandt hatte er gesagt: »Erinnere mich daran, daß ich mit deiner Mutter ein paar Worte wechseln muß.«

Und nun, erkannte Jazzica, versuchte Pall die Koch-Stimme bei den beiden hackwönnischen Gefolgsleuten. Würde er damit Erfolg haben?

»Hör mal, du Grünschnabel«, sagte Kragg zu Pall. »Wie kann ich meinen Spaß haben, wenn du mir dazwischenquatschst?« Er packte Jazzicas Kleid und zog es nach oben.

Pall konzentrierte sich vollkommen auf den richtigen Frequenzgang. Und dann: »*Raus* aus der Küche.«

»Eh? Was?«

»Es ist fertig, wenn es fertig ist«, fuhr Pall fort.

»Hat das Kerlchen Halsschmerzen, oder was?« murmelte der Pilot. »Ist ja nicht zum Aushalten, das Zuckerstimmchen.«

»*Raus* aus der Küche!« schrillte Pall mit aller Kraft und beobachtete, wie die beiden erschreckt zusammenfuhren. Kragg preßte die Hände auf die Ohren. »Aufhören!« schrie er. »Sofort aufhören!«

»Es ist fertig, wenn es fertig ist!«

Der Thopter schlingerte, als Sragg voller Verzweiflung auf die Instrumente schlug. »Ich will hier raus! Ich lande! Alles, nur das nicht!«

Kragg nickte und warf Pall einen ängstlichen Blick zu.

»Nimm ihr die Fesseln ab«, befahl Pall.

Der Mann wirkte verstört. »Ne, Bürschchen, das darf ich doch gar nicht...«

»*Raus* aus der Küche!«

»Ist ja schon gut. Nur keine Panik...« Hastig löste er Jazzicas Fesseln, riß ihr den Knebel aus dem Mund und durchtrennte Palls Handfesseln. Im gleichen Augenblick setzte der Thopter auf, schlingerte leicht und kam bebend zum Stillstand.

Pall öffnete die Bodenklappe und bereitete sich auf den Absprung vor. Jazzica warf noch einen letzten Blick auf die Männer. »Gebt uns eure Messer und Kochgeschirre«, verlangte sie.

Sragg zuckte zusammen. »Oh, das geht nicht, Teuerste. Wenn die Affen auf der Basis merken, daß wir sie nicht mehr haben, müssen wir Latrinen putzen...«

Jazzica rief in sich die alten Fähigkeiten der Boni Makkaroni zurück und schrillte mit der Koch-Stimme: »*Wie* kann ich euer *Essen* machen, wenn ihr mich *andauernd* stört?«

»Urghh«, gurgelte Sragg. Mit zitternden Händen reichte er ihr zwei Messer, zwei Kochgeschirre und eine vollständige Femen-Überlebensausrüstung. »Raus – und zur Hölle mit euch. Ich würde zu gerne sehen, was ihr mit der Stimme gegen die Brezeln macht...«

Pall sprang aus dem Thopter, fand auf dem unsicheren, dick gezuckerten Untergrund Halt und half seiner Mutter beim Ausstieg. Sragg und Kragg verschwendeten keine Zeit. Der Thopter setzte sich in Bewegung, hob ab und ward bald nicht mehr gesehen.

Sie blieben wie benommen in der Stille der endlosen Großen Weißen Weite stehen. Jede Bewegung löste ein feines Bröckeln und Knirschen unter ihren Füßen aus. So weit man auch blickte: Die Zuckerwüste schien sich bis in die Unendlichkeit auszudehnen. Auch die wenigen Erhebungen, Dünen und Senken waren von strahlendem Pfefferminzweiß, das im krassen Gegensatz zu dem silberblauen Licht der beiden Arrakkandis-Monde stand, die leuchtreklameähnlich über ihnen ihre Bahn zogen.

»Was ist mit den Brezeln...?« fragte Jazzica schweratmend.

»Im Moment sind wir sicher«, behauptete Pall.

»Armer Lotto...«

»Sie haben ihn rausgeworfen. Entweder das, oder er ist arbeitslos.« Pall zuckte mit den Achseln. »Der Unterschied ist eh nicht gewaltig.« Als er sah, wie betroffen seine Mutter reagierte, fügte er versöhnlich hinzu: »Aber vielleicht setzen sie ihn auch als Vorkoster ein.«

Sie starrte ihn fassungslos an. Sein Tonfall – so kühl! Seine Bemerkungen – so widerwärtig realistisch! »Pall...!«

»Wir sind jedenfalls auf uns selbst gestellt«, fuhr Pall fort. »Ich sehe jetzt alles ganz klar vor mir. Ohje hat die Bücher gefälscht und damit dem Kaiser, NOAMCHOMSKI und dem Baron ermöglicht, Vater aus dem Rennen zu werfen. Wahrscheinlich waren die Hardehaurhar als Schleckermann-Reisende verkleidet. Der Trunkene und Gurnsey haben sich verdünnisiert. Thufix Habwat ist seelisch zerrüttet. Jetzt sitzt der Baron in Arrakzuck und wartet darauf, Arrakkandis seinem Neffen Flip-Rotha zu übergeben. Der Gilde ist das egal – denen geht es nur ums Bier. Alles, was wir aufzubieten haben, sind die Femen – das wildeste Volk der Galaxis.«

»Pall«, zischte sie. »Wie kannst du... all das wissen?«

»Ich hab' nur so geraten.«

Pall starrte in die Große Weiße Weite. Seine Gedanken rasten. Das oberste Gebot war zu überleben. Seine Eltern waren in ihrer eigenen Welt aufgewachsen – aber diese Welt gab es nicht mehr. Nach dem erzwungenen Konkurs seines Vaters stand auch Pall vor dem Nichts. Die üblichen Berufe, die ihm sonst offengestanden hätten – Rechtsanwalt, Generaldirektor, Börsenschwindler, Politiker, Finanzberater – all diese wunderbaren Berufe würde er nun nicht mehr erlernen können. Er war verloren auf diesem trostlosen Wüsten Planeten, ohne akademischen Grad, ohne eine vernünftige Privatschule in der Nähe, und was am schlimmsten war: ohne Beziehungen. Seine Fähigkeiten als Koch waren auf einer Welt verschwendet, auf der es noch nicht einmal Schaschlik oder Big Mäxe gab. Außerdem mußte er noch auf seine Mutter aufpassen. Kaum fünfzehn war er bereits vom Schicksal gebeutelt auf die Zuckerpiste geworfen worden und stand nun hier, de facto ein alter Mann.

»Einen Moment«, murmelte er. »Das Bier...«

»Pall...!« rief seine Mutter, und auch sie begriff.

»Du begreifst, Mutter?« fragte er rauh. »Wir müssen die Femen finden. Sie kontrollieren das Bier. Wenn wir sie kontrollieren, können wir das Geschäft allein machen – ohne Kaiser, Gilde und Barone.«

»Sie kontrollieren?« gab Jazzica zurück. Die Worte ihres Sohnes hatten ihre empfindlichste geschäftsfrauliche Stelle getroffen. »Wie?«

»Das weiß ich noch nicht«, gab Pall zu. »Wir müssen sie zuerst einmal finden.«

Jazzica erstarrte. *Kann es denn sein?* fragte sie sich. *Diese wilden, seltsamen Menschen, diese Femen – müssen wir uns wirklich mit ihnen verbünden? So zu leben wie sie, uns so zu kleiden, wie sie sich kleiden, uns von nichts anderem ernähren als von Bier, Brezeln und Nachtisch, bis auch wir enden wie sie, rot in rotäugig und FETT...!*

»NEIN!« schrie sie. »Das darf nicht sein.«

»Ruhe«, sagte Pall, und Jazzica verstummte angesichts seines mannhaften Tons und der männlich-hysterischen Überlegenheit, die daraus sprach. »Wir haben gar keine andere Wahl. Sie halten mich bereits für den Mahdl-T. Nun gut – wenn sie wollen. Zumindest für den Anfang ist es ein Anfang. Aber es ist natürlich auf die Dauer recht unbefriedigend...«

Jazzica fühlte voll kalten Entsetzens, daß er sich da auf etwas einließ, was vielleicht mehr als ein Anfang war. »Aber wenn du nun gar nicht der Mahdl-T bist? Was ist, wenn du nur der Kumquat Haagerdaß bist?«

»Das weiß ich nicht!« schrie er. In seinen Augen flammten zukkende Blitze auf. »Ich weiß nicht, ob ich der Kumquat Haagerdaß bin oder nicht. Ich weiß noch nicht einmal, was der Kumquat Haagerdaß überhaupt *ist!*«

Jazzica starrte ihn an. In ihrem Magen verkrampfte sich etwas, und einen Moment fürchtete sie, daß sich die Blähungen äußern könnten, die sie der morgendlichen Folter – Erbsensuppe mit Zwiebeln und Mayonnaise – verdankte. Winzige »Ich-weiß-nicht-was-ich-denken-soll«-Nadeln irrten in ihrem verstörten Geist umher. Irgendwo tief hinten in ihrer Kehle versuchte sie zu schlukken. »Ich auch nicht«, gestand sie schließlich.

»Du weißt es nicht?«

»Nein«, stammelte sie. »Alle meine Boni-Makkaroni-Lehrer sprachen von ihm, als ob wir bereits alles über ihn wüßten.«

»Und keiner von euch wußte es?«

»Nein... Pall.« Sie wandte sich beschämt ab. »Ich glaube, es hat irgend etwas damit zu tun, möglichst viele Gerichte auf einmal zu bereiten, ohne etwas anbrennen zu lassen...«

»So ein Schwachsinn.«

Pall starrte zu Boden und versuchte die geballte Ladung Informationen zu verarbeiten, mit der er so unerwarteterweise konfrontiert worden war. Die Assoziationen, die sie hervorriefen, fluteten in seinen Verstand wie Wasser nach dem Dammbruch einer Talsperre. Seine verschiedenen Bewußtseinsebenen wurden schlagartig aktiviert, und mit plötzlicher, atemberaubender Wucht wurde er sich bewußt, *was* da in seinem Inneren ablief: Er *dachte.* Und das Resultat dieses unglaublichen, alles bisher Dagewesene in den Schatten stellenden Vorganges war – mehr oder weniger – das, was man *eine Idee haben* nennt.

»... und vielleicht weiß noch nicht einmal die ehrwürgende Mutter, was der Kumquat Haagerdaß ist«, beendete seine Mutter ihre lange Auflistung.

Er riß die Hand hoch, um sie daran zu hindern, nach einer Atempause weiterzureden.

»Das ist auch völlig egal«, sagte er. Er erklomm eine nahe Zukkeranhöhe, ein bonbonartiges, scharfkantiges Gebilde, das glitschig wie Sahnetorte war, breitete die Arme aus und rief in die mondlichtbeschienene Große Weiße Weite hinein: »Es ist völlig egal! Alles, was zählt, ist meine großartige Idee!«

Er sprang wieder herab, eilte mit wild blitzenden Augen auf seine Mutter zu. »Ich brauche einen Job, Mami. Und die Femen können mir einen geben. Wir müssen sie nur finden. Wir sagen ihnen, daß *ich* der Kumquat Haagerdaß bin. Da niemand weiß, was man sich unter ihm vorstellen muß, werden sie mir nicht zu widersprechen wagen.«

Vor Palls geistigem Auge breitete sich alles mit der leicht dunstigen Klarheit einer Fata Morgana aus. Die Missionari Phonibalconi war hier gewesen. Palls Anspruch auf den Kumquat-Haagerdaß-Titel war durch die Legende belegt. Daraus würde sich das ergeben, was sein Vater *Biermacht* genannt hatte.

Pall fühlte plötzlich tiefen Frieden in sich. Die Frage, die ihn seit Verlassen Cowboy-Dans gequält hatte, war beantwortet. Er schluchzte, fiel auf die Knie und spürte Tränen, die über seine jugendlichen Wangen liefen. Er sah zu den beiden Monden seiner neuen Heimatwelt auf. »Vater!« schrie er. »Ich mache Karriere!«

ZWEITES BUCH

MUMÄH'PLIP

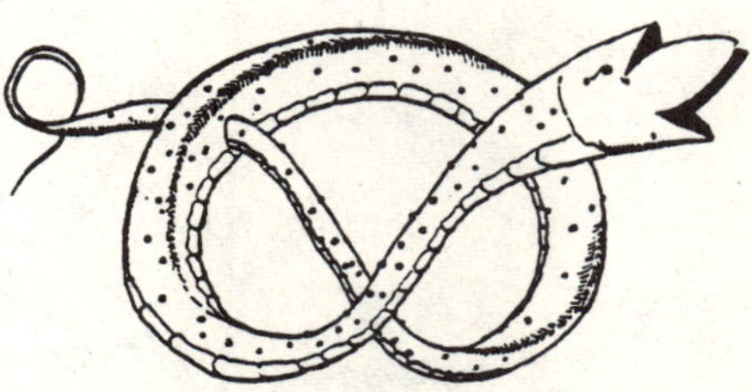

Es wird einigen unter euch nicht entgangen sein, daß sich Mumäh' Plip recht rasch zum Laserium Al-Dilah' erklärte. Diesen sei gesagt, daß für ihn Religion und Geschäft eine Einheit bildeten. Wie Mumäh' Plip so schön formulierte: »Gott kümmert es nicht, was du tust oder warum du es tust. Wichtig hingegen ist, daß deine Steuererklärung in Ordnung ist und du alle einschlägigen Rezepte im Kopf hast.«

AUS: »MUMÄH' PLIP: GESAMMELTE PRESSEMITTEILUNGEN«
HERAUSGEGEBEN VON PRINZESSIN SERUTAN

Jazzica erwachte im ersten Tageslicht, einem schwachen Erdbeer-Schokoladenen-Eiscreme-Grün, das sich am himmelblauen Horizont abzeichnete. Sie richtete sich in ihrem Schweißzelt auf und blickte nach draußen. Ihr Boni-Makkaroni-Training und ihr visuelles Aufnahme-Seh-Begreif-Zentrum ermöglichten ihr die schlagartige Erkenntnis: Die Abwesenheit ihres Sohnes lag darin begründet, daß er nicht da war.

Die Hitze im Schweißzelt war erstickend, und Jazzica begriff mit erstaunlicher Klarheit, daß ihre Kehle ausgetrocknet war und sie höllischen Durst hatte. Nicht nur ihre Ausbildung, sondern auch ihre geballte Ladung angeborener Intelligenz und archaischer Instinkte ließ sie an etwas möglichst Kühles und Erfrischendes denken, an Tafelwasser zum Beispiel, oder an einen auf vollen Touren laufenden Ventilator...

Ein Bier, stöhnte sie gedanklich auf, *das wäre jetzt das Richtige.*

»Du bist schon auf?« erscholl eine Stimme. Pall schob den Reißverschluß des Zeltes auf und lugte hinein. »Gut. Wir müssen los. Hier. Iß das und zieh jenes an.«

Ihr entging nicht der geschäftsmännisch kühle Ton in seiner Stimme. »Ja... Pall«, krächzte sie.

Sie machte sich über den Trockenkeks her, den er ihr reichte, und musterte die seltsamen Kleidungsstücke, die er ihr in die aufnahmebereiten Hände drückte. Die beiden Teile waren aus einem kuschelweichen, grellgelben Material gefertigt worden. Die Hose wurde mit etwas zusammengebunden, das wie eine Gardinenschnur aussah. Die Bluse war keine Bluse, sondern ein knitterfreies *Männer*hemd, auf dem zu lesen stand: AUS DEM SPORTCENTER UM DIE ECKE GESTOHLEN.

»Das ist ein Schweißanzug der Femen«, erklärte Pall und suchte die Einzelteile der Überlebensausrüstung zusammen, die sie den beiden Totschlägern Sragg und Kragg abgenommen hatten. »Dadurch wird die Kalorienzahl erheblich beschränkt, die du sonst durch Zucker oder Bier aufnehmen würdest.«

»Wird er mir passen...?«

»Wenn nicht, wird er passend gemacht.«

Was für eine erstaunlich reife Auskunft, dachte sie, während sie die Kleidung anlegte. *Er ist wirklich kein Kind mehr. Er ist ein Teenager.*

Sie verließen das Schweißzelt. Pall ließ die Luft aus dem saunaähnlichen Gebilde, faltete es zusammen und legte es zu den anderen Gerätschaften. Ein Stück Bierpapier flatterte zu Boden; Pall glättete es und überflog das Inhaltsverzeichnis der Überlebensausrüstung: »Lennonjons, Schweißzelt, Schweißanzug, Bierkrug, Schnorchelstöpsel, Ramtamtam, Filterzig, Bumser, Haferschleim im Blechnapf, Brühenhaken, Fernglotzer, Calltranspos, Link-Wink, Jack-The-Ripper-Sac-Flies...« Er sah zu seiner Mutter auf. »Die Femen verfügen über großes technisches Geschick. Aber ich wüßte zu gern, was dieses Jack-The-Ripper-Zeugs soll.«

Noch nie zuvor hatte Jazzica so viel Energie und Selbstbeherrschung hinter seinen Worten gespürt. Sie schüttelte sich innerlich, angesichts der Unversöhnlichkeit in seiner Stimme. »Ja«, brachte sie schließlich hervor. »Das wüßte ich auch gern.«

Er deutete auf die verschwommene Linie der Berge am Horizont. »Brechen wir auf. Dort liegt unser Ziel. Wir werden tagsüber reisen und uns im Schutz der Felsbonbons halten. Wir müssen uns wie die Femen bewegen, ungleichmäßig, um die Brezeln nicht auf uns aufmerksam zu machen. Und nun komm.«

»Eins, zwei, drei, im schnellen Lauf, latschen wir den Berg hinauf«, sagte Jazzica.

»Bitte, Mutter?«

Er muß noch viel lernen, dachte sie. *Und wir haben nicht mehr viel Zeit.*

»Nichts, Pall«, sagte sie. »Nur eine alte Weisheit. Soll heißen, daß wir uns von mir aus in Bewegung setzen können.«

Sie begannen zu gehen, mit unsicheren Schritten auf unsicherem Grund. Jazzica stellte voller Entzücken fest, daß Pall den leicht torkelnden Gang der Femen bis aufs i-Tüpfelchen beherrschte. Schritt... Schritt... Schritt-Schritt-Schritt... Schritt... Schritt... Schritt-Schritt-Schritt...

»Dein Gang ist göttlich, Sohn«, murmelte sie.

Sie marschierten minutenlang, ohne eine Pause zu machen. Die Landschaft um sie herum schien in ständig fließender Bewegung zu sein. Der Zucker erstreckte sich weit in die hitzeschimmernde Luft hinein und öffnete sich dem All, immer weiter treibend, bis in die Unendlichkeit. Der bonbonfarbene Gebirgskamm wurde mit jedem Schritt fast unmerklich größer.

Sie hielten vor einer tümpelähnlichen Senke voll vom Winde verwehten Pulvers. Es war eine schneeweiße Puderzuckerverwehung; eine der vielen Verwehungen in der Großen Weißen Weite, die durch Drehung und Reibung kristallinen Zuckers entstanden war – wie der Sand, den der Wind aufwarf, zu Treibsand wurde, so war hier Treibzucker entstanden. Ein unbedachter Schritt konnte den Tod bedeuten.

Pall gab seiner Mutter zu verstehen, daß sie halten sollte und näherte sich vorsichtig dem trügerischen Untergrund. Sein Instinkt lenkte ihn: Er legte sein Körpergewicht auf den linken Fuß und wackelte so lange mit dem rechten Fuß über dem talgähnlichen Pulver, bis er sich nicht mehr halten konnte und auch den rechten Fuß absetzen mußte. Sein Bein versank bis zur Unterkante Oberkante in der weißen Schicht. Ohne Panik gab er sich dem *Hoki-Poki* hin und drehte sich einmal um seine eigene Achse.

Das ist schon alles, dachte Jazzica grimmig.

Ein plötzlich anschwellendes Geräusch lenkte ihre Aufmerksamkeit ab, ein tiefes Prasseln, das aus keiner speziellen Richtung zu kommen schien und sich zu einem schmierig-glitschigen Rutschen steigerte. Sie begegnete dem Blick ihres Sohnes.

»Brezeln«, sagte er einfach. Dann nahm er auch schon das hefeartige Bieraroma wahr. Was für ein Zusammenhang bestand zwischen Brezeln und Bier? Keynes hatte gesagt – aber es war nicht die Zeit für Spekulationen.

»Wir müssen den Bonbonfelsen erreichen«, sagte Pall und nahm seine Sachen auf. »Lauf!«

Er ergriff den Arm seiner Mutter und führte sie über eine Ebene an der Puderzuckerverwehung vorbei. Das krachend-berstende Geräusch wurde lauter, und Jazzica spürte, wie der Boden unter ihren Pistentramplern vibrierte.

»Schneller!« rief Pall.

»Ich... ich kann nicht«, brachte sie krächzend hervor.

Sie rannten weiter. Der Bonbonfelsen war kaum mehr hundert Meter von ihnen entfernt. Der Boden wackelte wie Pudding, und scharfer Biergeruch drang in ihre Nase.

Der lose Zucker erschwerte ihr Vorwärtskommen; sie mußten sich wie durch eine bizarre Schneelandschaft vorwärtskämpfen. Dann hatten sie die glitschige, harte Oberfläche der Felsen erreicht und versuchten sich zu einem Vorsprung hochzukämpfen.

»Bop! Bop! Boppa-dop-dop-dop Bop-a-dop Bop!«

»Bongo Oblaten!« zischte Pall.

Der Boden vibrierte wie ein Trommelfell. Tonnen hart zusammengepreßten Zuckers waren durch Witterungseinflüsse immer wieder verschoben worden und hatten Hohlräume gebildet, die bei jeder Gewichtsveränderung mit einem wahren Trommelfeuer verschiedener Laute reagierten. Jeder Schritt verursachte ein Bongo-Bop, das von verwirrenden, an den Nerven zerrenden Zischlauten begleitet wurde.

»Schneller!« drängte Pall.

Er ergriff die Hand seiner Mutter und zerrte sie mit über die

Bongo Oblaten; ihre Schritte riefen ein kompliziertes rhythmisches Muster hervor.

»Bop! Bop! Ya-bopitty-bopitty-bah-DAH-bop!«

Das tiefe Grollen der verfolgenden Brezel verzerrte sich zu einem wirren Hagel schriller Töne.

Sie hielten und wandten sich um.

Ungefähr hundert Meter hinter ihnen riß der Boden auf wie ein aufgehender Hefeteig und brach auseinander.

Zerfetzte Oblatenstücke regneten auf sie herab, und ein toastbraunes Etwas schoß aus dem Riß hervor. Weiße Salzbrocken hoben sich von der schimmernden Oberfläche des Ungeheuers ab.

Es wurde größer und größer, streckte schließlich den unförmigen Kopf vor, der auf dem gigantischen, gebogenen Körper saß.

Zwei leerbrennende Augen starrten Pall und Jazzica voll urzeitlichem Haß an; der Blick eines Königs der Zuckerfelder, der Eindringlinge von seinem Territorium vertreibt.

Sein Maul öffnete sich. Biergestank und knuspriger Brezelgeruch schlug den Fassungslosen ins Gesicht.

»Sie ist... groß«, flüsterte Jazzica.

»Ja.«

Pall packte sie beim Handgelenk und zog sie die letzten Meter über die Bongo Oblaten hinter sich her. Die Oblaten, die von der großen Brezel zerrissen worden waren und ihre Spannung verloren hatten, waren jetzt leichter zu überqueren. Eine seltsame Leichtigkeit ergriff von ihnen Besitz. Ihre Muskeln handelten beinahe wie von selbst. Es war gleichermaßen aufregend wie erregend; eine ganz neue Art, vor menschenfressenden Brezeln wegzulaufen.

Pall und Jazzica erreichten den Bonbonfelsen ohne weitere Zwischenfälle.

Die Brezel folgte ihnen blindlings, schnitt wie ein Eisbrecher durch die Oblaten. Salzbrocken purzelten lawinenartig von ihrem Rücken und schlugen wie Kanonenkugeln in dem weißen Untergrund auf.

Pall erreichte den ersten Vorsprung und entdeckte einen schmalen Einschnitt in der klebrig-festen Masse. Er war groß genug, um ihnen Platz zu bieten und sich nach ihrem Verfolger umzusehen.

Die Brezel schoß auf den Felsen zu; ein turmhohes Monster, das sich an den Bonbon preßte, ohne sie in ihrer Nische erreichen zu können. Sie stieß ein dumpfes Röhren aus, schob und drehte ihren Kopf von rechts nach links, als wolle sie ihn schütteln.

Jetzt sind wir die Gejagten und die Brezel ist der Jäger, dachte Jazzica. *Jetzt sind nicht wir verfressen, sondern sie ist es. Wir sind eine Zwischenmahlzeit: knusprig, gar und etwas, das man sich nicht alle Tage leisten kann...*

»Hörst du das auch?!«

Außer dem Dröhnen und Rumoren der Brezel war noch etwas anderes zu hören; ein gleichmäßiges, dumpfes Geräusch.

»Bums! Bums! Bums bums!«

»Ein Bumser!« zischte Pall. »Ein Gerät der Femen, mit dem sie Brezeln anlocken. Wir sind nicht allein!«

Die Brezel ließ in ihrem Wüten nach und verharrte zögernd. Dann drehte sie sich mit einer mahlenden Bewegung ab und verschwand in der Richtung, aus der das Geräusch erscholl.

Es dauerte nicht lange, bis sie verschwunden war.

Pall wechselte einen Blick mit seiner Mutter.

»Irgend jemand hat den Bumser gesetzt«, sagte er. »Aber wer?«

»Femen«, meinte sie.

»Vielleicht finden wir sie«, sagte er. »Dann kann ich ihnen ein paar Tänze und Lieder beibringen...«

»Wir haben unsere eigenen folkloristischen Vergnügen.«

Es war eine tiefe, männliche Stimme, die Palls Worte wie mit einem Fingerschnippen zertrat. Sie kam von oben.

Pall wirbelte herum und riß seinen Blick hoch. Er entdeckte einen stämmigen, untersetzten Mann in einem Schweißanzug, der auf sie herabsah. In seiner Begleitung befanden sich andere, ähnlich gekleidete Gestalten.

Jazzica sperrte den Mund auf.

Aus dem Schatten der Bonbonfelsen traten immer mehr Menschen hervor. Sie alle hatten die rot in roten Augen, die für fleißigen Bierkonsum sprachen.

»Zeit ist Fleisch, Spil«, brummte einer von ihnen. »Nehmen wir ihr Fleisch und hauen ab.«

Pall erstarrte. Sein Verstand arbeitete mit erstaunlicher Präzision. Er unterdrückte ein aufsteigendes Angstgefühl und gab sich ganz den Jog-Hurt und Jog-Hurta Entspannungsübungen hin. Sobald er die perfekte Kontrolle über seine Muskeln wiedererlangt hatte, konnte er vorschnellen, die Brieftasche hervorzerren und ihnen eine Summe für ihre Unannehmlichkeiten anbieten.

Aber er kam nicht mehr dazu. Der Anführer kletterte zu ihnen hinab. Pall bemerkte, daß der Fluchtweg versperrt war. Sie waren an diesem seltsamen Ort von Femen umzingelt, ohne Leibwache, Waffen oder Rechtsanwälte. Und alles, was diese Nomaden von ihnen haben wollten, waren ihr Fleischvorrat.

Wie alle Schöpfungsberichte ist auch der der Femen unnötig kompliziert. Und doch können wir viel von ihm lernen, denn hinter dem schmückenden Beiwerk der Legenden verbirgt sich viel Wahres. Wen reizt es nicht, den Sagen die Maske vom Gesicht zu reißen?

Die Femen glauben, daß das Universum nach dem Stelldichein einiger weniger bedeutender Gottheiten – männlicher wie weiblicher – gestaltet wurde. Es geschah an einem trüben Tag, während einer Bürofete, auf der die erfolgreiche Erschaffung der Luft gefeiert wurde. Nähere Details entnehmen Wissensdurstige bitte der einschlägigen Literatur, allen voran der Rosa Bauernbibel, *dem* Talmud Te Ching *und der* Torah' Ra Buum Di-'ey.

AUS: »ES IST WAS LOS AUF ARRAKKANDIS;
DIE SCHÖPFUNGSGESCHICHTE« VON PRINZESSIN SERUTAN

Der Mann taumelte vorwärts und fiel schwer zu Boden. Er war kaum mehr als ein Fleck auf dem Gewand der Großen Weißen Weite, ausgedörrt und vertrocknet von der unbarmherzigen Sonne, die auf Arrakkandis niederbrannte. Als er sich aufzurichten versuchte, rieselte Zucker über sein Gesicht. Der zerlumpte Fetzen, der einst ein Hemd gewesen war, trug eine kaum noch leserliche Aufschrift: »Meine Vorfahren haben den Raum gefaltet, und alles, was mir von ihnen geblieben ist, ist dieses blöde Hemd.«

Unter den Fetzen war ein weiteres Kleidungsstück erkennbar; ein purpurfarbenes Lätzchen, das er wie die Femen um den Hals geknotet trug.

Die rot in roten Augen des Mannes wurden glasig.

Er überschattete die Augen mit einer Hand und starrte in den hellgleißenden Himmel empor, an dem ein Vogel seine einsame Bahn zog. *Wie ich mir dachte,* dachte er. *Ein Zuckergeier. »Der süße Vogel der Jugend«, wie ihn die Femen nennen.*

Und dann dachte er: *ein Vorbote des Todes.*

Zwei Männer hatten ihn auf Geheiß von Baron Wladimir Hackwonnen vor einem Tag in der Einsamkeit ausgesetzt. Das bedeutete seinen Tod. Die Brezeln würden sich über ihn hermachen und seine sterbliche Hülle auflösen. Der Kaiser würde Protest einlegen und einen Pro-Forma-Untersuchungsausschuß einsetzen. Schließlich war er immer noch Planetologe des Imperiums. Die Form mußte gewahrt bleiben, die das strenge Klassensystem der sozialen und politischen Ordnung des Imperiums *Keiner-spielt-mit-mir* von jedem einzelnen verlangte.

Sie tun alles, um die Ruhe auf Arrakkandis wiederherzustellen, dachte er. *Alles nur für das Bier.* Dann dachte er: *An sich könnte ich auch einen Schluck gebrauchen.*

Er lächelte. Alle Mächtigen des Imperiums: der Kaiser, die Schlepper-Gilde, die Boni Makkaroni, die Großen Mächtigen Häuser, NOAMCHOMSKI – alle faßten Bierkrüge nur mit Gazehandschuhen an. Und mit der gleichen Handbewegung wollten sie die Brezeln von Arrakkandis als lästige Naturphänomene wegwischen und die Femen in die Schublade schieben, auf der *Drollige Wilde* stand...

Doch ich kenne die Wahrheit, dachte er. *Die Brezeln erzeugen das Bier!*

»Es ist nur ein Stück Natur«, sagte er laut. »Die Brezeln, die sich durchs Erd- und Zuckerreich graben, kommen auch mit den unterirdischen Salzadern in Kontakt. Sie binden makrokristalline Salze auf ihrer frischgebackenen Oberfläche. Die Salzbrocken lösen bei ihnen so etwas wie Tollwut aus; aus den normalerweise zurückhaltenden Geschöpfen werden rasende Bestien.«

Er hielt inne, seufzte bedauernd und dachte: *Die meisten Menschen wissen gar nicht, daß Brezeln in Wirklichkeit ganz reizende Haustiere sind!*

Er rang nach Luft, riß sich zusammen und fuhr fort. »Diese salztragenden Brezeln sind die ›Absoluten Wahnsinnshämmer‹, die in so vielen Liedern und Legenden der Femen vorkommen.«

»Aber schließlich löst das Salz einen Imbiß-Auflösungsprozeß aus, und die Brezeln zerfallen in gesalzene Erdnüsse. Sie werden von den Femen für rituelle Zwecke verwandt. In den unterirdischen Lagerstätten dieser Nüsse kommt es mit natürlicher Hefe zu einer Reaktion. Das Regenwasser, das durch die Oberfläche gefiltert nach unten gelangt, bindet die Hefe-Nuß-Mischung zur sogenannten ›Brühe‹. Nach einer Zeit der Reife entsteht daraus Bier.«

Er stolperte weiter, fiel wieder, richtete sich auf, fiel, blieb liegen und dachte: *Schon die ersten Femensiedler entdeckten diesen Prozeß vor ungefähr vierhundert (Standard-) Jahren.* Sie hatten aus religiösen Gründen fliehen müssen.

»Andere Erdnüsse«, fuhr er fort, »die während der Trockenzeit auf der Planetenoberfläche liegenbleiben, entwickeln sich zu der Vorstufe der Brezeln, den eingeschlechtlichen Pflanzen-Tier-Imbissen, den ›Nuggets‹. Während der Regenzeit wird das Salz vollständig aus den Nuggets ausgewaschen. Sie backen in der Sonne und erlangen ihre typische, knackigbraune Farbe. An die Nugget-Phase schließt sich die ›Elefantös‹-Phase an, bis schließlich die Brezeln voll ausreifen. Sie wühlen im Untergrund und suchen nach Nahrung, und der Zyklus beginnt wieder von vorn.«

Er stand unsicher auf, fasziniert von seinem eigenen Gedankengang.

Und keiner weiß es! Nur ich – und die Femen!

Er wußte noch etwas anderes. Seine Nase entdeckte den Geruch reifer Hefe und den echt ätzender Brühe – Geruchsdaten, die ohne sein Zutun analysiert und ausgewertet wurden. Unter der Stelle, über die er stolperte, fiel und sich wieder aufrichtete, mußte fast ausgereiftes Bier lagern. Tausende Liter würden von einer einzigen großen »Bierexplosion« hochgeschleudert werden, abregnen und sich in kleinen Tümpeln sammeln, die die Einheimischen »Bier-Fäßchen« nannten.

Er mußte so schnell wie möglich hier weg! Einen geordneten Rückzug zu einer strategisch günstigeren Position antreten!

Er setzte sich trotz des Wackelpuddings in seinen Knien in aufrechter Position in Bewegung. Er war schon früher ohne Überlebensausrüstung, ohne Thopter, Bierkrug oder Filterzig auf den Zuckerfeldern gewesen. Aber es war ihm jedesmal gelungen, Femen oder schlimmstenfalls Schmai-Gunug selbst auf sich aufmerksam zu machen und zu einem sicheren Dootch zu reiten.

Aber diesmal hatte er wirklich *nichts* dabei – keinen Fernglotzer, kein Calltranspo und weder Link-Wink noch Ramtamtam. Und er wußte, daß die nächste Siedlung Hunderte von Kilometern entfernt war, daß die Menschen von jedem Eck und Erg und Aargh, von jeder Anhöhe oder Senke anderes zu tun hatten, als ihn hier zu suchen. So war das mit seinen guten Freunden, den Femen.

Schiet auf die guten Freunde, dachte er und stolperte weiter.

Irgendwo in seinem Hinterkopf jammerte eine Stimme, daß er durstig war, Wasser oder Bier brauchte und am besten noch etwas Anständiges zu essen. Eine andere Stimme in seinem Hinterkopf schrie zurück, daß ihm das nicht entgangen sei und sie doch das Jammern einstellen solle. Eine dritte Stimme im Vordergrund seines Bewußtseins donnerte, daß bei dem pausenlosen Gezänk kein einziger vernünftiger Gedanke mehr möglich war.

Der Geier setzte zu einem seiner regelmäßigen Inspektionsrundflüge an, um sich vom Zustand des einsamen Wanderers zu überzeugen.

Nachdem Ruhe eingekehrt war, machte sich ein Gedanke in dem erschöpften Planetologen breit: Wenn er sein Gewicht verringerte, kam er vielleicht schneller voran.

Er riß sich die Reste seines Hemdes vom Oberkörper, warf sie zur Seite und beobachtete, wie sie auf den kristallinen Boden hinabsegelten. Er trug nun nichts mehr, außer seiner losen Hose und dem purpurfarbenen Lätzchen, dem *Plip,* das ihm die Femen Jahre nach seiner Ankunft überreicht hatten, als sie ihn als einen der ihren akzeptierten.

Er blieb stehen und warf einen müden Blick auf seine Kleidung. Einen flüchtigen Augenblick dachte er daran, sie auch noch auszuziehen, aber dann hielt ihn die Erinnerung an die Übergabezeremonie davon ab.

Sie hatten sich alle in Dootch City versammelt. Spilgard war dagewesen und die Ruferin Griesy. Alle hatten schweigend in der großen, steinernen Kaverne gestanden, während er kniend die Zeremonie über sich hatte ergehen lassen, die der Nabe zelebrierte.

»Keynes«, hatte Spilgard gesagt. »Züm Schlägeln von Eyweiß, Küchteig, Sauzen, Eyntopf und schwehren Teilchen, schryb dir hynter die Ören.«

Und er hatte mit Worten geantwortet, deren Sinn er nicht verstand, die er aber zuvor auswendig gelernt hatte: »Quyrleinsätze yn Öffnung, Schall-ter uf Stufe Nüll und losegequyrlt.«

»Rezypt laut Ländfünk.«

»Dyodenkäbel yn Stereobüchse, Schall-ter uf Myttelwülle und losgehöhrt.«

Daraufhin hatte sich Spilgard an den Stamm gewandt und verkündet: »Geprysen sey der Üniversüm Ländfünk mit syn wysenschaafltich episch Repörter.«

Und ein Mitglied der Gemeinde hatte geantwortet. »Üf des Gegrünz von Schwynen, langh vermist üf Arräkkandys.«

Dann wandte sich Spilgard an ihn: »Erhebe dich, Keynes. Du gehörst jetzt zu uns. Du bist ein Feme. Unser Fleisch ist deins. Dein Fleisch ist unsers.« Der Nabe hatte das purpurfarbene Lätzchen um seinen Hals gebunden. »Dieses Plip sei jetzt deins.«

Der Zuckergeier landete ein paar Meter von der ausgemergelten menschlichen Gestalt. Keynes bemerkte es nicht einmal mehr. Sein

Geist wurde vollständig von der Erinnerung an das Ritual ausgefüllt, mit dem Menschen ihn akzeptiert hatten, die diesen Planeten in Wirklichkeit besaßen – nein; managten. Den Planeten, die Brezeln und das Bier.

Tief im Inneren der Erde grummelte es, und der Geier flog panisch davon. Der letzte Gedanke von Keynes, bevor der Boden von einer Explosion aus Zucker und Bier gesprengt wurde, galt der Ironie des Schicksals: Da lag er nun halb verdurstet und doch würde die Brühe, die seinen Durst löschen konnte, ihm den Tod bringen.

Mein Vater, der Pahdedbrah Kaiser, sprach einst zum Baron Wladimir Hackwonnen: »In jedem dicken Menschen steckt ein dünner Hering, der wild auf sich aufmerksam macht und alles essen will, was in seiner Sichtweite ist. Aus diesem Grund werden Dicke immer dicker.«

AUS: »MEIN LIEBSTER DADDY: MEMOIREN EINER KAISERLICHEN KINDHEIT« VON PRINZESSIN SERUTAN

»Sie sind mit Sicherheit tot. My Lord Baron«, sagte der Offizier der Wache. »Keynes, Lady Jazzica, der Junge Pall – alle wurden auf die Zuckerfelder gebracht, und alle…«

»Ah, ah!« Der Baron streckte seine unförmige Hand vor. »Erzählt es mir nicht. Ich will es gar nicht wissen.«

»Natürlich, Sire.« Der Offizier verbeugte sich und ging.

Der Baron wandte sich an Peter de Vries. Bis auf ein paar niedere Bedienstete hielt sich außer ihnen niemand in der gigantischen Haupthalle der Gouverneursresidenz auf. »Was für ein Idiot, Peter«, schnaubte der immer fetter werdende Dicke. »Er wollte mir doch tatsächlich alle Einzelheiten erzählen – wohin man sie gebracht hat, wie sie gestorben sind, was sie gewußt haben, wie sie es erfahren haben…«

»Es war wohl Gedankenlosigkeit, My Lord Baron«, antwortete de Vries abwesend.

»Gedankenlosigkeit? Verrat, Mann!« Der Baron streckte seinen wabbligen Arm vor, nahm eine Melone und biß lustvoll hinein. Dann polkte er die Kerne heraus und bewarf damit einen Diener. »Und was, wenn unser großartiger Kaiser, Sinkbad IV., eine Juris Rancho Grande einberuft, um Keynes' Verschwinden aufzuklären? Mit Sicherheit werde dann auch ich befragt.«

»Und Ihr wünscht damit nicht behelligt zu werden, My Lord.«

»Natürlich nicht. Was ich nicht weiß oder was ich nicht zu wissen behaupte – oder was man mir nicht beweisen kann zu wissen, kann mir nicht schaden. Abgesehen davon, Peter: Männer an der Spitze sind so lange unschuldig, wie sie nicht von gewissen Medien mit bestimmten Vorfällen in Zusammenhang gebracht werden, nicht vor Gericht gestellt, nicht verurteilt – und vor allem nicht von ihrer Partei abserviert werden.«

Der Baron winkte einem Diener. Der junge Mann trat näher und verbeugte sich. »Der Offizier, der gerade hier war«, sagte der Baron. »Sorge dafür, daß er unehrenhaft entlassen wird. Keine Entschädigung. Nichts.«

Der Diener verbeugte sich und ging. Der Baron schmatzte, wischte sich die Hände an der Hose ab und holte aus einer großen Aktentasche ein Bündel Zeichnungen hervor, die in schreienden Farben auf extralangem Zickzackpapier ausgeführt worden waren.

»Komm, Peter«, sagte er vergnügt. »Sieh dir das mal an. Das hier ist die Toilette. Absoluter Wahnsinn, was?«

De Vries warf einen Blick auf die Zeichnung und preßte die Lippen aufeinander. »Ganz ordentlich, Baron.«

Der Baron ließ seine Hände sinken und schmollte. »Es gefällt dir nicht.«

»Nun, Sire, Innenausstattungen waren noch nie Jonzun Bois Stärke...«

»Die Entwürfe sind nicht von Bois. Sie sind von mir.«

De Vries sah sie sich nochmals an. »Sie verraten einen seltenen Überschwang in der Ausführung, My Lord.«

Der Baron runzelte die Stirn. »Findest du sie nun gut oder nicht?«

»Für eine Toilette, ja, sehr passend.«

Der Baron lächelte zufrieden. Er rollte die Toilettenzeichnung wieder ein und breitete eine andere aus. »Das ist die Eingangshalle des Theaters. Beachte, daß die Teppiche und Wände zu der Abendgarderobe der Mädchen passen müssen. Ich dachte deshalb an fließende Wechsel im Dekor, abhängig von Tiefe der Dekolletés der Mädchen.«

»Ein reizender Gedanke, Sire.«

Der Baron warf einen Blick auf de Vries und sagte vertrauensvoll: »Du mußt wissen, Bois findet meine Entwürfe geradezu schrecklich gut für einen Amateur.«

»Das kann ich mir vorstellen, Sire.«

Der Baron verzog das Gesicht. »Sprich nicht so von oben herab mit mir, Peter. Ich weiß, was du von Bois hältst. Aber sieh dir nur den Hauptsitz der Antares Teleport und Telepath an. Die ionischen Säulen, die er über den Nordpol verstreut hat. Einfach genial!«

»Es ist nicht gerade mein Geschmack«, gestand der Mannhau. »Aber ich versichere Euch, daß seine Beschränktheit für Eure Zwecke nur von Vorteil sein kann. Und Ihr gehört zu der Art von Kunden, für die er am liebsten arbeitet.«

Der Baron lachte und strich sich über seinen unförmigen Bauch. »Wir werden diesen verkommenen Planeten von A bis Z auf Vordermann bringen und aus ihm die eleganteste Bar machen, die das Universum je gesehen hat. Aber zuerst müssen wir die verdammten Brezeln loswerden.«

De Vries runzelte die Stirn und sagte: »Ein ehrgeiziger Plan, Baron. Sie sind nicht gerade klein.«

»Ja, ja, sie sind riesig, ich weiß«, sagte der Baron ungeduldig. »Aber denk nur daran, wie herrlich sie zu Bier passen. Außerdem können wir sie nicht frei durch die Gegend kurven lassen. Man kann nicht erwarten, daß die Haute Volaute des Imperiums einen Club aufsucht, wenn sie erwarten muß, von einer wildgewordenen

Brezel zerquetscht zu werden.«

»Vollkommen richtig, Sire.«

Der Baron nickte. »Zuerst müssen die Brezeln verschwinden. Und dann sind die Femen an der Reihe. Ein rauhes und nicht gerade vertrauenswürdiges Völkchen, Peter. Ich glaube, ich werde Flip-Rotha mit dieser Aufgabe betrauen. Ja, das werde ich. Er glaubt, er könne hier einfach so reinspazieren und die Herrschaft an sich reißen, wenn ich Direktor von NOAMCHOMSKI werde. Der liebe Flip soll sich sein Stück an der Sahnetorte Arrakkandis verdienen. Schließlich, Peter, hat ein bißchen Arbeit noch niemandem geschadet.«

Außerdem, dachte der Baron, *wird es ihm Spaß machen. Flip-Rotha wird mit Freude Jagd auf die Femen machen. Oder ob er sie lieber als Kellner anheuert...?*

Nein, dazu sind sie viel zu mystisch veranlagt, mit diesem Geschwätz über ihren Erlöser und den komischen Schweißanzügen. Sie müssen verschwinden.

Der Baron läutete nach Essen und dachte verächtlich: *Wenn ich eins nicht leiden kann, dann ist es ein mystisch veranlagter Kellner.*

Mumäh' Plip sagte: »Zeige mir die größten Werte der Zivilisation und ich zeige dir meine. Nun mach schon, zeige sie mir. Nur einen einzigen echten Wert. Okay, dann eben nicht. Zeige mir nichts.«

AUS: »ALS DIE ZEIT REIF WAR FÜR GROSSSPRECHERISCHE TITEL: MUMÄH' PLIPS ERINNERUNGEN«
HERAUSGEGEBEN VON PRINZESSIN SERUTAN

»Nehmen wir ihr Fleisch und hauen ab, Spilgard«, sagte jemand.

Der offensichtliche Führer der Femen, der vor Jazzica im Schatten stand, drehte sich zum Sprecher um. »Was sollen wir deiner Meinung nach abhauen, Janis?«

Janis brummte und sagte dann: »Nichts. Es ist nur so ein Ausdruck – ›laß uns abhauen‹. Was, das weiß ich nicht. Keine Ahnung.«

»Ich habe hier das Kommando«, sagte Spilgard streng. »Und ich werde entscheiden, wann wem was abgehauen wird.«

Spilgard! dachte Jazzica. *Der Nabe, den ich in Arrakzuck kennenlernte.*

Spilgard trat aus dem Schatten heraus. Pall, der nur ein, zwei Schritte von ihm entfernt stand, spannte sich und konzentrierte sich auf seine rechte Hand, mit der er im Notfall die Brieftasche hervorreißen würde.

»Ich kenne dich, Frau«, sagte der Nabe. Seine rot in roten Augen verengten sich, als er sie eingehend musterte. »Wir haben uns schon mal gesehen.«

»In der Gouverneursresidenz von Arrakzuck«, antwortete sie. »Dort vereinten Spilgard und ich unser Fleisch.«

Spilgards Blick fiel auf Pall. »Das ist dein Sohn«, stellte er fest. »Unser Volksempfänger verbreitete die Kunde von dem Erscheinen des Laserium al-Dilah', dem hellen Licht italienischer Liebeslieder. Als diese Neuigkeit meine Ohren erreichte, war ich klauskinski – skeptisch gegenüber diesem religiösen Gerücht. Aber vieles der Prophezeiung hat sich bereits lyfah-ryli, erfüllt. Noch immer weigere ich mich, den Mahi-Nahi zu verkünden, den Tag der Ankunft des Erlösers. Es bedarf noch mehrerer Engelberthumperdincks, Beweise.«

»Wir verschwenden nur Zeit«, unterbrach ihn Janis. »Gehorchen wir nun den Heiligen Gesetzen und nehmen uns zum Wohl des Stammes ihr Fleisch, oder was?«

»Laßt uns den Mann-Jungen und die Frau-Mutter aufnehmen«, sagte Spilgard. »Laßt sie uns bis nach Dootch begleiten, auf daß sich herausstelle, ob dieser Knabe wirklich der Laserium Al-Dilah' ist.«

»Sie sind nichts weiter als zwei hinterhältige Out-Freunde«, brummte Janis. »Würde mich nicht im geringsten wundern, wenn sie hackwönnische Spione wären oder im Dienst der Gilde stünden. Oder vielleicht gehören sie auch zu diesem Kaiserschmarren – der Dokumentarabteilung des Pahdedbrah Werbefernsehens.« Er äffte den Tonfall eines Kommentators nach. »›Es ist ein einfaches Volk, das dennoch auf ein reiches kulturelles Erbe zurücksehen kann.‹ Pah!« Er spie verächtlich aus.

»Wir sind weder Hackwonnen noch vom Fernsehen«, sagte Pall mit Nachdruck. »Wer das behauptet, lügt.«

»Immer mit der Ruhe, mein junger Wally«, brummte Spilgard. Er wandte sich an Janis und sagte scharf: »Nörgelst du etwa an meiner Entscheidung in dieser Angelegenheit herum?«

»Spilgard ist für seine Fehler bekannt«, beharrte Janis eigensinnig.

Ich könnte diesen Janis zur Ruhe bringen, indem ich ihn aus der Küche verweise, dachte Jazzica.

Doch bevor sie dazu kam, zischte Spilgard: »Ich breite meine Hände über sie aus, Janis.«

Ein Murmeln lief durch seine Leute. Pall hörte, wie ein Mann zu einem anderen sagte: »Er brät die Hände über ihnen – heißt das, daß sie seine Hände bekommen?«

Ein anderer, der das hörte, rief: »Spilgard gibt ihnen seine gebratenen Hände! Er gibt den Out-Freunden sein Fleisch!«

»Er gibt ihnen das Fleisch seiner Hände!«

»Nein, nein!« widersprach Spilgard. »Ich meinte doch nur ...«

Aber die Freudenrufe übertönten ihn und machten es ihm unmöglich, den Irrtum richtigzustellen.

A-h-h-h-h-h-h-h-h-h, es ist schon ein außergewöhnliches Völkchen, dachte Jazzica. *Ein Völkchen, das schon aus nichtigem Anlaß ausflippt, womöglich sogar, handgreiflich wird. Wie nützlich für uns. A-h-h-h-h-h-h-h-h.*

»Kommt«, sagte Spilgard. »Wir kehren nach Dootch City zurück.«

Sie setzten sich in Bewegung und die Schweißhüte auf. Pall bemerkte die Umsicht und Präzision ihrer Bewegungen. Als er seinen Platz in der Marschordnung einnahm, fand er sich neben einem Mädchen-Mädchen wieder. Sie hatte ein feenhaftes Gesicht und ein großes Mundwerk.

»Du darfst nicht aus dem Takt kommen«, sagte sie. Ihre Stimme klang wie das Zwitschern eines Kanarienvogels, und ihr breiter Mund quoll vor fröhlich unterdrücktem Geschwätz über.

»Du ... du kommst mir irgendwie ... bekannt vor«, gestand Pall. »Haben wir uns ... nicht schon einmal getroffen.«

»Ich bin Loni, Tochter von Bob«, sagte sie.

»Und ich bin Pall, Sohn von Herzog Lotto Arthritis.«

Sie unterdrückte ein scheues Lächeln. »Du hast nicht das Auge des Durchblicks.«

Einen Moment schwieg er verwirrt, bis sie auf seine klaren, braunen Augen deutete. Sie selbst hatte die rot in roten Augen, die für ihr Volk charakteristisch waren.

Selbst ihre Mädchen-Mädchen trinken schon Bier, dachte Pall. *Es muß wirklich was dran sein.*

Sie marschierten einige Stunden, bis sie Höhlen erreichten, die verschwommen im fahlen Sonnenlicht glänzten. Bevor sie ihr Lager aufschlugen, teilte Spilgard Wachen ein. Viele Femen zogen ihre Schweißhemden aus und entblößten darunter ganz normale Hemden und Blusen. Jeder von ihnen hatte ein purpurfarbenes Lätzchen um den Hals gebunden.

Jazzica beobachtete voller Ehrfurcht die alltäglichen Verrichtungen der Femen, das Hervorholen der lichtspendenden Westerngloben, die Vorbereitung der Feuerstellen für Karamelbrühe und die Verteilung von Krügen mit einer goldschimmernden Flüssigkeit. *Bier,* dachte sie. *Das ist unser erster wirklicher Kontakt mit ihm. Ich hoffe, Pall kennt die Risiken und trinkt nicht über seinen Durst.* Ein plötzliches Gefühl der Angst ließ sie schaudern. *Sicherlich wird er nicht so dumm sein, seinen herzoglichen Führer-Schein aufs Spiel zu setzen ...*

Als sich Spilgard ihr näherte, sah sie auf. »Euer Sohn und unsere Adirn scheinen sich gut zu verstehen«, sagte er und deutete in eine bestimmte Richtung.

Jazzica entdeckte Pall, der an der gegenüberliegenden Wand lehnte und in ein tiefes Gespräch mit dem Mädchen-Mädchen Loni vertieft war. Eine aufkeimende Beziehung zwischen den beiden konnte kein Glück bringen.

Ich muß Pall vor diesem Mädchen-Mädchen warnen, dachte sie. *Wir müssen den Respekt dieser Menschen gewinnen – aber wir dürfen uns nicht mit ihnen verbrüdern. Es wäre ein fataler Fehler, wenn Palls erste Freundin ausgerechnet eine Femenistin wäre! Und er sie wohlmöglich auch noch schwängerte!*

Pall bemerkte selbst aus der Entfernung, daß er von seiner Mutter beobachtet wurde. *Sie spielt ein gefährliches Spiel*, dachte er.

Dann lächelte er Loni an. »Hier«, sagte sie. »Trink das.« Sie händigte ihm einen kleinen Bierkrug aus, der mit goldener, schäumender Flüssigkeit gefüllt war. »Und jetzt runter mit dem Zeug«, murmelte sie. »Und Steak zum Mittagessen.«

Er nickte und trank einen Schluck.

Das Teufelszeug brannte auf seiner Zunge. Der durchdringende Hefegeruch verursachte ein Kribbeln in seiner Nase. In der Flüssigkeit waren unzählige Luftblasen eingeschlossen, die wie ein Hagelschauer in seiner Kehle niedergingen. Sein Körper begann sich mit Luft zu füllen. Auf seiner Oberlippe blieb Schaum hängen; Loni lachte und wischte ihn mit ihrem purpurfarbenen Lätzchen ab.

»Gefällt es dir?« fragte sie.

»Aber ja«, antwortete er nachdrücklich.

Plötzlich machte sich in ihm ein beklemmendes Gefühl breit und irgend etwas jagte seine Kehle herauf. Es explodierte mit einem gutturalen Laut in seinem Rachen.

»Was hat du getan!« schrie Pall. »In meinem Magen ist der Teufel los!«

Loni starrte ihn an und lachte.

»Oh, Pall Arthritis, das ist nur ein Bierbäuerchen«, stieß sie kichernd hervor. »Der Atem Schmai-Gunugs, der in der Brühe gefangen ist. Wenn wir trinken, geben wir ihn frei. Durch das Ausatmen erhält Schmai-Gunug neue Kraft, und der Stamm gedeiht.«

»Es ist primitive Ökologie, Pall Arthritis«, erklärte ein Mann, der ihre Unterhaltung mitangehört hatte.

»Genehmigen wir uns noch einen«, sagte Loni.

Sie entnahm dem Sechserpack eine neue Dose, setzte den Fingerschneider an und öffnete sie mit einem seiner Spezialwerkzeuge. Dann goß sie mit feierlicher Miene den Inhalt in den senkrecht stehenden Bierkrug. Weißer Schaum stieg aus seiner Mitte empor und verdeckte den klaren, goldenen Farbton.

»Jetzt müssen wir auf den Schaumfall warten«, sagte sie und starrte in die bläschentreibende Flüssigkeit. »Vorher dürfen wir nicht trinken.«

»Es geht auch anders«, sagte Pall plötzlich.

Er ließ sich von ihr eine geöffnete Bierdose geben und goß den Inhalt langsam in einen schräg gestellten Krug. Das Bier rann ruhig hinein, ohne Schaum zu erzeugen.

Loni sah fassungslos zu.

»Du gießt, ohne eine Bierkrone zu erzeugen!« flüsterte sie. »Du bist kein Schaumschläger!«

»Nur so eine Idee...«, begann er.

Aber sie war schon aufgesprungen und hielt seinen Krug hoch, damit ihn alle sehen konnten. »Alle mal aufgepaßt!« schrie sie. »Pall Arthritis gießt ohne Schaum!«

Das Leben um sie herum erstarrte. Die Femen wandten sich nach und nach dem Mädchen zu, das den Krug mit dem schaumlosen Bier in ihrer Linken hielt.

»›Und er wird weise und kein Schaumschläger sein‹«, zitierte jemand leise.

»Er ist der Laserium Al-Dilah'!« schrie Loni voller Stolz.

Pall wurde sich bewußt, daß er im Mittelpunkt bewundernder Blicke stand.

Aufgepaßt, dachte er. *Jetzt kommt der Kasus Knacktus. Mein Status als heiliger Mann kann nun endlich gefestigt werden – oder ich erleide totalen Schiffbruch.*

»Das Bier ohne Krone«, sagte Pall gelassen, »werde ich mir jetzt hinter meine ungekrönte Binde gießen.« Er hielt den Krug hoch und nahm einen tiefen Schluck. Dann streckte er den halbgeleerten Bierkrug vor. »Das tat... die Krone von...« Er brach ab, gestattete sich ein Bierbäuerchen und fuhr fort: »Die Krone... Ich bin die Krone! Die Bierkrone!« Er nickte. *Das hätten wir.* »Ich bin die

Bierkrone von Kandis!«

Die Femen brachen in Freudenschreie aus und tranken auf sein Wohl.

Pall nahm seine Umgebung nur noch verschwommen wahr. Die narkotisierende Wirkung des Biers begann Wirkung zu zeigen. In seinem Kopf herrschte angenehme Leichtigkeit, als ob er jeden Moment abheben und wie ein Ballon der Sonne entgegensteigen würde. Kurzum: er fühlte sich sauwohl.

Die Barrieren, die vor seinen Gefühlen lagen, wurden wie von einer Sturmflut zur Seite gedrückt und zersplitterten streichholzartig. Die Niedergeschlagenheit der vergangenen Tage war vergessen und löste sich in Heiter- und Sorglosigkeit auf. Die Schranken gesellschaftlicher Konditionierung und strenger Erziehung waren plötzlich – *weg*. Was übrigblieb, war ein wirrer Mischmasch aus Lebensfreude, guter Laune und dem Wunsch, etwas total Wahnsinniges zu tun.

»He«, sagte er und legte seinen kraftlosen Arm in einer losen Umarmung um das Mädchen-Mädchen Loni. »Du bist hübsch.«

Immer noch war ein Teil seines Bewußtseins damit beschäftigt, die erstaunliche Wirkung des Alkohols zu analysieren und die zukünftigen Möglichkeiten zu überdenken, die sich daraus ergaben. Er torkelte gegen die Bonbonfelswand und lehnte sich schwer gegen sie. Die unmittelbare Umgebung der Höhle, in der sich Menschen zuprosteten und gegenseitig auf die Schultern klopften, als ob die Heimatmannschaft ein Auswärtsspiel gewonnen hätte, formte sich vor seinen Augen zu einer ganz neuen Vision.

Das, erkannte er, war der Weg der Femen. Der Goldene Mittelweg des Biers!

Und ihm wurden die verschiedenen Möglichkeiten seiner Zukunft bewußt. Einige reichten nur dreißig Sekunden weit.

Jede von ihnen hatte eine felsenfeste Grundlage: Er näherte sich Loni und verlangte von ihr noch eine Büchse Bier. Die Art, wie er sich ihr näherte, war jedoch sehr verschieden. Einmal ging er, einmal kroch er, und mehrmals torkelte er.

Dahinter lag eine Vision, die ihm mit erschreckender Deutlichkeit vor Augen führte, wie das Besäufnis enden könnte – nein, unerbittlich enden würde, wenn er auch nach der nächsten Büchse nicht Schluß machte.

Und er wußte, daß er diese so sehr wahrscheinliche Zukunft auf alle Fälle verhindern mußte.

Es war eine Vision, die nur ihn selbst betraf, in der er in immer kürzeren Zeiträumen immer größere Mengen in sich hineinschüttete, bis er schließlich stockbesoffen »Auch Mädchen-Mädchen brauchen ein bißchen Spaß« zu singen anfing, sich die Kleider vom Leib riß, nackt in den Zucker hinaustanzte und schließlich – alkoholvergiftet – zusammenbrach.

Mein Vater, der Pahdedbrah Kaiser, hat – sowohl zu privaten als auch zu offiziellen Anlässen – des öfteren ein Kleid getragen. Schränkte das seine Fähigkeiten als Herrscher ein? Die Geschichte hat bereits ihre Antwort gegeben. Doch wer fragt dich, Geschichte?

AUS: »DER STAMMSITZ MEINES VATERS,
SEIN ZIMMER UND VOR ALLEM DER PLUNDER,
DEN ER DORT AUFBEWAHRTE« VON PRINZESSIN SERUTAN

Pall schüttelte den Kopf, sah benommen hoch und riß sich gewaltsam zusammen. Seit den Visionen mit den zukünftigen Möglichkeiten waren kaum mehr als ein paar Minuten vergangen. Er hockte noch immer auf dem Boden und lehnte mit dem Rücken an der Felsbonbonwand. Neben ihm saß das Mädchen-Mädchen Loni. Er sagte etwas zu ihr und bemerkte erst dann, daß sie stirnrunzelnd an ihm vorbeisah. Er folgte ihrem Blick und erkannte Janis, der mit Spilgard stritt.

Janis deutete auf… ihn!

»Er ist Dokumentarfilmer«, behauptete Janis nachdrücklich. »Wie sonst lassen sich seine Bierfähigkeiten erklären, wenn er nicht schon früher Erfahrung mit anderen Völkern und Kulturen gemacht hat?«

»Die Zeichen beweisen eindeutig, daß er der Laserium Al-Dilah' ist«, wandte Spilgard ein. »Und seine Fähigkeiten sind ein Geschenk Gottes.«

»Binnen einer Woche werden Kamerateams und Tonleute hier sein!«

»Versündige dich nicht, Janis.«

Janis lehnte sich zurück und deutete auf Pall. »Dann bewillige das Amway Recht!« schrie er. »Laßt uns in Geiferpatt aufeinandertreffen und sehen, wer die Oberhand behält!«

Jazzica trat einen Schritt vor. Sie setzte die ganze nasale Wucht ihrer Stimme ein. »*Raus* aus der...«

Spilgard brachte sie mit einer Handbewegung zum Schweigen. »Du schweigst, Frau«, sagte er. »Janis hat deinen Sohn herausgefordert. Er hat sein Amway Recht wahrgenommen. Nun muß ihm dein Sohn Genugtuung geben. Oder er veräußert sein Recht an eine Gruppe Freunde, Nachbarn oder Verwandte, und *sie* geben Janis Genugtuung. Dein Sohn muß die Herausforderung annehmen oder wird verstoßen.«

»Kein Problem«, sagte Pall und erhob sich unsicher. »Komm, Janis, bringen wir es hinter uns.«

»Dein Geist ist Bier-abgefüllt, Pall Arthritis«, flüsterte Loni. »Du kannst Janis in deinem Zustand nicht gegenübertreten.«

»Warum sollte ich nicht können, was jeder Mann kann... uh...« Pall suchte nach Sätzen und fand Worte. »Janis. Du. Kommen.«

Sie schritten auf die Mitte der Höhle zu, während sich die Femen an die Wände zurückzogen und so den Kampfplatz absteckten. Pall spürte den leicht säuerlichen Biergeruch und drängte mühsam den Nebel zurück, der sich über seinen Geist legen wollte. Alles in ihm spannte sich, und das alte Beleidigungstraining gewann in ihm Oberhand. So gut es ging fixierte er die rot in roten Augen seines Gegners, in denen Haß schimmerte.

Er ist sauer, dachte Pall. *Das ist mein Vorteil. Ich werde ihn angreifen lassen.* Er erinnerte sich an die Worte, die ihm Loni noch schnell zugeflüstert hatte.

Er wird deine Mutter angreifen, hatte sie gesagt. *Das haben wir schon sehr oft erlebt. Und denk an seine Fähigkeit, zu kontern und dich mit deinem eigenen Widerhaken zu treffen. Er ist schnell und spitzfindig.*

»Out-Freund«, sagte Janis verächtlich. »Deine Mutter ist nicht mehr als ein Päckchen Kaugummi – fünf Stück zum halben Preis.«

Pall antwortete mit aller Sanftheit, die er aufbringen konnte: »Ich habe wenigstens eine Mutter.«

Sein Gegner lächelte, aber seine Augen funkelten überrascht.

Unter den Femen erhob sich ein Murmeln. »Der Junge kämpft gut«, flüsterte jemand.

Janis wagte einen Überraschungsangriff. »Wenn kluge Gedanken Vögel wären, wäre dein Kopf ein leerer Himmel.«

Pall dachte einen Moment nach. Dann konterte er. »Wenn guter Charakter, ausgewogenes Temperament und überdurchschnittliche Beurteilungsfähigkeit eine Katze wären, wärst du ein Hund.«

»Dann würde ich dich beißen!« schrie Janis.

Die Zuschauer stießen die Luft aus. Pall wich einen Schritt zurück. *Das war knapp!* dachte er.

Pall hat sich noch nie mit solch einem Gegner Geiferpatt geliefert, dachte Jazzica. *Wird er... ihm standhalten können?*

Die Luft kochte vor Spannung. Jeder einzelne von ihnen schien zu spüren, daß der nächste Schlagabtausch die Entscheidung bringen würde. Janis faßte Pall ins Auge. »Nur Frauen trinken Bier ohne Krone.« Er sah sich beifallheischend um. Der Triumph schien ihm sicher.

Pall sah zu Boden, als ob ihn der Vorwurf bis aufs Mark erschüttert hätte. Es war eine Finte, die er vom Trunkenen Omaha gelernt hatte. *Laß ihn glauben, daß er dich hat,* hatte ihm sein Lehrmeister geraten. *Und dann reiß dein Maul auf.*

»Besser eine Frau, die ihr Bier ohne Krone trinkt...«, begann Pall und ließ den ersten Teil des Satzes wirken, »...als ein Mann ohne Krone, der sein Bier ohne Frau trinkt.«

Einen Herzschlag lang hätte man eine Stecknadel fallen hören.

Pall blieb ungerührt stehen, während der großgewachsene Mann die Gesichtsfarbe wechselte und krampfhaft nach Worten suchte.

»Ich...«, begann Janis.

Aber es gab nichts mehr, was er noch hätte sagen können, nichts mehr, mit dem er die doppelschneidige Anspielung hätte zurückschmettern können, mit dem ihm Pall sein Selbstvertrauen raubte. Janis wandte sich ab und schritt schweigend und geschlagen auf den Ausgang der Höhle zu.

Pall wollte ihm folgen – und wurde von einer kräftigen Hand zurückgehalten. Er sah in Spilgards grimmiges Gesicht.

»Folge ihm nicht, Wally«, sagte er. »Janis wird das tun, was alle Femen tun, die im Geiferpatt geschlagen werden. Er wird auf die Zuckerfelder gehen und sein Fleisch Schmai-Gunug geben.«

»Aber... warum?« fragte Pall. »Er lebt, ist gesund und...«

»...entehrt worden«, brummte Spilgard. »Ein Mann, der sein Selbstvertrauen verloren hat, sucht Trost und wird ihn in Nahrungsmitteln finden. Er wird so lange essen, bis selbst das kleinste Stück Fleisch von Arrakkandis verschwunden ist...«

»...und damit den Stamm ruinieren«, beendete Pall seinen Satz und nickte. »Ich verstehe.« Er dachte einen Moment nach und fuhr dann fort: »Aber da fällt mir ein, wie wichtig für euch das Fleisch des Körpers ist...« Pall suchte nach Worten. »...warum nicht, wenn jemand stirbt oder in die Wildnis geschickt wird... warum dann nicht seinen Körper... du verstehst... Fleisch ist Fleisch...«

Spilgard starrte ihn entsetzt an. »Willst du etwa vorschlagen, daß wir das Fleisch unserer eigenen Leute nehmen sollen?« fragte er. »Daß wir ihre Überreste verspeisen sollen?«

»Das Fleisch ihres Körpers gehört doch nach euren eigenen Worten dem Stamm«, entgegnete Pall. Flammende Röte schoß ihm ins Gesicht. »Es war sowieso nur so ein Gedanke.«

»Du ängstigst mich«, sagte der Nabe und schüttelte den Kopf. »Dein Geiferpatt war ausgezeichnet. Aber diese Sache mit dem Menschenfleisch ist eine Ungeheuerlichkeit, Pall Arthritis.«

»Wir brauchen einen besseren Namen für ihn«, schlug einer der Umstehenden vor. »Einen Namen, den kein vernünftiger Mensch über die Lippen bringt. Einen richtigen Zungenbrecher.«

»Ganz recht«, murmelten einige andere.

»Ganz recht«, stellte schließlich auch Spilgard fest. Er wandte sich an Pall. »Wir erinnern uns noch alle, daß du nach dem ersten Schluck meintest, in deinem Magen wäre der Teufel los. Deshalb werden wir dich Adep nennen. Dieses Wort bezeichnet jemanden, der sich lächerlich verhält. Das wird dein Geheimname unter uns sein.«

»Adep«, wiederholte Pall nachdenklich und versuchte den Klang und das Gewicht des Namens abzuschätzen. »Es ist nicht gerade der schönste Name im bekannten Universum, nicht wahr...?«

»Es ist ja nur dein Geheimname«, rechtfertigte sich Spilgard irritiert. »Wenn du auch noch einen offiziellen Namen haben willst, mußt du ihn dir schon selber aussuchen.«

Pall dachte einen Moment nach und entdeckte dann Loni in der Menge. Das Mondlicht schimmerte silbern auf dem purpurfarbenen Lätzchen, das sie um den Hals trug, und er erinnerte sich mit einem warmen Gefühl daran, wie sie ihm den Bierschaum von den Lippen gewischt hatte. »Wie nennt ihr diese Lätzchen?« fragte er und deutete auf das Kleidungsstück, das alle Stammesangehörigen trugen.

Spilgard starrte verwirrt auf sein eigenes. »Nun, Pall, der Adep ist, es hat die Farbe des Mumäh, der ewig besoffenen, violetten Wüstenratte, und es ist ein Lätzchen, das seit Urzeiten Plip genannt wird. Wir nennen es Mumäh' Plip.« Er warf einen Blick in die Runde und zuckte mit den Achseln.

»Dann wird das mein Name sein«, gab Pall bekannt. »Dieser und der glorreiche Name meines Vaters, der von seinen Peinigern längst vergessen wurde. Von heute an werde ich Mumäh' Plip Arthritis sein!«

Er sah sich um, aber auf den Gesichtern der Femen las er nur Unverständnis, Ablehnung und mühsam unterdrücktes Amüsement.

Aus dem Hintergrund erscholl eine Stimme: »Was für ein blöder Name, Spil...«

Der Nabe trat einen Schritt vor. »Genug«, sagte er. »Damit bist du Pall Mumäh' Plip und Schwamm drüber.«

»Ich bin außerdem Herzog Pall Arthritis, wenn man meinen Vater wirklich rausgeschmissen hat«, beharrte Pall in kindlichem Trotz.

»Wir verstehen«, antwortete Spilgard.

»Außerdem bin ich der Laserium Al-Dilah'.«

»Ja, ja, wir haben es nicht vergessen.«

»Ihr solltet auch nicht vergessen, daß ich möglicherweise der Kumquat Haagerdaß bin.«

Spilgard wandte sich um und fragte: »Wer muß diese Woche die Aufzeichnungen machen? Raita? Notiere dir all diese Namen, damit wir die erstickende Flut der Titel nicht vergessen...«

»Pall!« zischte eine andere Stimme.

Es war Lady Jazzica, die ungewöhnlich erregt wirkte. *Er darf sie nicht mit all diesen Namen vor den Kopf stoßen*, dachte sie.

Pall ging zu ihr hinüber und musterte sie scharf. »Ja, Mutter?«

»Es sind stolze Leute«, sagte Jazzica sanft. »Ihr fester Zusammenhalt beruht auf starken kulturellen und sozialen Bindungen.«

Palls Augen weiteten sich vor Entsetzen. »Dann ist es also wahr!« flüsterte-schrie er.

Sie schüttelte ungeduldig den Kopf. »Nein«, zischte sie. »Und jetzt hör mir mal in Ruhe zu. Wir können diese Leute benutzen, um Baron Hackwonnen den Planeten wieder abzunehmen. Verstehst du das? Die Femen können uns bei unserem geschäftlichen Comeback helfen!« Sie gestattete es sich, ihn wütend anzusehen. »Aber nicht, wenn du sie mit deinen blöden Titeln verärgerst!«

Palls Gesicht wurde ausdruckslos. Er sah seine Mutter verblüfft an. »Nein«, erwiderte er. »Es steckt mehr drin, Mutter. Etwas Größeres als unser Familienunternehmen. Es ist eine ganz große Sache.« Palls Augen glitzerten fanatisch, als er flüsterte: »Religion!«

»Mumäh' Plip!« riefen die versammelten Femen. »Mumäh' Plip!«

»Mein Volk braucht mich, Mutter«, sagte Pall, machte auf dem

Absatz kehrt und gesellte sich zu Spilgard und den anderen.

Sie alle umringten Pall Mumäh' Plip, den Out-Freund Adep, den Laserium Al-Dilah', oder was immer er auch war. Er mußte wie im Wahlkampf Hände schütteln. Es folgte das übliche rituelle Gemurmel.

»Ich vereine mein Fleisch mit Pall Mumäh' Plip.«

»Dein Fleisch ist unsers. Unser Fleisch ist deins.«

»Nett, dich kennenzulernen, Pall Mumäh' Plip.«

Und Lady Jazzica, die das alles stumm beobachtete, dachte sich ihren Teil.

Wir müssen uns davor hüten, bestimmte menschliche Verhaltensmuster überzubewerten. Genauso, wie der menschliche Geist ein Ursache-und-Wirkung-Generator ist, ist die Ungewißheit von actio und reactio eine begleitende Kraft, die sich der Voraussage entzieht. Durch diese Mehrdeutigkeit gleicht der bewußte Verstand einer großen Schachtel oder einem Tier in dieser großen Schachtel. Wer will noch ein Bier?

AUS: »MUMÄH' PLIP: UNZUSAMMENHÄNGENDES GESCHWAFEL« BEARBEITET VON PRINZESSIN SERUTAN

An seinem sechzehnten Geburtstag beleidigte Flip-Rotha seinen hundertsten Gladiator tödlich. Das Ereignis, das in dem riesigen Gladome stattfand, ließ sich kein Bewohner des hackwönnischen Stammplaneten Getty Premiums entgehen. Außer ihnen waren Vertreter der Großen Mächtigen Häuser und des Imperiums anwesend.

Der Baron selbst, gerade seinen innenarchitektonischen und administrativen Verpflichtungen auf Arrakkandis entronnen, leitete die Veranstaltung. Zu diesem Zweck weilte er zusammen mit dem Mannhau Peter de Vries in seiner pompösen Ehrenloge.

»Sieh dir das an«, schnurrte der Baron und deutete auf die

Arena, in der gerade Flip-Rotha erschien. »Die Menge schreit nach Beleidigungen. Wenn Flip-Rotha gewinnt, was er zweifelsohne tun wird, werden sie ihn zum Helden des Jahres ausrufen.«

De Vries beobachtete den Jungen, der in die traditionelle Kluft gekleidet war: weiße Hose und Sporthemd, Stutzerjäckchen und Halskette mit Medaillon. Er absolvierte die Begrüßung mit links – winkte der Menge zu, zuckte mehrmals mit Achseln und Augenbrauen und boxte ein paarmal in die Luft. De Vries wußte, daß Lässigkeit der Schlüssel zum Erfolg war. Er mußte widerwillig zugeben, daß der Shanana-Baron eine gute Figur machte.

»Der Junge hat Stil«, sagte er ruhig, als Flip-Rotha in Kampfstellung ging. »Man darf dabei natürlich nicht vergessen, daß all seine Gegner mit Drogen vollgepumpt, hypnotisiert und mindestens eine Woche ohne Schlaf waren...«

»Du bist ein Purist, Peter«, sagte der Baron. »Erzähle mir lieber, was der Bevollmächtigte des Kaisers mit dir besprochen hat.«

Der Mannhau seufzte. Selbst wenn er dem Baron nicht alle Einzelheiten berichtete, war die Angelegenheit immer noch unangenehm genug. »Seine Fantastische Ungeheuerlichkeit hat seine Ungeduld über... die Fortschritte auf Arrakkandis kundgetan«, begann er vorsichtig. »Der Kaiser verlangt zu wissen, warum die Brezeln immer noch nicht gefangen und gezähmt sind. Er möchte Euch daran erinnern, daß man sie nur dann als Touristenattraktion verwenden kann, wenn sie besagte Touristen nicht als Kraftfutter betrachten.«

Der Baron knurrte unwillig; sein Unterkiefer zitterte. »Seine Großmäuligkeit weiß sehr gut, wie schwer es ist, diese Bestien einzufangen, Peter. Sicherlich hast du darauf hingewiesen, daß sich die meisten unter der Zuckeroberfläche schwer erreichbarer Gebiete befinden.«

»Natürlich, Baron«, bestätigte De Vries. »Außerdem habe ich...«

»Oh, sie fangen an.«

Der Mannhau sah in die Arena hinunter. Flip-Rotha hatte seinen

Platz auf der leicht erhöhten Plattform eingenommen und sich auf dem gepolsterten Sessel hinter dem großen Schreibtisch niedergelassen. Auf dem Schreibtisch stand ein Mikrofon. Zu seiner Rechten, neben der Plattform, stand ein weiterer Stuhl – festgeschraubt, ohne Polster oder Lehnen und so zum Tisch hingewendet, daß das Publikum ihn im vollen Blickfeld hatte.

Der Gladiator in dem üblichen schwarzen Anzug mit weißem Hemd und Krawatte trat aus den Räumen unter der Tribüne hervor und schritt auf den harten Stuhl zu. Die Menge – ungefähr viereinhalb Milliarden – schrie sich die Kehle aus dem Leib. Flip-Rotha erhob sich und applaudierte seinem Gegner.

»Ein liebreizender Junge«, sagte der Baron. »Peter, beantworte mir bitte eine Frage – bin ich verdorben genug, um eine Beziehung mit meinem eigenen Neffen anzufangen?«

De Vries dachte einen Moment nach. »Nicht unbedingt, My Lord.«

»Oh, wie schade«, seufzte der Baron. »Aber wie auch immer, fahre fort.«

»Der Kaiser wünscht zu wissen, warum sich die Innenausstattung der Haupthalle so in die Länge zieht.«

»Aber wir arbeiten so schnell wie möglich!« protestierte der Baron. »Ich treffe mich tagtäglich mit Jonzun Bois – und ich verrate dir etwas, Peter. Ich glaube, ich habe tatsächlich Einfluß auf ihn. Er sagte mir noch gestern: ›Ihr und Euer rotes Seidenbankett – Ihr verführt mich noch geradezu.‹ Oh, dieser Charmeur!«

De Vries seufzte und versuchte sich auf den Kampf zu konzentrieren. Auf dem Platz unter ihm schleuderte Flip-Rotha gerade die Anspielung seines Gegners auf sein Hemd zurück. Der Shanana-Baron konterte mit einer komplizierten Drehung, die über das Gesicht des Gladiators zum Wetter und den abstoßenden Sexualpraktiken der fühlenden Moosbewohner von Delta-Pavlowa führte. Die Menge tobte.

»Der Kaiser machte einen Vorschlag, My Lord«, sagte de Vries abwesend.

»Jetzt – hör dir das an, Peterle. Flip-Rotha nannte den Kerl gerade ein Stück Seife. Wie schlau von ihm. Und was schlug seine Allerwerteste Majestät vor?«

»Daß Ihr Euer Arbeitstempo erhöht, indem Ihr eine Schwadron Femen zur Arbeit preßt.«

Der Baron wandte sich um und starrte de Vries entgeistert an. Seine Stimme klang brüchig wie altes Eisen. »Tatsächlich?« heiserte er.

»Seine Majestät möchte ›Stinkbäder's Treff‹ schnell und ohne viel Aufhebens eröffnet sehen. Man munkelt schon davon, daß die Hardehaurhar an der... geschäftlichen Transaktion beteiligt waren. Schließlich, My Lord...« De Vries legte sein ganzes Fingerspitzengefühl in diesen Satz, »ist ihm auch als Kaiser klar, daß die Großen Mächtigen Häuser nicht tatenlos zusehen, wenn er seine fanatisch-terroristischen Rausschmeißer einsetzt.«

»Aber... die Femen... sie sind weniger als nutzlos«, protestierte der Baron. »Und es sind doch nur ein paar! Es ist an sich übertrieben, überhaupt Jagd auf sie zu machen. Übrigens...« Er lächelte; die Fettwülste in seinem Gesicht verformten sich monströs. »Außerdem bin ich sehr beschäftigt. Bois sagte mir, daß er meine Entwürfe für die Dekor-Dekolletés nächste Woche braucht.«

»Er kennt doch bestimmt viele professionelle Designer, My Lord. Könnte er nicht...«

De Vries bedauerte den Gedankengang, bevor er ihn überhaupt zu Ende gebracht hatte. Der Baron wandte sich zu ihm um und musterte ihn scharf. »Er findet meine Idee aber gut!« schnappte er. »Oder willst du etwa andeuten, daß er mir nur schmeicheln will?«

»Ich habe nur das wiedergegeben, was der Kaiser ausrichten läßt«, antwortete der Mannhau würdevoll.

Er wandte sich wieder der Arena zu und bekam gerade noch mit, wie der Gladiator wütend aufstand und Flip-Rotha einen nichtsnutzigen Faulpelz nannte.

»Übrigens«, fuhr der Baron fort. »Seine Majestät braucht sich nicht vor Angst in die Hosen zu machen. Es gibt keine Zeugen mehr: Herzog Lotto wurde sein Titel aberkannt. Er wurde nach Hobo verbannt, der Junge und seine Boni-Makkaroni-Mutter dürften einer Zuckervergiftung anheimgefallen sein und der verräterische Ex-Buchhalter Ohje treibt mit seinen *Sketchen* die Gefangenen von Salacia Simplicissimus zur Verzweiflung.«

»Das Hauptinteresse des Kaisers gilt dem Jungen und seiner Mutter.«

»Aber... sie wurden auf die Zuckerfelder verbannt. Das überlebt niemand!«

»Der Abgesandte deutete an, daß sie von den Femen gerettet worden sein könnten.«

»Schon wieder die Femen!« schrie der Baron. Die wabbelnden Fettwülste in seinem Gesicht kamen überhaupt nicht mehr zur Ruhe. »Wenn der Kaiser die Femen ausrotten und die anschließenden Fragen über sich ergehen lassen will, dann nur zu! Ich habe jedenfalls genug mit den Dekor-Dekolletés zu tun!«

In der Arena näherte sich die Entscheidung. Obwohl sein Gegner aufgesprungen war, blieb Flip-Rotha noch einen Moment sitzen. Dann erhob er sich langsam und schleuderte dem Gladiator ein paar Sätze ins Gesicht, in denen immer wieder das Wort »Atem« vorkam.

Der Gladiator taumelte zurück und die Menge tobte. Flip-Rotha riß triumphierend beide Arme hoch.

»Okay, Peter«, sagte der Baron plötzlich. »Informiere den Abgesandten Seiner Majestät, daß ich die Brezelpatrouillen verdoppeln und die Arbeiten an der Stadt beschleunigen werde. Mir liegt genauso viel wie Seiner Majestätischen Merkwürdigkeit daran, endlich fertig zu werden. Natürlich nicht für mich«, murmelte er, als die viereinhalb Milliarden Zuschauer auf den Kampfplatz stürmten und Flip-Rotha auf ihre Schultern hoben, »sondern für Flip. Für den lieben Flip. Ich glaube, er ist soweit, die Kontrolle über Arrakkandis zu übernehmen, Peterle. Wenn er das tut, werde ich meinem Ruf nach NOAMCHOMSKI folgen. Und dann...«

In den Augen des Barons blitzte monströse Geldgier. »Dann werden wir die Möglichkeit diskutieren, ins Casinogeschäft einzusteigen...«

Die Macht der Religion wurde von unseren Wissenschaftlern arg unterschätzt. Keine andere Kraft in der Geschichte hat es vermocht, Menschen dazu zu bringen, mit soviel Nachdruck Dinge in Sprachen zu sagen, die sie nicht verstehen.

AUS: »MUMÄH' PLIPS EINLEITUNG DES NEUEN VERBESSERTEN TESTAMENTS DER ROSA BAUERNBIBEL« HERAUSGEGEBEN VON PRINZESSIN SERUTAN

Die von Spilgard geleitete Gruppe mit den beiden Out-Freunden erreichte schließlich im letzten Tageslicht heimatliche Gefilde. Große Zuckerbrocken türmten sich auf hügeligen, von unzähligen Höhlen durchzogenen Gelände auf.

Dootch City!

Jazzica staunte.

Was aus der Entfernung wie Schotter ausgesehen hatte, erwies sich als vorzüglich getarnter Experimentier-Garten. Sie entdeckte kleine Pflanzengruppen, die direkt auf dem gezuckerten Untergrund wuchsen. Aber es gab auch noch andere, abgegrenzte Gebiete, mit weitaus weniger bekannten Gewächsen. Sie sahen irgendwie... seltsam aus. Jazzicas Boni-Makkaroni-Training erlaubte es ihr durch nasalen Geruchssinn festzustellen, daß das dort Angebaute tatsächlich sonderbare Arten von Wüstenhahnpasteten, Kalbfleischballen mit Spargel und Käse sowie mutierte mexikanische Schrumpfbüffel in Essigsauce war.

Hauptmahlzeiten! dachte sie. *Sie pflanzen inmitten dieses Zukkers Hauptmahlzeiten an. Sollte ich dieses Volk unterschätzt haben?*

Sie sah auf und erkannte Spilgard, der sie mißtrauisch beobachtete.

»Du siehst hier die Mahn T'Vahni, die Nahrungsmittelexperimente«, erklärte der Nabe.

»Sehr eindrucksvoll.«

Er zuckte mit den Achseln. »Sojabohnen. Mehr nicht. Zerstampft, gewürzt, so gut, wie wir können, modifiziert. Es ist unmöglich, auf dem Zucker wirklich Fleisch oder Pflanzen anzubauen.« Er musterte sie streng. »Und doch gibt es nicht wenige, die viel zahlen würden, um das wenige, was wir wissen, zu erfahren.«

Jazzica konzentrierte sich auf seine Worte, *hörte* sie und *dachte* über sie nach. *Ich muß antworten,* wurde ihr klar. *Aber was soll ich... sagen?*

Sie wandte sich an den Nabe. »Würde ich die Leute betrügen, deren Leben durch dieses Wissen ermöglicht wird, was mir, wie ich jetzt weiß, selbst zu leben ermöglicht, also die Lebensgrundlage von uns allen schlechthin ist?«

Spilgard runzelte verwirrt die Stirn. »Du wirst mir unheimlich, Frau«, sagte er und schüttelte den Kopf. »Ich werde mich nicht mehr mit dir unterhalten, so Schmai-Gunug will.«

Ihre Aufmerksamkeit wurde von einer Bewegung am Höhleneingang abgelenkt. Eine Frau in Dootch-Kleidung war zu Spilgards Leuten gestoßen. Sie hatte einen großen Mund. Jazzica erkannte eine schmale Gestalt neben ihr.

Pall!

Ihr Sohn!

Ihren trainierten Sinnen entging nicht, daß der Junge, Pall, zu dem die Frau sprach, ihr Sohn war. Doch bis jetzt weigerte sie sich, irgendwelche Schlüsse daraus zu ziehen.

Die Frau deutete auf Pall. »*Der* hat meinen Janis vergeifert?« fragte sie. »Dieser... Kind-Junge?«

»Er ist mehr als das, Harrumf«, mischte sich Spilgard mit wiedergewonnener Autorität ein.

»Mann-Kind«, sagte sie widerwillig.

»Mehr.«

»Junger Mann.«

»Weniger.«

»Baby-Mann. Mann-Junge. Junge-Junge.«

Pall trat einen Schritt vor, und Jazzica bemerkte das Bedauern und Es-tut-mir-schrecklich-leid in seiner Stimme. »Ich...«

»Teen-Junge. Junger-Bursche«, versuchte es Harrumf. »Burschen-Junge.«

»Nah genug dran«, sagte Spilgard. »Nehmen wir an, er sei ein Teen-Mann und Schwamm drüber.«

Es erhob sich ein Murmeln, und schließlich formte sich ein einziger Satz daraus: »Pall Mumäh' Plip Adep ist ein Teen-Mann!«

»Und er«, begann Harrumf erneut, »hat Janis vergeifert?«

»Ich wollte es nicht«, rechtfertigte sich Pall. »Er... zwang mich dazu.«

»Das reicht«, unterbrach ihn Spilgard. »Adep, begib dich mit Harrumf in deine neue Unterkunft. Von diesem Tag an ist sie für ein Jahr deine Branif – eine Frau, die nach Konkurs oder Verschwinden ihres Mannes dem zugesprochen wird, der daran schuld hat. Sie wird dir dabei helfen, dich mit deinen neuen Managementaufgaben vertraut zu machen.«

Er wandte sich an Jazzica. »Und was dich angeht, Jazzica – du bist eine Boni Makkaroni. Vielleicht die Mutter des Laserium Al-Dilah'. Und obwohl du keine Lammkoteletts bringst, werden deine Fähigkeiten von vielen von uns geachtet. Deshalb laß uns die Zeremonie des Amtswechsels vorbereiten. Unsere Ehrwürgende Mutter ist alt und wird bald zu Schmai-Gunug gehen, um für immer zwischen Erg und Eck über dem breiten Mizour-Ri zu fahren.«

Er wandte sich an das Mädchen-Mädchen, das neben ihm stand. »Loni, bereite Jazzica für die Zeremonie vor.« Er hob die Stimme, damit ihn auch der letzte Trottel hörte. »Laßt uns alle den Einschlag des Nagels vorbereiten.«

Als Loni ihren Arm ergriff und sie wegführte, überschlugen sich Jazzicas Gedanken. *Zeremonie des Amtswechsels! Ihre Ehrwürgende Mutter! Beim Barte von Clairbornes Kindern! Die Missionari Phonibalconi hatten dieses Volk gut vorbereitet.*

Pall folgte Harrumf in das innere Netzwerk der Höhlen. An den Wänden hingen Westernglobe und warfen ihr Sieh-worüber-du-stolperst-Licht durch die Gänge.

»Hier entlang, Adep«, sagte sie.

»Bei diesem Weg, Harrumf, würde ich an sich keinen Osternglobus brauchen«, antwortete er.

»Westernglobus«, zischte die Frau.

Das ist schon das zweite Mal, daß ich einen Fehler begangen habe, dachte er. *Ich muß vorsichtig sein!*

Sie gingen weiter, kamen an klassenzimmerähnlichen Höhlen vorbei, in denen Kinder Unterricht erhielten und an Arbeitsräumen, in denen Männer und Frauen damit beschäftigt waren, Maschinen für Flaschenabfüllung und Dosenbier zu bedienen.

»Arbeiten viele in den Bierwerkstätten, Harrumf?« fragte er.

»Die meisten«, antwortete sie mufflig. »Einige geben Unterricht, andere schieben Wache oder gehen auf Jagd. Janis arbeitete als Schaummann. Wahrscheinlich kriegst du jetzt seinen Job.«

Darauf würde ich nicht wetten, dachte Pall.

Sein Mund öffnet sich,
Er sagt etwas...
Ah! Toll!
Ich finde es großartig,
Sein Geist strömt vor Ideen über
Und seine Augen! Sie explodieren!
Warum kommt Weisheit über uns,
Wenn er in der Nähe ist?
Ganz wie bei mir
Scheinen sie zu sein.
Ein Überquellen vollständiger Selbstsucht!
So auch bei... Ihm!
Und seiner Mutter, der Schönen.

AUS: »REFLEKTIONEN: GEDICHTE AUS MUMÄH' PLIPS ERFAHRUNGEN«
VON PRINZESSIN SERUTAN

Als Jazzica auf den Felsvorsprung der großen Versammlungshöhle geführt wurde, ging ein Raunen durch die Menge. Sie sah sich mehr als zehntausend Femen gegenüber, und immer mehr Menschen strömten in die schwach erleuchtete, zwielichtige Höhle.

»Die Ehrwürgende Mutter hat uns rufen lassen«, sagte Spilgard, der sie begleitete. »Nußmänner sind bereit. Braumeister warten auf Befehle. Krugträger stehen zu Diensten. Alles ist fertig.«

Ich spiele ein gefährliches Spiel, dachte Jazzica.

Noch war der Menschenstrom nicht abgerissen.

Es wurde langsam... voll.

»Um bei der Wahrheit zu bleiben: Meiner Meinung nach findet die Zeremonie zu früh statt«, bemerkte Spilgard. »Aber sie ist die Ehrwürgende Mutter. Du weißt ja selbst, wie halsstarrig sie und ihresgleichen sein können. Sie ruft schon seit einer Woche durch Raum und Zeit.«

»Ich werde versuchen, den Test zu bestehen«, kündigte Jazzica an.

Sie sah auf und erkannte Pall in Begleitung von Harrumf und zwei kleinen Jungen. Sie hatten große Münder und die beginnenden Augen des Durchblicks, das rot in rote Zeichen der Bierabhängigkeit.

So jung! dachte sie. *Auch sie spielen ein gefährliches Spiel. Und diese schwergewichtige Frau – ihre Mutter? Sie spielt ein gefährliches Spiel. Wohin man auch sieht, überall werden gefährliche Spiele gespielt. Wenn wir uns die Femen gefügig machen und sie als Hilfstruppe anheuern, werden wir auch ein gefährliches Spiel spielen müssen. Schon jetzt ist es... gefährlich.*

Und es ist kein Spiel!

Am Ende der Halle erscholl Lärm. Jazzica sah auf und stellte fest, daß sich die Menge teilte. Eine alte Frau wurde auf einer Sänfte die Felsstufen hinuntergetragen. Sie war uralt, ein altes Etwas in einem schwarzen Kleid, eine betagte Frau, deren Alter jenseits aller Zeit lag. Wenn auch ihre Augen frisch glitzerten, so war und blieb sie doch das, was sie war – und sie *war* alt.

Loni half ihr aufzustehen und geleitete sie die restlichen Stufen hinab. Sie blieb vor Jazzica stehen und musterte sie eingehend.

»Du bist die Eine«, sagte sie heiser. »Die Ruferin Griesy berichtete uns, daß du die Eine bist, die die Eine ist.«

»Da irrte sie«, antwortete Jazzica. »Ich bin nicht die Eine, die die Eine ist. Ich bin die Eine, die die Andere ist.«

»Nah genug dran.« Sie wandte sich an Spilgard. »Sag es ihnen.«

Er nickte, wandte sich der Menge zu und hob die Hände, bis auch das letzte Gespräch verstummt war. »Zwei Out-Freunde kamen zu uns«, verkündete er. »Einer ist der Teen-Mann Adep Pall Mumäh' Plip. Es geht die Rede um, daß er der Mahdl-T sei, der Laserium Al-Dilah', der Messiah, der uns gegen ein Universum voller Feinde führen und sie in einem unaufhaltsamen Jihad vernichten wird.« Er warf einen Blick auf Pall. »Freut mich, dich heute abend hier vorstellen zu können, Mumäh' Plip.«

Irgend jemand murmelte etwas, andere folgten seinem Beispiel, und schließlich setzte erst zaghafter, dann stürmischer Applaus ein.

»Hier ist seine Mutter, Jazzica die Unheimliche«, fuhr Spilgard fort. »Denjenigen unter euch, die sich fragen werden, warum ich sie so genannt habe, rate ich: Achtet auf ihre Worte.« Er wandte sich an Jazzica. »Der Stamm erwartet deinen Gruß.«

Jazzica lächelte den Nabe an und drehte sich zur Menge um. »Spilgard gewährt mir die Ehre, die ich, des Sohnes Mutter, habe oder gehabt zu empfinden geglaubt habe.«

Spilgard breitete die Arme aus und rief in die Menge: »Unheimlich, nicht wahr? Nun hat sich die Ehrwürgende Mutter Caramello die Berichte der Ruferin Griesy angehört und beschlossen, daß Jazzica die Unheimliche ihre Nachfolgerin werden soll, auf daß wir nicht die Not erleiden, plötzlich ohne Ehrwürgende Mutter dazustehen. Deswegen laßt die Zeremonie jetzt stattfinden.«

Spilgard wandte sich an zwei ernstblickende Männer, die zu seiner Linken standen. »Nußmann, ist der Cocktail Mix bereitet?«

»Der Cocktail Mix ist bereitet«, antwortete einer der beiden. »Aber wir haben nichts, mit dem wir ihn herunterspülen können.«

Spilgard fragte zwei andere: »Braumeister, steht das Bier bereit?«

»Das Bier ist bereit«, antwortete einer der Angesprochenen. »Aber wir haben nichts, womit wir es herunterspülen können.«

Schließlich wandte sich der Nabe an die letzten beiden: »Krugträger, stehen die Krüge bereit?«

»Die Krüge stehen bereit«, lautete die rituelle Antwort. »Aber wir haben nichts, das wir knabbern können.«

»Bringt den Cocktail Mix.«

Die zwei Nußmänner schritten auf sie zu; zwischen sich trugen sie eine große, reich verzierte Metallschüssel. In der Schüssel erkannte Jazzica braunschimmernde, zerbrochene Stücke. Ihre Boni-Makkaroni-Nase entdeckte Salz, Zuckerspuren und einen erst seit kurzem bekannten Geruch.

Mercy Bocusse, dachte Jazzica geschockt. *Das riecht aber verdammt nach zerkleinerten Brezeln!*

»Das ist der Cocktail Mix«, gab Spilgard bekannt. »Die Nüsse Schmai-Gunugs – die Essenz seines Körpers, Samen seiner Nuggets, Bestandteil des Biers, die Zwischenmahlzeit der Götter. Jazzica die Unheimliche – iß von diesen Nüssen.«

Einer der Nußmänner klaubte eine Handvoll Nüsse aus der Schüssel hervor und hielt sie Jazzica hin. In der Höhle herrschte absolute Stille. Jazzica nahm vorsichtig eine einzige Nuß.

Gesalzene Erdnüsse, dachte sie. *Sehr appetitanregend. Wenn man eine ißt, ißt man alle.*

Spilgard gab ihr mit einer Handbewegung zu verstehen, daß sie noch einen Moment warten sollte.

Er wandte sich an die Versammlung.

»Wir haben kein Fleisch, keinen Fisch.«

Eine einzige Stimme antwortete. »Nix fix mix hicks.«

»Wir haben kein Gemüse, keine Nudeln«, fuhr Spilgard fort.

»Nix fix mix hicks.«

»Da wir kein Fleisch haben, müssen wir Nüsse essen.«

Zwanzigtausend Femen antworteten gemeinsam: »Buffo.«

»Nüsse für mich«, sagte Spilgard. »Jazzica die Unheimliche: Nüsse für dich.«

»Buffo«, sang die Menge.

Er nickte Jazzica zu.

Sie steckte sich langsam die Nuß in den Mund. Die Versammlung antwortete mit einem gemeinsamen Atemholen.

Der Nußmann schüttete die Handvoll Nüsse in ihren Mund.

Sie waren scharf und salzig, aber trotz ihrer glatten Oberfläche keineswegs glitschig. Ihre hölzerne Härte bereitete im ersten Moment ihren mahlenden Zähnen Widerstand, bis sie schließlich laut schmatzend auf die eigentliche Nußmasse stieß. Sie kaute weiter, spürte, wie die Masse zu einem undefinierbaren Nußbrei wurde, der ihren Mund austrocknete und ihre Zähne verklebte. Sie schluckte und fühlte augenblicklich ein starkes Verlangen nach etwas Trinkbarem.

»Laßt uns das Bier Schmai-Gunugs trinken«, proklamierte Spilgard. »Gebräu seines Todes und das der weiten Ebenen Arrakkandis.«

Der Braumeister trat mit den wasserdichten Fellflaschen schäumender Flüssigkeit vor, hielt eine über den Krug, den ein Krugträger herangebracht hatte und schenkte ein. Der Krugträger reichte ihn an Jazzica weiter.

»Jazzica, die Unheimliche: runter mit dem Zeug.«

»Buffo«, seufzte der Stamm.

Jazzica hob den Krug, roch durchdringenden Hefegeruch und sah weißen Schaum, der die eigentliche Flüssigkeit bedeckte. Sie spülte ihren Mund damit aus und schluckte.

Nicht übel, dachte sie. *Mit einem reichen, schweren Aroma.*

Einer der Braumeister fragte im rituellen Singsang: »Noch einen Schluck?«

»Buffo«, antwortete der Stamm.

Jazzica senkte den Krug, ließ ihn nochmals füllen und trank. Eine nie gekannte Leichtigkeit begann sich in ihr auszubreiten, und von ihrem Magen stieg ein beängstigender Wirbel in Richtung Mund auf. Sie fühlte sich unerklärlich frei und schwindelig vor Glück.

Sie streckte den Krug vor. »Mehr«, kommandierte sie.

Der Braumeister füllte nach, und sie stürzte den Inhalt hinunter.

»Jazzica die Unheimliche«, sagte Spilgard mit dramatischer

Schärfe in seiner Stimme. »Strecke deine Arme aus, etwa so.«

Er selbst breitete die Arme T-förmig aus.

Ich kenne dieses Zeichen! dachte Jazzica und versuchte verzweifelt, sich zu konzentrieren. *Es ist das Kreuzzeichen Jesus H. Christus, Schutzherr der christlichen Dior Kirche.* Sie keuchte. *War ein leibhaftiger Religionsbegründer auf Arrakkandis gewesen?*

»Und nun«, sagte Spilgard. »Berühre deine Nase, Frau.«

Die riesige Menschenmasse der versammelten Femen hielt den Atem an, als ob sie befürchten würde, daß die Höhle jeden Moment geflutet werden könnte. Ihr sonst so zuverlässiger Instinkt ließ Jazzica diesmal im Stich: beim Einfahren der Arme landeten ihre Hände auf Augen und Mund.

Spilgard wandte sich an die Versammlung.

»Sie ist abgefüllt«, verkündete er. »Das Werk ist vollbracht.«

Die Femen stimmten augenblicklich fröhliche, ausgelassene Hochrufe an, rissen die Arme in die Luft und tanzten durch die Höhle. Jazzica warf einen Blick auf Spilgard und entdeckte Erleichterung in seinem Gesicht.

»Komm zu mir, Mädchen«, sagte eine rauhe, kratzige Stimme. »Wir haben noch einiges zu besprechen.«

Jazzica sah auf und erkannte die Ehrwürgende Mutter Caramello, die am anderen Ende des Felsvorsprungs saß. Auf einem kleinen Tisch vor ihr stand ein großes, irdenes Gefäß und zwei Krüge. Sie nickte und ging zu der alten Frau hinüber.

»Setz dich«, sagte die Ehrwürgende Mutter. »Und paß auf...«

Jazzica hörte genau zu, als ihr die Alte lang und breit erklärte, was es hieß, die heilige Frau eines so stolzen und aufbrausenden Volkes zu sein. Während sie zuhörte, trank sie. Und während sie trank, begann sich ihre Einstellung zu den Dingen zu verändern.

Ihr Kopf schien zu schwimmen. Ihr Körper benahm sich wie ein eigenes Geschöpf, das nicht recht weiß, was es auf der Welt soll. Ihr Zeitsinn geriet durcheinander, bis jeder Augenblick für sich reinste Entspannung war.

Sie fühlte sich großartig.

Alles ist Klasse, dachte sie. *Yeah.*

Die Ehrwürgende Mutter Caramello sagte gerade: »... egal, was dir einfällt. Und keine Angst – sie werden es glauben. Sie wollen es glauben. Es gibt ihnen Trost. Und keine Sorge, bald glaubst du es sogar selbst. Und du wirst aufsehen und sagen: ›Ich muß verrückt sein, daß ich den Quatsch glaube, den ich verzapfe.‹ Und dann bist du wirklich eine Ehrwürgende Mutter.«

»Richtig«, sagte Jazzica in dem Bemühen, die Alte nicht zu verärgern. »Absolut. Richtig.«

»Oh, verdammt«, sagte die Alte. »Ich habe zuviel geschluckt. Oh, yeah. Berufskrankheit, Jazz. Das Bier, yeah. Du wirst es schon noch merken. Du wirst es schon noch merken.«

»Oh, ich weiß«, behauptete Jazzica, ohne zu wissen, warum sie das sagte; eine plötzliche, bierselige Sympathie für die Alte war daran Schuld. »Ich weiß.«

»Du weißt es«, spöttelte die Alte. »Drei Krüge Bier, und du weißt es. Nun, du wirst es eines Tages wissen. Aber ich bin trotzdem froh, daß du da bist. Ich bin alt, Jazz. Ich werde bald abtreten. Und im ganzen Dootch gibt es niemanden, der mich ersetzen könnte. Wenn ich eine Tochter gehabt hätte, wäre es etwas anderes. Aber ich hatte nur Söhne.« Sie trank einen Schluck und blies mit plötzlicher Heftigkeit den Schaum vom Krug. Jazzica starrte sie entgeistert an. »Hast du Kinder«, fragte die Ehrwürgende Mutter und trank nochmals. »Außer dem Messiah, meine ich?«

»Nun«, gestattete sich Jazzica zu sagen. »So, wie es aussieht, bin ich schwanger...«

Die Alte erbleichte. »Was? Jetzt?«

Jazzica nickte, kicherte und kämpfte gegen einen leichten Schluckauf an.

Aber der Blick der Ehrwürgenden Mutter war grimmig. Ohne Vorwarnung schlug sie Jazzicas Krug vom Tisch; Bier spritzte über ihre Kleidung. »Das hättest du uns sagen müssen!« schrie sie. »Du kannst dich doch nicht vollaufen lassen, wenn du einen Braten in der Röhre hast!«

Jazzica sah betreten zu Boden. *Was habe ich getan?* dachte sie.

Dann wurde sie sich eines erschreckenden und unbegreiflichen Gefühls bewußt; irgend etwas in ihr schien Kontakt mit ihrem alkoholumnebelten Verstand zu suchen.

Meine Tochter, dachte sie plötzlich. *Das Kind, das ich trage, ist ein Mädchen!*

Aber wie konnte sie das wissen?

Irgendwie manifestierte sich das Wissen in ihr, und trotz des wer-weiß-wo-es-herkommt Gefühls spürte sie mit erschreckender Deutlichkeit, daß es irgendwo herkam.

Bei Wolfgangs Papageno! dachte sie. *Das Bier verleiht übernatürliche Fähigkeiten!*

Jazzica versuchte sich ganz auf ihr Inneres zu konzentrieren, ihm Trost und Schutz zu spenden. *Tut mir leid, meine kleine unausgereifte Tochter,* dachte sie. *Ich habe ein bewußtseinsveränderndes Agens getrunken und bin jetzt selbst ganz baff, wie es wirkt. Ich wollte deinem zerbrechlichen Seelchen nicht zu nahe treten.*

Und aus einem bestimmten Punkt irgendwo tief in ihrem Inneren glaubte sie eine tröstlich-liebe gedankliche Antwort zu erhalten: *Ich vergebe dir.*

Aber ich habe dich in Gefahr gebracht, dachte sie, *und wahrscheinlich trägst du ein psychisches Trauma davon, das sich kaum unter dreihundert Analysesitzungen beheben läßt.*

Kein Problem, lautete die Antwort. *Wirklich. Kein Problem. Mehr Bier.*

Vom Boden der großen Höhle aus beobachtete Pall, wie seine Mutter und die Ehrwürgende Mutter Caramello an den Rand des Felsvorsprungs traten und mit feierlichen Gesichtern stehenblieben. Spilgard gesellte sich zu ihnen und hob die Hände.

»Laßt Jazzica die Ungeheuerliche die Segnung vollziehen«, sagte er und winkte Jazzica heran.

»Dem ganzen Stamm wünsche ich: Runter mit dem Zeug«, sagte sie. »Auf gute und bessere Zeiten.«

Jemand neben Pall sagte: »Deine Mutter ist jetzt die neue Ehrwürgende Mutter, Adep.«

Er wirbelte herum und entdeckte Loni, deren hübsches Gesicht und großer Mund sich seit gestern nicht verändert hatten.

»Ja«, bestätigte er.

Meine Mutter spielt wie immer ein gefährliches Spiel, dachte er in seinem eigenen Geheimcode, mit dem er Sachen verschlüsselte, die er für sich selbst dachte. *Wenn sie den Bogen überspannt, werden wir beide zu Süßspeise verarbeitet!*

Dann stellte er überrascht fest, daß Loni ihn am Ärmel zog und auf die Richtung deutete, in der die Braumeister das Bier austeilten.

»Komm, Adep«, sagte sie. »Wird Zeit, daß wir uns einen hinter die Binde gießen.«

Sie gingen zu den Krugträgern und Braumeistern und ließen sich gut gefüllte Krüge reichen.

»Steak zum Mittagessen«, sagte Loni, reichte ihm den Krug und stieß mit ihm an. Sie nahm einen tiefen Schluck, keuchte und leckte sich über die Lippen. »Ah. Eins A Bier.«

Pall zögerte, dann trank auch er:

Und wieder spürte er, wie mit dem würzigen Geschmack die Schwerelosigkeit in seinem Kopf zunahm. Ihm fiel das bunte Treiben um ihn herum auf, und er bemerkte, daß sich der ganze Stamm dem Biergenuß hingab.

»Komm, Adep, laß uns spielen«, drängte Loni und zog ihn mit sich.

Sie führte Pall durch Gruppen trinkender und zechender Femen. Viele von ihnen erkannten ihn, erhoben die Faust und riefen: »Mumäh' Plip!« oder »Laserium Al-Dilah'! Yeah!«

Sie alle boten Pall einen Krug Bier an.

So viel habe ich noch nie getrunken, dachte er, als er sich durch die Menge vorwärtsschob. *Was... will... sie? Von... uhm... mir?*

Sie verließen die Höhle und durchschritten einige Gänge, bis sie private Gemächter erreichten. Loni führte Pall herein und ließ den Vorhang aus Bierstoff hinter ihnen zufallen, der die Stelle einer Tür einnahm. Das feurige Fest verklang hinter ihnen.

Loni setzte sich auf den Rand ihrer Biermatratze und musterte Pall. »Der Stamm hält dich für den Laserium Al-Dilah'«, sagte sie.

»Bist du das wirklich?«

Das ist der erste Test, dachte Pall. »Ich bin etwas mehr, Loni«, sagte er bescheiden. »Ich bin... der Kumquat Haagerdaß.«

Sie lächelte, als ob sie einen Schwachsinnigen beruhigen wollte. »Wie nett...«

»Glaubst du mir nicht?«

»Aber natürlich!« protestierte sie. »Es ist nur... ich weiß nicht, was das ist.« Sie zuckte entschuldigend mit den Achseln. »Aber ich bin sicher, daß es etwas ganz Wichtiges ist, Adep. Wie könntest du es sonst sein? Du gehörst zu uns. Die Legende hat sich mehr oder weniger erfüllt.«

Pall spürte, daß er an einer Weggabelung stand. Es gab mehrere Wege, die er jetzt einschlagen konnte; er mußte endlich wählen. Es gab die Möglichkeit, die Boni-Makkaroni-Fähigkeiten verstärkt einzusetzen oder sich einfach auf Lug und Trug zu verlassen.

Aber eins war allen Möglichkeiten gemeinsam – sie bedeuteten, Macht über die Femen zu erlangen, ohne die Hilfe seiner Mutter in Anspruch zu nehmen.

Oh, er kannte ihren Plan: Er sollte die Femenstämme als treue Anhänger des Hauses Arthritis gewinnen und Haus Hackwonnen aus dem Geschäft werfen, um den alten Platz wieder einzunehmen.

Aber was dann? Ein Leben voller Furcht vor einer möglichen Allianz der Großen Mächtigen Häuser und dem Kaiser?

Pall schüttelte den Kopf.

Nein, dachte er. *Geschäfte haben Höhen und Tiefen und folgen den Gezeiten der Monde. Religion dagegen ist wie die Sonne, die keinen anderen Einfluß zu fürchten braucht. Was aber kann mir Besseres passieren, als in einem Gewerbe tätig zu sein, in dem sich die Kunden sämtliche Fehler selbst vorwerfen?*

Pall wurde sich bewußt, daß er nur irgendeinen Titel für sich beanspruchen mußte – Mahdl T, Laserium Al-Dilah', Kumquat Haagerdaß, König der Kartoffelleute – und dann getrost der Dinge harren konnte, die da kommen würden. Die Femen wünschten sich so sehnlich ihren Erlöser herbei, daß es ihm schwerfallen würde, sie von seiner Nichtberufung zu überzeugen. Er war das richtige Mann-Kind zur richtigen Zeit am richtigen Ort – um der Messiah dieser Menschen zu werden.

Und dann sollte er sich noch mit kleinlichen Familiengeschäften abgeben?

Aber ich brauche noch einen besonderen Gag, dachte er. *Etwas, das sie vom Hocker haut und sie von meinen übernatürlichen Fähigkeiten vollkommen überzeugt. Ein Nachtisch – denn es muß etwas sein, das die natürlichen Schätze dieses Planeten berücksichtigt – der alle anderen Nachtische in den Schatten stellt.*

Die Antwort bestand aus einem einzigen Wort.

Likör.

Bierlikör! dachte er. *Was für ein Wahnsinnseinfall! Läßt sich aus den Naturprodukten herstellen!*

»Du bist so still, Adep«, sagte Loni. »Was ist los?«

Er lächelte. »Likör«, sagte er. »Hergestellt aus Bier. Mit all dem Zucker hier? Das kann gar nicht schiefgehen.«

»Wenn du so sprichst, kannst du einem richtig angst machen«, sagte sie.

Perfekt, dachte er. *Eine echte Innovation – Bierlikör, der Nachtisch der Nachtische, der ausschließlich auf Arrakkandis produziert wird, bei den Ritualen der Femen benutzt wird und so weiter und so fort.*

Aber er braucht noch einen anderen Namen...

»Loni«, sagte Pall freundlich. »Wie würdest du einen Likör nennen, der aus Bier hergestellt wird?«

»Einen... Likör?« fragte sie. »Etwa zum Trinken?«

»Ja.«

Das Mädchen-Mädchen dachte einen Moment nach und sagte dann: »Kandiswasser?«

Pall seufzte. »Nein, mein Zuckermäulchen.«

»Adep, wovon redest du eigentlich? Likör – aus der Brühe Schmai-Gunugs?«

Er berichtete ihr von seinem Plan, der das Leben auf Arrakkandis eines Tages von Grund auf ändern sollte. Es würde Likör und Profit geben, und nach diesem und jenem würde Ackerboden aufgefahren werden. Endlich würde man auch auf Arrakkandis Ackerbau und Viehzucht betreiben können.

Mit anderen Worten, es würde Fleisch geben.

»Und du wirst uns in dieses Zeitalter führen, A... Dep?« fragte sie sanft.

»O ja«, antwortete Pall. »O ja.«

DER WÜSTE PLANET · DER WÜSTE PLANET · DER W

DRITTES BUCH

DER PROFIT

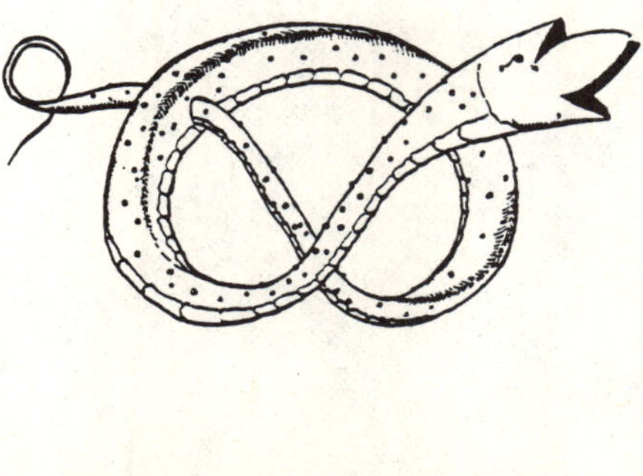

»Du glaubst mich zu kennen – meine Methoden, meine Techniken, meine Vorlieben. Doch ich sage dir, daß du nichts weißt. Ich bin das ultimate Mysterium, das absolut Unerfaßliche. Du sagst zu mir: ›Mumäh' Plip hier ist eine Knoblauchpresse.‹ Doch ich sage dir, daß ich der bin, Der-durch-das-Messer-und-die-Faust-lebt. Ich lege die flache Klinge meines Messers auf die ungeschälte Zehe. Dann hämmere ich mit meiner Faust darauf. Der Knoblauch ist zerdrückt –, die Haut schält ab.

Und nun geh, ich habe schlechte Laune.«

AUS: ENTGEGNUNG AUF DAS BONI-MAKKARONI-KRÄUTER-UND GEWÜRZE-KONZIL«
NACHGEDRUCKT IN »DER PORTABLE MUMÄH' PLIP«
HERAUSGEGEBEN VON PRINZESSIN SERUTAN

»A-h-h-h-h-h-h-h-h-h-h-h-h-h-h-h-h-h-h-h-h-h-h-h-h-h-h-h-h-h-h-h-h-h-h-h-h-h-h-h-h-h-h-h-h-h-h-h-h-h-h-h-h-h-h-h-h-h-h-h, mein lieber Neffe«, seufzte der Baron. »Komm rein.«

Flip-Rotha, Shanana-Baron des Hauses Hackwonnen und Vize-Präsident, Generaldirektor und Oberster Küchenchef von ›Stinkbäder's Treff‹ zögerte unmerklich, bevor er das Zimmer seines Onkels betrat. *Er brütet etwas aus, der Schweinehund,* dachte der junge Mann. *Warum sonst hätte er mich rufen lassen?*

»Du glaubst, daß ich etwas ausbrüte, Flip«, sagte der Baron. »Warum sonst hätte ich, der Baron Wladimir Hackwonnen, dich den ganzen Weg bis Getty Premium, Heimatwelt deines Onkels, des Barons Wladimir Hackwonnen, der ich bin, kommen lassen?«

»Jawohl, Onkel.«

Der Baron saß auf seiner Thermofax Schwebecouch; seine Körperfülle quoll über den Rand des Möbelstücks hinaus. Er trug eine gewaltige Robe aus feinstem Zobel, die mit hochkarätigen Diamanten besetzt war. Neben ihm saß der Mannhau Peter de Vries.

»Berichte mir, Flip«, sagte der Baron gedehnt. »Wie lange hast du schon das Lehen von ›Stinkbäder's Treff‹ – von dem Planeten, der einst als Arrakkandis oder kurz Kandis oder der wüste Planet bekannt war?«

»Seit dem Ausflug von Herzog Lotto und der Fertigstellung von Jonzun Bois Entwürfen, Onkel«, antwortete Flip-Rotha vorsichtig. »Seit zwei Jahren.«

»Wessen Entwürfen?«

»Entschuldigung«, sagte der junge Mann, um Zeit zu gewinnen. »Den Entwürfen, die du mit Bois ausgearbeitet hast.«

Mit plötzlicher Schärfe zischte der Baron: »Die Entwürfe, die *ich* Bois zur Verfügung stellte. Sein Beitrag war kaum der Rede wert. Kaum der Rede wert!«

»Ja, Sir.«

»Zwei Jahre.« Der Baron preßte die beiden Fettwülste zusammen, die man für gewöhnlich Lippen nennt. *Ist es wirklich schon so lange her?* fragte er sich. *Ah-h-h, wie die Zeit verfliegt, wenn man sich mit Verrätern und Schmarotzern herumschlagen muß.*

Mit unbarmherziger Kälte feuerte er seinen nächsten Satz ab: »Und warum ist es dir in diesen zwei Jahren nicht gelungen, den Abschaum der Femen zu beseitigen und die Brezeln unter Kontrolle zu bringen?«

»Aber sie sind unter Kontrolle, Onkel«, protestierte der junge Mann. »Die Zahl der Brezeln nimmt täglich ab. Und das Geschäft läuft zufriedenstellend. Wir sind bis nächsten Sommer ausgebucht.«

Der Baron runzelte äußerlich die Stirn, aber innerlich lächelte er, sagte nichts, sondern dachte nur bei sich selbst: *Ausgezeichnet. Er identifiziert sich bereits mit seiner Aufgabe. Das paßt genau in meinen Plan.*

»Das Geschäft läuft«, sagte der Baron. »Und zufriedenstellend ist nicht gut.« Er schüttelte den Kopf. »Beleidige nicht meine Intelligenz, Flip. Dir dürfte doch wohl kaum entgangen sein, daß ich über eigene Informationsquellen verfüge.«

Spione! durchzuckte es Flip-Rotha. Der Gedanke erfüllte ihn mit Wut. *Spione und Gegenspione und Antigegenspione! Und diese Spione spionieren bei spionierenden Spionen! Nun gut. Ich muß eben noch mehr Verrat üben, oder ich komme unter die Räder.*

»Ja-a-a-a-a, natür-r-r-r-lich«, stieß er hervor.

»Du glaubst, ich hätte Spione auf dich angesetzt«, sagte der Baron lächelnd. »Natürlich lasse ich hinter dir her spionieren. Und was berichten mir meine Spione? Daß die Femen praktisch unbehelligt durch die Gegend marschieren. Es ist nicht nur schlimm genug, daß sie unsere Bierernte behindern und die Lieferungen erschweren, die wir nur noch unter großen Kosten zu den Bars bringen können. Nein, jetzt haben sie auch noch begonnen, uns mit fahrbaren Bäckereien Konkurrenz zu machen!«

Flip-Rotha versuchte zu schlucken. »Es hat im begrenzten Umfang illegalen Schmuggel mit Gebäck gegeben, Onkel«, gestand er. »Aber...«

»Begrenzter Umfang! Man hat mir versichert, daß dein eigenes Personal die fahrbaren Stände stürmt, sobald die Femen frische Berliner ausliefern!«

»Aber...«

»Ruhe!« Der Baron sackte plötzlich in sich zusammen und schien sich zu beruhigen. Vollkommen ruhig (das fürchtete sein Neffe mehr als seine Ausbrüche) fuhr er fort: »Sicherlich brauche ich dich nicht daran zu erinnern, wie unzumutbar ein solcher Zustand ist. Wenn die Küchenchefs den Nachtischen der Femen hinterherjagen, verlassen sie unsere Restaurants. Folglich wird nichts mehr zubereitet. Wo kein Essen serviert wird, wird auch nichts mehr getrunken. Folglich gehen uns auch die Kunden laufen. Mit den Kunden verlieren wir unseren Ruf. Wir verlieren Geld!«

Der dicke Mann sank zurück und ordnete die Falten seiner Robe. Flip-Rotha warf einen Blick auf de Vries, erhielt aber nur das Hochziehen der rechten Augenbraue als Antwort.

Er hat kein Recht, so mit mir zu sprechen, dachte er. *Er hat niemanden, der mich ersetzen könnte. Niemanden außer diesem ekelhaften Augenbrauenhochzieher.*

»Du glaubst, ich dürfte nicht so mit dir reden«, stellte der Baron fest. »Aber bedenke, mein aufmüpfiger Neffe: Wir stecken nicht allein in diesem Geschäft. Unser Partner gibt sich zur Zeit noch damit zufrieden, im Hintergrund zu bleiben. Sobald seine Geduld erschöpft ist, kann er aber zu einem sehr unangenehmen Gegner werden.« Der Baron musterte seinen Neffen mit einem Seitenblick. »Es ist seine Geduld mit dir, über die ich hier spreche, mein lieber Junge.«

Flip-Rothas Gesicht zuckte vor ungezügelter Erregung. »Du würdest mich nie dem Kaiser ausliefern!« zischte er.

»Warum nicht?« fragte der Baron. »Wir sind im Restaurantgeschäft! Das härteste Geschäft im bekannten Universum! Die Steaks hängen zu hoch, um etwas auf Blutsbande zu geben, Flip.« Augenblicklich änderte sich sein Verhalten, wurde besänftigend und geradezu kumpelhaft. »Erzähl mir mehr über die Femen.«

»Sie haben einen religiösen Führer«, antwortete Flip-Rotha. »Sie nennen ihn Mumäh' Plip. Es bedeutet: ›Der, der das purpurfarbene Lätzchen trägt‹.«

»Wie auch immer er heißen mag: Finde ihn. Schmeiß ihn raus. Biete ihm einen Job bei Sammy an.«

»Wir haben ihn noch nicht gefunden, Onkel.« *Du Idiot,* dachte der Junge. *Du glaubst doch tatsächlich, jeder wolle für dich arbeiten. Aber auch dein schmieriger Sammy macht es nicht besser – wer auch immer er sein mag.*

»Dann kann uns möglicherweise unser Partner helfen«, sagte der Baron nachdenklich. »Ohne Zweifel wären ein paar Schwadrone Hardehaurhar in der Lage, das Femenproblem ein für allemal zu lösen. Aber was mich mehr interessiert, sind die Brezeln...«

»Unsere Arbeit in dieser Richtung wird durch die Femen behindert«, erklärte Flip-Rotha. »Viele von meinen Jägern kehren vergiftet oder zuckerkrank von den Kandisfeldern zurück. Es sind Gerüchte im Umlauf...«

Der Baron richtete sich alarmiert auf. »Ja? Weiter, weiter.«

»Äh... nichts, Onkel.« *Meine verdammte Unbeherrschtheit!* dachte Flip-Rotha.

»Fahre fort, Neffe. Es sind Gerüchte im Umlauf...«

Der junge Mann zögerte und sagte dann: »Einige zurückgekehrte Jäger berichten von... Experimenten..., die die Femen auf den Zuckerfeldern ausführen.«

Die Augen des Barons verengten sich, soweit es das Fett zuließ. »Was für Experimente?«

»Sie versuchen anscheinend, etwas herzustellen... einen Likör. Destilliert aus Bier.«

In den Augen des Barons flammte es bedrohlich und begehrlich auf. Er starrte *auf* seinen Neffen und sprach *zu* ihm. »Können sie das?« heiserte er.

»Das entzieht sich unserer Kenntnis«, sagte der junge Mann. »Möglich ist es schon.«

Der Baron ließ sich zurücksinken. *Denk darüber nach!* quälte es ihn. *Biergemachtes! Was für ein Preis! Wimmelt das bekannte Universum nicht geradezu vor ungenießbaren Likören aller Art, angefangen von solchen aus Honigmelonen bis zu denen aus Joghurt? Gibt es wirklich noch keinen aus Bier? Was ist das für ein genialer Einfall? Sollte ich diese Femen unterschätzt haben...*

»Das muß mit äußerster Vorsicht behandelt werden, Flip«, sagte der Baron. »Wir müssen die Femen aus ihren Schwarzmarktgeschäften verdrängen, ohne ihre Likörexperimente zu hintertreiben. Sobald sie sie erfolgreich abgeschlossen haben, werden wir einschreiten und sie uns holen.«

Ah-h-h-h, dachte Flip-Rotha. *Er...*

»Du denkst ah-h-h-h«, sagte der Baron gedehnt. »Aber du solltest nicht so schnell ah-h-h-h denken und dir selbst gratulieren, Neffe. Das Einfangen der Brezeln ist immer noch dein Bier. Ich werde über jeden deiner Schritte unterrichtet sein...« Der Baron wühlte ungeniert mit seinen Fettfingern in den Augen. »Ich selbst trage größte Verantwortung – meinem Partner gegenüber, seiner Beeindruckenden Fassungslosigkeit, dem Kaiser Sinkbad IV. Er muß über die Fortschritte auf Arrakkandis auf dem laufenden gehalten werden.«

Wie du willst, dachte Flip-Rotha. *Droh mir nur mit dem Kaiser. Noch spiele ich den braven Küchenchef. Aber eines Tages... eines*

Tages...

»Du denkst eines Tages, eines Tages«, sagte der Baron kühl. »Ich würde dir stattdessen empfehlen, über einen neuen Namen für den Bierlikör nachzudenken. Sagt mir, ihr beiden – ja auch du, Peter – was haltet ihr von Likör à la Hackwonnen? Zu französisch?«

Was sonst kann man über das Universum sagen, außer daß es das Größte ist?

AUS: »MUMÄH' PLIPS TAUSENDUNDEINE PARTYSCHERZE«
HERAUSGEGEBEN VON PRINZESSIN SERUTAN

Pall war sich bewußt, daß er vergangene Nacht Unmengen Bier in sich hineingeschüttet hatte. Irgendwann mußte ihm das passiert sein, was man einen Filmriß nannte. Er erinnerte sich nur noch verschwommen an Spilgard, Shashlikh, Rathham und ein paar andere Stammeshäuptlinge, die sich am Ratstisch zu einem Besäufnis versammelt hatten. Daran und an etwas, was sie »Rülpstest« nannten.

Lautstärke, Dauer und »Kreativität« waren die Testkriterien. Aber selbst nachdem er den Raum mit unzähligen lauten Bierbäuerchen heimgesucht hatte, spürte Pall, daß die Begutachtung durch die Femen noch kein Ende gefunden hatte.

Es war ein Quiz, in dem er bis zur Endrunde durchhalten mußte. Es ging um Alles oder Nichts.

Und dank seiner überragenden Fähigkeiten, die ihm eine gnadenlos laute Rülpstechnik ermöglichten, hatte er gewonnen.

Sie respektieren mich jetzt, dachte er und richtete sich im Bett auf. Hinter seinen Schläfen pochte ein scharfer Schmerz. *Habe ich das alles vielleicht nur geträumt?*

Er schwang die Füße aus dem Bett und setzte sie auf den kalten Boden. Sein Magen verkrampfte sich schmerzhaft; ein unangenehmes Überbleibsel der geistigen Überanstrengung, der er sich letzte Nacht ausgesetzt hatte.

Er gab sich wie gestern abend Mühe, Loni nicht zu stören, die schon sanft schlummerte, als er sich in die Kammer geschlichen hatte. Ein untrüglicher Instinkt hatte ihn davor gewarnt, sich laut pfeifend ins Bett zu schmeißen und Loni in den Hintern zu kneifen. Frauen – und selbst Mädchen-Mädchen – ließen manchmal jede Form von Humor vermissen.

Es war etwas später als sonst geworden, aber dafür hatte es ja auch hinreichende Gründe gegeben. Aus nah und fern, von Erg und Eck waren die Dootchführer gestürmt, um sich gemeinsam einen hinter die Binde zu gießen.

Aber es steckte mehr dahinter als oberflächliches Vergnügen.

Tags zuvor hatte er noch mit seiner Mutter darüber gesprochen.

Er hatte sie in ihren Gemächern aufgesucht, die ihr die Ehrwürgende Mutter Caramello abgetreten hatte. Die Wände waren mit Szenen aus der reichhaltigen Mythologie, Geschichte, Folklore und Anthropologie der Femen bedeckt; bunte Zeichnungen aus dem Stoff, aus dem Bierträume sind.

»Du darfst dich nicht zusammen mit unseren Hilfskräften besaufen«, hatte seine Mutter mit unangenehm nasaler Stimme genörgelt.

»Es ist aber notwendig.«

»Aber… warum?« Sie wirkte verstimmt. »Sie haben dich doch schon als ihren Führer akzeptiert. Wenn du dich mit ihnen verbrüderst, setzt du nur deine schwer errungene Autorität aufs Spiel.«

»Wir sprechen über ein paar Krüge Bier, die ich mit ihnen teilen will, Mutter.«

»Es fängt immer mit ein paar Krügen an, und ehe du dich's versiehst, bist du ein alter Sabbergreis«, warnte sie ihn. »So kann man kein Geschäft betreiben.«

Seine Augen, deren braune Farbe langsam durch das bierhafte Rot in Rot abgelöst wurde, schossen feurige Blitze auf sie ab. »Ich will kein Geschäft betreiben«, flüsterte er. »Ich habe etwas viel Größeres vor.«

Sie erstarrte, als sie begriff, wie ernst es ihm war. »Pall!«

»Verstehst du nun, Mutter?« zischte er. »Ich muß meinem

Schicksal gerecht werden. Bin ich der Mahdl-T? Ich bin es. Bin ich der Laserium Al-Dilah'? Jawohl, bin ich auch. Bin ich der Erlöser...?«

Sie hatte sich erhoben und mit dem Finger auf ihn gedeutet. »Du...«

»...spielst ein gefährliches Spiel? Vielleicht?« Er hatte auf dem Bierabsatz kehrtgemacht und kurz vor dem Ausgang noch einmal gehalten. Herumwirbelnd sagte er: »Dieses Spiel werde ich gewinnen. Ich habe nicht die Absicht, als Versager durchs Leben zu gehen.«

»Aus dir spricht Kälte und Härte.«

»Die du mir selbst beigebracht hast.«

»Und was ist mit dem, was dir dein Vater beigebracht hat?« bohrte sie nach. »Hat er dich etwa gelehrt, die geschäftliche Ausgangsbasis deiner Geschäftsfeinde zu zerstören?«

Wenn Palls Blicke hätten töten können, hätte sie schnell das Weite gesucht. Er wußte, daß sie auf die Praxis ansprach, die er vor ein paar Monaten genehmigt hatte: die Verpanschung von Bier mit Wasser in den Bierfäßchen durch eine spezielle Truppe Bierbrauer. Die Plätzchenkommandos und Nußmännerguerilleros hatten aus den Städten über Gemurre und Gezänk berichtet, das durch das verwässerte Bier ausgelöst wurde. Sogar die Schlepper-Gilde, die sonst nicht an die Öffentlichkeit trat, hatte bereits ihrem Unmut laut Luft gemacht...

»Mein Vater hat MaKokaKola getrunken«, sagte er. »Das passiert, wenn man sich geschäftlich übernimmt. Ich habe ein ehrgeizigeres Ziel. Ich kann dir sowohl finanzielle als auch soziale Sicherheit garantieren, wenn wir erst soweit sind.«

Sie hatte heftig protestiert und ihn auf die Gefahr aufmerksam gemacht, in die er sich begab, wenn er sich als Halbgott über diese stolzen und wilden Menschen erhob. Aber er hatte sie mit einem Rülpser zum Schweigen gebracht und gesagt: »Meine Generation ist praktischer als deine. Wir wollen alles: Geld, Macht, Karriere, Familie und Mitgliedschaft in einem exklusiven Gesundheitsclub.«

Während sich Pall anzog, begann sich Loni unruhig im Bett zu bewegen. *Ich habe Bier getrunken,* dachte er, *und habe jetzt das Auge des Durchblicks. Ich bin jetzt Meister im Rülpsen und Kotzen. Ich bin jetzt ein echter Femen – nur eins fehlt noch.*

Er legte seinen Schweißanzug an und trat in den Dootch hinaus. Wie immer wurde er von der kleinen Gruppe ernstblickender Männer umringt. Es waren die Feydeaukin, Angehörige der Lachkommandos, die geschworen hatten, Mumäh' Plip mit ihrem Leben zu schützen oder vor Lachen zu sterben.

»Guten Morgen, Adep.«

Es war Spilgard, der im Eingang seiner Kammer lehnte und seine massige Gestalt in einem Nachthemd aus Bierterrykleidung verbarg.

Der Nabe wirkte auffallend blaß. »Mein Kopf fühlt sich so groß an wie die Monde, die die Zuckerfelder bescheinen.« Es war die rituelle Begrüßung eines Femen, der abends zuvor an einem Sauffest teilgenommen hatte. »Wenn ich in diesem Moment tot umfiele, wäre das eine Gnade Schmai-Gunugs.«

Palls Antwort hielt sich streng ans Protokoll: »Spilgard soll ein Aspirin nehmen.«

»Habe ich genommen.«

»Er soll Bromoseltzer schlucken.«

»Habe ich geschluckt.«

»Er soll Kaffee trinken.«

»Habe ich getrunken.«

»Dann, Spilgard«, beendete Pall das Ritual, »trink ein Bier.«

»Gute Idee.«

Der Nabe verschwand in seiner Kammer und kehrte einen Moment später mit einem vollen Bierkrug zurück. Er setzte an, nahm einen tiefen Schluck, wischte sich über die Lippen und sagte: »Verzeih mir, Mumäh' Plip, aber die Leute reden über euch. Besser gesagt, über deine Schwester.«

Pall nickte. Er wußte, daß das Kind-Mädchen Unruhe unter den Erwachsenen-Männern und Reifen-Frauen gestiftet hatte. »Was redet man über meine Schwester Nailya?« fragte er.

»Man nennt sie Nailya die Vollkommen-Unheimliche, Mumäh'

Plip«, gestand der Nabe. »Und um ehrlich zu sein: Sie verursacht selbst mir eine Gänsehaut. Sie verhält sich nicht wie ein normales Kind.«

»Sie ist ruhig«, brummte Pall unwirsch. »Was soll daran beängstigend sein?«

»Sie spricht in einer Sprache, die noch kein Mensch zuvor je hörte«, antwortete Spilgard. »›Schmelze 2 Eßl. Butter, koche 1/2 Pfund geriebene Zwiebel glasig.‹ Was für ein unmenschlicher Hexenzauber ist das, Mumäh' Plip?«

Pall hielt die Hand hoch, um den Nabe zum Schweigen zu bringen. *Diese Schwierigkeiten habe ich erwartet,* dachte er. *Und nun ist es so weit. Wie kann ich diesem stolzen, ungebildeten Mann erklären, daß meine Schwester so redet, weil meine Mutter während der Schwangerschaft Bier und Cocktail Mix zu sich nahm und Nailya nun im vollen Besitz aller Rezepte ihrer weiblichen Vorfahren von Hunderten von Generationen ist. Das ist unüblich.*

»Es ist nur Kindergequassele«, behauptete Pall. »Wir sollten damit nicht unsere Zeit verschwenden. Aber ich brauche deine Weisheit und Stärke für einen Rat in einer anderen Angelegenheit.«

Der Nabe schreckte zusammen; Freude und eine Prise Ungeduld ließen ihn erwartungsvoll blinzeln. »Du fühlst dich für den Test stark genug?« fragte er.

»Ja.«

Der Femenhäuptling nickte mit absoluter Bestimmtheit, trank den Krug vollends aus und ließ ihn krachend auf einen Beistelltisch sausen. »Hastetön! Endlich! Wir müssen es den anderen sagen.«

Und Spilgard eilte durch den Dootch und trommelte Veteranen und Ratsmitglieder zusammen, die Zeuge sein sollten, wenn Pall Muhmäh' Plip die Brezel reiten und endlich vollkommen ein Femen werden würde.

Er war schon auf Brezeln geritten, hatte gelernt, sie durch das Herumgezerre an den Salzbrocken zu lenken – aber nie allein. Und er wußte, daß er erst dann von den Femen wirklich als einer der ihren akzeptiert werden würde, wenn er Schmai-Gunug allein ritt. Das war ein Bestandteil des Ritus, den er nicht umgehen konnte.

Sonst hätte er sich sein ganzes Leben lang einer unangenehmen Frage aussetzen müssen: Wenn du der Messiah bist, wie kommt es dann, daß du nicht Brezel reiten kannst?

Die Folgen für meinen Spielplan wären katastrophal, dachte Pall.

Sie versammelten sich ein paar Kilometer vom Dootch entfernt auf einem einsamen Zuckerfeld. Pall fiel auf, daß sich die Männer abseits von ihm hielten und ihm mißtrauische Blicke zuwarfen.

Spilgard trat einen Schritt vor; sein Gesicht hinter einer feierlichen Maske verborgen. »Verflucht seien unsere Feinde von nun an bis zum 12. Nimmerleinstag«, sagte er. »Sie verwehrten uns den Heia-Peia.«

Pall antwortete mit den Worten, die er kurz vorher gelernt hatte. »Kommt. Laßt sie uns bei den Nasen nehmen und so lange daran drehen, bis ihre Nasen die unseren sind.«

»Ich, Spilgard, bin der Nabe«, fuhr Spilgard fort. »Ich würde sie gerne bei den Nasen packen. Aber ich bin so verdammt beschäftigt und kann nicht weg vom Büro.«

»Dann erledige ich die Kleinigkeit«, antwortete Pall feierlich. »Nein, brauchst nicht aufzustehen, Spilgard, der Nabe. Ich gehe an deiner Stelle.«

»Bist du sicher?«

»Ja, ich bin sicher.«

»Ich mache es sonst morgen«, tönte Spilgard im rituellen Singsang.

»Nein, nein, nein, wirklich kein Problem«, antwortete Pall würdevoll.

»Dann, Adep, der Pall Mumäh' Plip ist, danke.«

»Nichts zu danken.«

Das erste Ritual hatte damit sein Ende gefunden. Spilgard sah in Palls Augen und sagte in normalem, freundschaftlichem Ton: »Reite den Bastard, Adep.«

Shashlikh schleppte zwei Biergeräte heran. »Einen oder zwei Bumser?«

Wenn ich einen nehme, halten sie mich für einen Feigling, dachte Pall. *Aber wenn ich zwei nehme, glauben sie, ich sei ein Angeber.*

»Zwei«, sagte Pall.

Die Männer murmelten beifällig. Shashlikh reichte ihm zwei der stangenähnlichen Gebilde, und die Femen begannen sich überhastet zurückzuziehen.

Dann wollen wir mal sehen, dachte Pall.

Er ging die braunweiße Zuckerfläche ab, bis er eine geeignete Stelle gefunden hatte. Dann bohrte er die Haltevorrichtung des ersten Bumsers in den Zucker und befestigte ihn sorgfältig. Einmal in Gang gesetzt, würde ein gummibandangetriebener mechanischer Hammer aus dem Zucker Würfel stanzen. Die daraus resultierende Erschütterung übertrug sich durch den Boden, erreichte die nächste Brezel und brachte sie dazu, sich den Grund der Störung näher anzusehen. Nachdem der ganze Vorgang beendet war, würden die Kinder die Zuckerwürfel einsammeln, um sie später für Bierkaffee, Biertee oder andere Biergetränke zu verwenden.

Er gab den Gummiantrieb frei.

»Bums!... Bums!... Bums!«

Er zog sich ein paar Schritte zurück, rammte den anderen Bumser in den Boden und zog, ohne zu zögern, an dem Gummibandauslöser.

»Bums!... Bums!... Bums!«

»Bums!... Bums!... Bums!«

Pall sah sich um und bemerkte, daß die anderen sich scheinbar in Luft aufgelöst hatten. Wie schon so oft zuvor bewunderte er die Fähigkeit der Femen, in den Zuckerfeldern zu leben und sich dabei der natürlichen Umgebung so gut anzupassen, daß man sie selbst als Eingeweihter nicht mehr entdecken konnte. Spilgard, Shashlikh und all die anderen waren scheinbar verschwunden.

Aber auf den zweiten Blick entdeckte Pall dank seiner hypertrainierten Superwahrnehmung etwas sehr Seltsames. Weit entfernt eilten ein paar Gestalten durch den Zucker. Es waren Spilgard und die anderen Männer, die in Richtung Dootch liefen, als sei ihnen der Teufel höchstpersönlich auf den Fersen.

Und Spilgards letzter Rat kam Pall wieder in den Sinn.

»Pflanze die Bumser nicht zu nah beieinander«, hatte er ihn gewarnt. »Die Signale schaukeln sich gegenseitig hoch und erzeugen eine Wahnsinnserschütterung im Zuckerreich. Mit etwas Glück rufst du damit alle Brezeln auf einmal.«

Deswegen sind sie abgehauen, dachte er. *Aber jetzt ist es zu spät.*

Und Pall wartete, dank seiner Boni-Makkaroni-Fähigkeiten zu dem rasiermesserscharfen Schluß gelangt, daß er Scheiße gebaut hatte.

Politik ist ein heißes Eisen – das ist allgemein bekannt. Doch es gibt noch etwas Heißeres: Fingerhakeln. In seiner Beherrschung sind Feinheiten in Feinheiten verborgen. Daraus können wir viel über die ultimative Essenz lernen, die weit verbreitet allgegenwärtig überall alles durchdringt.

AUS: »›AROOGAH! AROOGAH!‹: ARRAKKANDIS AUFSTIEG«
VON PRINZESSIN SERUTAN

Baron Wladimir Hackwonnen regulierte seine Null-g-Suspensoren und läutete nach etwas Eßbarem. Sobald man es ihm gebracht hatte – Dakota-Feigen aus Nordkadota, schwere Semmelknödel am Spieß mit heißem Huhn – wandte er sich an Peter de Vries.

»Du glaubst, ich sei zu hart zu Flip-Rotha gewesen, Peter«, stellte der Baron fest.

Der Mannhau zuckte mit den Schultern. »Nicht wirklich.«

»Nein, nein, nein. Versuche nicht, mich hinters Licht zu führen«, beharrte der Baron. »Du hältst mich für einen Diktator. Aber was weder du noch mein liebreizender Neffe wissen, ist, daß die Beziehung zu meinem stillen Teilhaber nicht so ist, wie sie sein sollte.«

»Tatsächlich?« fragte de Vries. »Ich dachte, der Kaiser sei mit ›Stinkbäder's‹ Erfolg mehr als zufrieden.«

»Zufrieden ist nicht das richtige Wort«, stieß der Baron kurzatmig hervor. Seine Fettwülste wabbelten. »Er ist stinksauer. Wir sind seiner Meinung nach zu gut im Geschäft. Über uns wird andauernd in den Magnetazinen berichtet. Hast du die Artikelreihe im *Cosmospolitan* gesehen? Sie sind wegen der Innenarchitektur meiner Haupthalle schier ausgeflippt.«

Jonzuns Bois Innenarchitektur, meinst du, dachte de Vries. »Oh?« fragte er. »Und deswegen ist Sinkbad sauer?«

»Peter, Peter, du glaubst, die Leute sind sauer, weil ihnen etwas nicht gefällt«, murmelte der Baron. »Das Gegenteil ist der Fall. Unser Kaiser Sinkbad IV. fängt an, Ehrgeiz zu entwickeln. Er möchte ›Stinkbäder's Treff‹ jetzt selbst leiten. Er hat mich bereits eines Plans beschuldigt, mit dessen Hilfe ich angeblich mein Geschäft ausweiten will.«

»Was für einen... Plan?«

Die Fettmassen des Barons wabbelten. »Er glaubt, ich wolle eine Kette nach Stinkbäder's Muster aufziehen – über Tausende von Planeten, von Betagenze 3 bis Aldebaran. Und, weißt du, Peterle...« Der Baron hielt inne, ließ seine Sind-sie-in-dem-Fett-noch-zu-sehen-Augenbrauen zucken und flüsterte: »Er hat recht!«

»Das wagt Ihr wirklich?« fragte de Vries schockiert. »Ihr wagt es tatsächlich, den Kaiser herauszufordern?«

»Er hat zweifelsohne nichts anderes mit mir vor!« schnappte der fette Mann. »Geschäft ist Geschäft, Peter – da gibt es nur Vernunftehen. Und Vernunftehen können annuliert werden, wenn einer der Partner ein Auge auf die Geliebte des anderen wirft oder auf den Traumpartner... egal, du weißt, was ich meine.«

De Vries dachte einen Moment nach und sagte dann: »Wie wollt Ihr das fertigbringen? Sinkbad ist mächtig – und ich meine damit nicht nur seine Hardehaurhar, sondern vor allem seine Rechtsanwälte. Schließlich untersteht ihm höchstpersönlich der Rechtsplanet Cravitz Schwein.«

»NOAMCHOMSKI wird mich bei meinem Kampf gegen den Kaiser unterstützen«, gab der Baron bekannt. »Die Großen Mächtigen Häuser fürchten seine Vormachtstellung. Und ich habe eine Geheimwaffe.«

»Geld?«

Der Baron verzog das Gesicht, glättete es mit einem raschen Wangenzucken, wackelte erst mit dem rechten und dann mit dem linken Ohr, bevor er sagte: »Pah, Geld! Was ich habe, ist wertvoller als Geld. Was ich habe, sichert mir eine Macht, die ich mit Geld allein nie erlangen könnte.«

De Vries' Augen schrumpften bedrohlich, als er den Geistesblitz seines Brötchengebers begriff.

»Ihr meint...!«

»Ganz genau.« Der Baron lächelte. »Bier.«

Der Mannhau runzelte die Stirn. Diese Intrige verwirrte ihn. Er versuchte sich verzweifelt vorzustellen, wie man Bierfässer als Trojanische Pferde umfunktionierte. »Aber wie...«

»Streng deinen Grips an, Peter!« quietschte der Baron. »Die Schlepper-Gilde! Sie leben für Bier. Ohne Bier läuft bei denen gar nichts. Hast du dich jemals mit einem Raumfahrer der Gilde unterhalten? Wilde, unberechenbare, kaum zu zähmende Gewaltmenschen, das sind sie. Aber: Individualisten, wie sie im Buche stehen. Ich hab' sie in einer Bar erlebt, als sie nach einer langen Reise einkehrten. Für Bier würden sie töten. Wer den Biermarkt kontrolliert, braucht nicht einmal eine Pfeife, um sie danach tanzen zu lassen. Und wer der Gilde die Flötentöne beibringt, hat auch den Kaiser unter Kontrolle. Und NOAMCHOMSKI – Neutrale Organisation Aller Machthungrigen Cleveren Häuser Ohne Meckerer, Stänkerer, Krämerseelen und Idealisten – ohne die Eyeliner der Gilde? Sei versichert, Peter: Bier ist Macht.«

»Aber...« De Vries Gesicht verzog sich, als der *Aha-Effekt* einsetzte. »Ganz schön raffiniert, My Lord Baron«, behauptete er. »Aber damit bleibt immer noch das Problem der Femen ungelöst.«

»Genau«, spie der Baron aus. »Deswegen muß sich Flip-Rotha unverzüglich mit dieser Frage befassen. Sie müssen unschädlich gemacht werden – aber erst, nachdem wir ihnen das Bierlikör-Rezept abgeluchst haben. Wer im Universum sollte mir noch widerstehen, wenn ich diesen Zaubertrank mein heiße?«

»Und was, wenn Euer Neffe nicht mit ihnen fertig wird? Arrakkandis ist groß, und die Kosten einer totalen Hetzjagd sind gar nicht abzuschätzen. Um noch nicht einmal die Schwierigkeiten zu erwähnen, die es uns bereiten wird, es vor dem Kaiser geheimzuhalten.«

»Ich habe eine bessere Idee«, lächelte der Baron. »Wir lassen Flip-Rotha eine Weile den wilden Handfeger spielen. Dann werde ich eingreifen, ihn wegen seiner Grausamkeit bestrafen und diesem Mumäh' Plip das anbieten, was er nicht abschlagen kann.«

»Eine Beteiligung?«

»Ha-ha-ha-ha-ha! Eine Beteiligung!« Der Baron brüllte vor Begeisterung. »Nein, nein, dieser Mumäh' Plip ist ein Fanatiker. Er will keine Beteiligung. Er sucht die Konfrontation. Und die Gelegenheit dazu werde ich ihm bieten. Ich werde ihn herausfordern.«

De Vries wechselte schlagartig die Gesichtsfarbe und stieß keuchend die Luft aus. »Ihr könnt doch kein Back-Hack meinen!« stammelte er fassungslos. »Aber... warum sollte er überhaupt annehmen?«

»Er wird glauben, mich so am besten schlagen und beseitigen zu können«, antwortete der Baron. »Diese Gelegenheit wird sich der Narr nicht entgehen lassen.«

»Und wenn er gewinnt?« protestierte der Mannhau. »Nach den Geheimdienstberichten von Kandis zu urteilen, sind die Femen meisterhafte Plätzchenbäcker. Schließlich leben sie auf Zuckerfeldern...«

»Aber, mein lieber Peter, er *wird* gewinnen.«

De Vries starrte ihn geistesabwesend an, während die Worte langsam in sein Bewußtsein sickerten. »Bei Wolfgangs Papageno!«

»Du beginnst den Plan zu begreifen, wie ich sehe«, kicherte der Baron. »Dieser Femen-Messiah wird gegen unsere Küchenchefs antreten, die ausnahmslos vorher hypnotisiert wurden, alles anbrennen oder sonstwie verderben zu lassen. Er wird uns schlagen. Wir werden Verrat schreien und bezeugen lassen, daß dieser Mumäh' Plip mit dem Kaiser verbündet ist. Dann schnappen wir ihn uns und machen mit den Femen kurzen Prozeß. Sinkbad wird mittlerweile protestiert haben und seine Hardehaurhar einsetzen.

Die Boni Makaroni werden sich mit dem Imperium verbünden. Wir selbst wenden uns an die Großen Mächtigen Häuser, legen bei NOAMCHOMSKI Beschwerde ein und behaupten, daß mich der Kaiser aus dem Geschäft drängen will. Das wird unsere Sternstunde werden; Haus Omelette und Haus Dressing werden mir zur Seite stehen, und wir gründen ein Triumvirat. NOAMCHOMSKI legt Einspruch ein, die Gilde schreit Verrat, die Boni Makaroni geben ihren Senf dazu, die Großen Mächtigen Häuser toben vor Eifersucht...«

»Onkel.«

Der Baron wabbelte zur Seite. Flip-Rotha stand im Eingang und gab sich Mühe, möglichst wenig verschwörerisch dreinzublicken.

»Ah, Flip«, brummte der Baron. »Du willst nach Arrakkandis übersetzen. Ausgezeichnet. Du erinnerst dich noch an unser kleines Plauderstündchen?«

»Selbstverständlich, Onkel.«

Verlogenes Schwein.

»Gut, Flip. Löse dieses Problem mit den Femen für mich, ja?«

»Natürlich.«

Flip-Rotha verbeugte sich höfisch und strebte aus der Halle. *Das werde ich wirklich*, dachte er. *Nichts würde mir mehr Spaß machen, als eine Nomadengesellschaft mit eigenständiger Kultur, Gerichtsbarkeit und Tradition auszulöschen.*

Nichts, bis auf eins.

Der Junge quetschte ein verräterisches Lächeln auf seine Lippen.

Mein Gesicht auf jeder Flasche, Büchse und Sechserpack Bier im bekannten Universum zu sehen!

Es sollte ein Gegenstück für das Wort »schicksalhaft« geben, das das Gegenteil von dem ausdrückt, wozu eine Sache bestimmt ist. Es sollte auch ein Pendant zu »Petersilie« geben, das das Gegenteil dieses Gewürzes ausdrückt. In Frage kämen »Egonsilie« oder »Ottosilie«. Welches Wort man für eine Sache benutzt hat weitreichende Konsequenzen.

AUS: »MUMÄH' PLIP HAT GEDANKEN UND SPRICHT SIE AUS«
HERAUSGEGEBEN VON PRINZESSIN SERUTAN

Jazzica bemerkte ohne Hilfe eigene Gedanken in ihrem eigenen Bewußtsein. *Heute reitet Pall die Brezel. Was wird daraus entstehen?*

Und eine unverlangte Antwort flog ihr zu, ein Vogel der Vorstellungskraft, der aus dem geistigen Nirgendwo-das-irgendwo-ist direkt in ihren Kopf geflattert war: *Er wird seine Fähigkeiten wahrscheinlich dazu nutzen, um hackwönnische Brezelpatrouillen aus dem Hinterhalt zu überfallen. Entweder das, oder er vergißt seine Pflichten und rast mit anderen Teen-Männern des Dootches um die Wette.*

Beide Möglichkeiten waren ernüchternd. Was auch immer er tat, ihr Sohn würde sich damit in Gefahr bringen.

Sie gestattete sich einen kleinen Seufzer. Als Ehrwürgende Mutter durfte sie sich damit gar nicht auseinandersetzen. Sie hatte genug Arbeit – sie mußte Unterricht geben, neue Gerichte und Gerüche entwickeln. Die illegalen Verkaufswagen waren ein großer Erfolg, aber Flip-Rotha hatte die Terrorstreifen verdoppelt und ihnen vollkommen freie Hand gegeben. Gerade gestern war es zu einem gewaltsamen Zwischenfall gekommen. Drei Verkäufer, Yadda, D'Dadda und Sh'boom, die versucht hatten, eine Ladung karamelüberbackener Nuggets an den Mann zu bringen, waren ernsthaft hin und her geschubst worden.

Wir müssen die Arbeiten am Likör beschleunigen, dachte sie. *Sonst kommen uns die hackwönnischen Branntweinspezialisten noch zuvor. Sie schnüffeln bereits hinter uns her. Selbst der loyalste*

Mitarbeiter gerät bei dem Anblick eines saftigen Steaks in Versuchung.

Jemand klopfte am Eingang ihres Schlafgemachs. Es war Harrumf, Palls Halb-Frau.

Jazzica begrüßte sie mit der üblichen Femenfloskel. »Frikos echt ätzend? Wie hat dich der heutige Tag vorgefunden?«

Harrumf antwortete ebenfalls dem Ritus entsprechend. »Pommes fett-triefend. Der Tag fand mich, und hier bin ich.« Sie zögerte, gab ihr Zögern auf und sagte: »Vergebt mir, Ehrwürgende Mutter. Aber es gibt etwas, was mir Leib- und Kopfschmerzen bereitet.«

Jazzicas Augen weiteten sich, als ob sie Boris Karloff vor sich sehen würde. »Pall!« keuchte sie. »Ist er...?«

»Mumäh' Plip ist heute unter die Brezelreiter gegangen«, antwortete Harrumf schlicht. »Er wird nicht versagen.«

Jazzica musterte sie aufmerksam. Seit des denkwürdigen Geiferpatts, das mit Janis Exil geendet hatte, gehörte Harrumf zu dem direkten Verantwortungsbereich ihres Sohnes. Aber Jazzica wußte, daß Pall mit seiner Halb-Frau nie das Bett geteilt hatte.

»Was führt dich zu mir, Harrumf?« fragte Jazzica.

»Es herrscht... eine gewisse Unruhe im Dootch, Ehrwürgende Mutter«, antwortete die Frau. »Viele der jungen Männer sind ruhelos. Sie wissen, daß Mumäh' Plip heute Schmai-Gunug reitet. Wenn er nicht versagt, wird er damit zum vollen Femen. Die jungen Männer wollen...« Sie brach ab, unsicher, ob sie auf des Pudels Kern zu sprechen kommen sollte.

»Ja, Harrumf«, hakte Jazzica ein. »Was wollen sie...?«

»Sie wollen, daß Mumäh' Plip Spilgard feuert«, sagte sie. »Sie wollen, daß er alle Stämme in einer Razzmatazzia gegen die verhaßten Hackwonnen führt, zu einem endgültigen apokalyptischen Abkochen. Sie sagen...«

»Ja, Harrumf? Was... sagen sie?«

Sie atmete tief ein. »Sie behaupten, daß uns der Likör unbesiegbar macht.«

Der Satz verhallte im Raum. Aus dem Dootch hörte Jazzica die zuckerbrechenden Laute, die davon zeugten, daß diese eigensinnigen und fremdartigen Menschen *lebten.*

Sie werden ungeduldig, dachte sie. *Die Kunde von dem Bierlikör hat sie schier aus dem Häuschen gebracht. Zwanzig Generationen dick gezuckerter Obstkuchen und Sahnetorten sind plötzlich nicht mehr genug.*

»Ich muß mich da raushalten«, sagte Jazzica. »Ich bin die Ehrwürgende Mutter des Dootchs. Meine Aufgaben sind reglementiert – dem Stamm mit Wort und Rat zur Seite zu stehen, die notwendigen Rituale durchzuführen und mir einen Namen für den Bierlikör auszudenken. Alles andere wäre töricht – oder schlimmer.«

»Und habt Ihr schon Erfolg gehabt, Ehrwürgende Mutter?« fragte Harrumf.

»Wie man's nimmt«, antwortete Jazzica vage. »Bis jetzt sind mir zwei Namen eingefallen: Arrakandis' Biersinn und Bierlust-Essenz.« Ihre Stimme klang unsicher. »Ich halte sie beide für unbefriedigend.«

»Wir sollten es *Ihn* entscheiden lassen«, sagte Harrumf.

Das beunruhigte Jazzica. Sie sorgte sich, daß die Pall zugeschriebenen Fähigkeiten über jedes vernünftige Maß hinaus übertrieben wurden und ihn damit gottähnlich wie einen Gott machten. »Würdest du mir mein Recht bestreiten, Harrumf?« fragte sie.

Die Frau blickte betreten zu Boden. »Das wollte ich damit nicht zum Ausdruck bringen, Ehrwürgende Mutter. Ich meinte nur...«

Ein Rascheln am Eingang lenkte sie ab. Ein kleines Kind-Mädchen, ganze zwei Sonnenumläufe alt, stand plötzlich im Raum.

»Nailya«, begrüßte Jazzica ihre Tochter. »Wie geht es dir, Schatz?«

Das Mädchen baute sich mit ernstem Gesichtsausdruck vor ihnen auf; die grünen Augen schimmerten feierlich, und das ovale Gesicht ließ kindlichen Ausdruck vermissen. »Ofen vorheizen auf Mittel (200 °C).«

Was habe ich nur in die Welt gesetzt? dachte Jazzica.

»Sag deiner Mutter guten Tag, Nailya«, forderte Harrumf das Kind-Mädchen auf.

»Und 1/4 TL Basilikum, ein 1/2 TL Oregano«, sagte Nailya.

»Rühren.«

Ein Mann in Schweißkleidung hämmerte an die Wand neben dem Eingang und trat ohne eine Antwort abzuwarten ein. Er war über und über mit pulverisiertem Zucker bedeckt; seine rot in roten Augen glitzerten intensiv.

»Ja, Shoanuf?« fragte Jazzica.

»Ich komme gerade von den Zuckerfeldern, Ehrwürgende Mutter«, antwortete er. »Pall Mumäh' Plip, der Adep ist, hat die Bumser gesetzt und harrt der Dinge, die da kommen werden.«

Jazzica nickte. *Wenn er Erfolg hat, wird dieser Tag in die Legende eingehen,* dachte sie. *Aber wenn er versagt...*

Sie versuchte krampfhaft zu schlucken.

...werden nur ein paar melancholische Volkslieder mit sich endlos wiederholenden Versen dabei herauskommen.

Der Gedanke verwirrte sie nachhaltig. »Ich bin in meinen Räumen zu finden«, gab sie bekannt.

Sie raffte ihren Umhang zusammen und entschwand aus dem Raum, machte auf dem Absatz kehrt und kam wieder zurück, als ihr geschäftsfrauliches Erinnerungsvermögen sie darauf aufmerksam machte, daß sie sich den Weg sparen konnte – sie hielt sich bereits in ihren Räumen auf.

Religion ohne Hierarchie ist ein Ding der Unmöglichkeit. Wenn jeder sein eigener Priester sein darf, ist das Chaos unvermeidlich. Denn dann würde die für unser Leben so wichtige Wahl zwischen Beichte und Selbstgespräch ausgelöscht.

AUS: »MUMÄH' PLIPS PREDIGTEN FÜR SWINGENDE LIEBESPAARE«
HERAUSGEGEBEN VON PRINZESSIN SERUTAN

Pall wartete voller Spannung auf den Zuckerfeldern. Er überschattete seine Augen, um nach Brezelzeichen Ausschau zu halten – und dann hörte er auch schon die ersten Anzeichen des sich nähernden

Ungeheuers.

Spilgards Worte kamen ihm in den Sinn. »Schmai-Gunug wird ein paar Minuten nach dem ersten Bumsen kommen. Wenn er sich nähert, mußt du dich wie ein natürlicher Teil der Landschaft verhalten. Unsere Jungen lernen im Alter von zwölf Jahren in angespannter Entspannung zu stehen, sich wie ein Mensch zu verhalten und doch eins mit der Natur zu werden. Du, Adep, bist älter. Und du bist kein geborener Femen. Deswegen ist es besser, wenn du dich versteckst.«

Ich werde mich nirgends verstecken, dachte Pall, während die Bumser ihr Signal durch die Eck jagten. *Ich werde stehenbleiben, stolz und bewegungslos, ohne Angst, wie es kein Fe...*

Die Brezel erschien plötzlich aus dem Nichts; die heranpreschende Zuckerwelle jagte neunzig, hundert Meter durch die Luft, bevor sie Pall von den Füßen riß. Er wurde durch einen Sturm von Zuckerkristallen geschleudert, höher und höher. Der penetrante Biergeruch nahm ihm den Atem, der Wirbelsturm herausgerissener Zuckerbrocken prasselte erbarmungslos nah an ihm vorbei, und in seinen Ohren dröhnte Brezelröhren. Er stürzte auf irgend etwas, schlug so hart auf, daß ein schmerzhafter Ruck durch seine Knochen raste.

Auf Schmai-Gunug!

Er war auf ihm gelandet, auf der vorbestimmten Stelle des durchschimmernden weißen Brockens.

Salzbrocken! dachte er. *Die riesige kristalline Salzablagerung auf dem Rücken der mutierten Brezel. Aus der Größe des Brockens zu schließen, habe ich ein wahres Prachtexemplar erwischt.*

Er sah sich um. Seine jetzige Position war ungefähr hundert Meter über dem Zucker; die Brezel bewegte sich in gerader Linie vom Dootch weg. Der Wind peitschte ihn, und das hohle Pfeifen vermischte sich mit dem Bersten und Krachen des Zuckers. Der plumpe Kopf war irgendwo vor ihm, der Stummelschwanz hinter ihm. Er hatte das Glück gehabt, gleich auf der richtigen Stelle zu landen; viele andere landeten auf dem Schwanz und mußten sich mühsam vorwärts kämpfen.

Nun die Steuerung, dachte er.

Er holte seinen Fingerschneider aus einer Tasche seines Schweißanzugs und ließ die größte Klinge vorschnellen. Dann setzte er sie unter einer Ecke des Salzbrockens an und löste ihn von der braunschimmernden Brezelhaut. Darunter kam weiße, teigige Masse zum Vorschein, die äußerst empfindlich und verletzlich wirkte.

Die Brezel, die den Zucker durchpflügte, um die Bumser zum Schweigen zu bringen, bäumte sich auf, röhrte und drehte sich um ihre eigene Achse, um den Störenfried zu finden – mehr ein Reflex als eine bewußte Handlung. Als das Monster die gewünschte Richtung eingeschlagen hatte, ließ Pall den Salzbrocken wieder zurückgleiten.

Die Brezel setzte sich geradeaus in Bewegung.

Pall spürte, wie eine wilde Erregung von ihm Besitz ergriff. Zum ersten Mal in seinem Teenagerleben erlebte er so etwas wie einen Geschwindigkeitsrausch. Ein Gefühl unbändiger Freiheit nahm ihn gefangen. Sobald er den Test bestanden hatte, konnte er Sportreiter werden und Brezelrallyes veranstalten.

Zur Hölle mit Religion und Restaurants! dachte er. *Jetzt wird geritten!*

Er hielt geraden Kurs auf die Walla-Halla im Süden. Die Landschaft begann sich zu verändern: Flache Zuckerschüsseln wechselten sich mit Gebieten ab, in denen wild zerklüftete, hügelige Formationen vorherrschten. Die Luft rauschte an ihm vorbei.

Er ritt ungefähr eine halbe Stunde und gab sich voll und ganz dem Freiheitsgefühl hin, bis er plötzlich dunkle Punkte über sich am Himmel entdeckte.

Orthodontothopter! erkannte er. *Wahrscheinlich Schmuggler – oder Hackwonnen!*

Er beobachtete, wie der Thopter niederging und landete. Mit aller Umsicht, derer er fähig war, ließ sich Pall am Hauptstrang der Brezel herab. Wie er es gelernt hatte, sprang er schließlich in den Zucker, ohne von dem Ungeheuer entdeckt zu werden.

Als die Brezel außer Sichtweite war, näherte sich Pall vorsichtig dem Landeplatz des Thopters, einem schmalen Tal inmitten bonbonfarbener Felsen. Er bewegte sich mit der Geschicklichkeit eines Femen, nutzte jede Deckung aus und schlich näher. Aus dem Tal erschollen Arbeitsgeräusche und Bierschmatzen.

Tatsächlich Schmuggler, dachte Pall. Er schielte über die Felsen. Der Anführer der Bande hielt den Zapfen des Schlauchs fest, der von den Thoptertanks zum Bierfäßchen führte. »Pumpt weiter«, sagte er zu seinen beiden Kumpanen. »Wir kriegen Besuch.«

Er näherte sich der schweißgekleideten Gestalt, die den Schutz der Felsen aufgegeben hatte. Er tat vollkommen harmlos – es fehlten nur noch lässiges Pfeifen und der Eindruck eines Müßiggängers, den die Langeweile an diesen entlegenen Ort getrieben hatte, und es wäre perfekt gewesen. »Schön, dich hier zu sehen, Freund«, sagte er. »Hast du eine Ahnung, wie man hier ein $^{8}/_{3}$ Quadratzollrohr in den Boden kriegt?«

»Ausgerechnet bei mir solltest du deine Standardshow nicht abziehen, Gurnsey.«

Dem Schmuggler fiel der Unterkiefer herunter. »Pall?« stieß er hervor. »Bist... du... es... wirklich... Pall?«

Wie von einer unsichtbaren Feder getrieben stürzten sie aufeinander zu, umarmten sich und schlugen sich gegenseitig auf den Rücken. Gurnsey trat einen Schritt zurück und schüttelte den Kopf.

»Sie haben mir erzählt, du seist tot, du Hanswurst«, sagte er.

»Nein, Gurnsey«, versicherte ihm Pall. »Ich arbeite jetzt nur in einer anderen Branche. Religion.« Und er berichtete seinem verblüfft lauschenden alten Lehrer und Freund, wie es ihm in den letzten zwei Jahren ergangen war.

»Heute habe ich die Brezel geritten«, sagte Pall. »Von jetzt ab geht die Post erst richtig ab.«

»Ausgezeichnet, du Obergauner!«

»Machst du mit, Gurnsey?«

Gurnsey schaute zu Boden, als suche er etwas im losen Zucker. »Ja, weißt du, Junge...«, begann er, »ich bin jetzt Schmuggler. Die Knete stimmt, und ich kann mir meine Zeit selbst einteilen.«

»Aber Gurnsey«, protestierte Pall. »Du hast meinem Vater treu und ergeben gedient. Nun bitte ich dich in meinen Dienst. Kein Mensch ist loyaler als Gurnsey Hallheck.«

»Loyalität...?« fragte der stämmige Mann nachdenklich. »Es ist nicht mehr so, wie es mal war. Thufix Habwat hat sich vom Geschäft zurückgezogen, der Trunkene Omaha ist mit dem Herzog über alle Berge... es wird nie wieder so, wie es einmal war.« Er klopfte Pall auf den Rücken. »Na, mach du nur weiter mit deiner Religion. Paßt gut zu dir. Aber ich bin zu alt für so was. Übrigens...« Er zwinkerte, kicherte und war von einem Moment auf den anderen wieder ganz der alte Gurnsey. »Wir kriegen echt Spaß!«

Auch das noch, dachte Pall, dem dieses Wort noch nie geheuer gewesen war.

»Nun gut, Gurnsey«, sagte er. »Ich wünsche dir alles Gute.«

»Danke. Und dir desgleichen. Grüße deine Mutter.«

Er winkte, wandte sich ab und trottete zu seinen Schmugglern zurück.

Pall nickte und setzte sich ebenfalls in Bewegung, um eine geeignete Stelle zum Bumsen zu finden. In seinem Inneren tobte ein Konflikt zwischen der Verlockung des Müßiggangs und Übermuts, dem sein alter Lehrer zum Opfer gefallen war, und der strengen Verantwortung seiner neuen Karriere.

Spaß, dachte Pall. *Die gefährlichste aller Versuchungen.*

Es war einer der möglichen Wege, das stimmte schon – aber ein Weg, der unweigerlich zu Stagnation und Armut führte. Er unterdrückte die Sympathie, die er dieser Möglichkeit gegenüber empfand. »Laß den Pöbel über Spaß quatschen«, hatte ihm seine Mutter einst geraten. »Es ist der sicherste Weg, um zu den Verlierern zu zählen.«

Er rief sich die Boni-Makkaroni-Litanei gegen Spaß und Übermut ins Gedächtnis zurück. *Ich brauche keinen Spaß. Wer Spaß hat, hat nichts anderes. Spaß ist für Kinder, Kunden und Bedienstete. Ich werde jeden Spaß vergessen. Ich mag ihn nicht. Lustig sein ist blöde. Ich werde vergessen, wie man lustig sein kann. Und was dann übrigbleibt ist nichts – und mein Wille, es den anderen zu zeigen. Verdammt, bin ich gut.*

Pall spürte, wie die Ruhe in ihn zurückkehrte und bemerkte mit Genugtuung, daß er voller Ehrgeiz darauf brannte, sein Ziel weiterzuverfolgen.

Verdammt, ich bin Gott.

Er pflanzte den Bumser nahe einer Stelle, die von Bongo Oblaten überzogen war, und bestieg ohne Schwierigkeiten die nächste Brezel. Wieder löste er einen Salzbrocken und setzte ihn erst ein, als die Brezel die Richtung Dootch City eingeschlagen hatte.

Hundert Flaschen Bier im Regal, hundert Flaschen Bier. Wenn eine dieser Flaschen fällt, wird es das Universum in den Grundfesten erschüttern.

AUS MUMÄH' PLIPS: »DIE SIEBEN KISSEN DER WEISHEIT«
HERAUSGEGEBEN VON PRINZESSIN SERUTAN

Pall stieg erst vor den Toren Dootch Citys von der Brezel, damit Spilgard und die anderen sehen konnten, was für ein toller Kerl er war. Zwei Kinder spielten in dem engen Grund, der als Einfahrt/Eingang in den Dootch galt. Als Pall die Brezel mit erneutem Anheben des Salzbrockens zum Halten brachte, stoppte die geplagte Kreatur so abrupt, daß Zuckerwellen aufgeworfen wurden. Eine von ihnen überrollte die Kinder und tötete sie.

Ich muß anhalten üben, dachte Pall.

Der Nabe und die anderen Häuptlinge gesellten sich zu ihm. Spilgards rot in roten Augen schimmerten gleichermaßen vor Stolz wie vor Scham.

»Wir flohen vor deinen schlecht plazierten Bumsern, Mumäh' Plip«, gestand er. »Dafür schäme ich mich. Doch sahen wir dich die Brezel reiten und können bestätigen, daß du den Test bestanden hast.«

»Saht ihr mich nicht aufsteigen?« vergewisserte sich Pall.

»Äh... nein«, antwortete Spilgard.

»Und ihr wart auch nicht Zeuge, als ich das Monster lenkte und mit ihm in die Richtung ritt, in die ich wollte?«

»Nun, wir... nein.«

Was für eine Gelegenheit, dachte Pall.

»Dann«, fuhr er so laut fort, daß die umstehenden Männer unwillkürlich zusammenzuckten, »habt ihr auch mein Gespräch mit Schmai-Gunug nicht gehört?«

Überall zischte und keuchte es, als die Häuptlinge ihre Überraschung äußerten.

»Die Legende! Er spricht mit Schmai-Gunug!«

»Wir haben es nicht gesehen... aber es kann gar nicht anders sein!«

»Er ist der Messiah!«

Spilgard kniff die Augenbrauen zusammen und zwinkerte so lange, bis auch der letzte Spekulant seine Spekulationen heruntergeschluckt hatte. Erst dann wandte er sich an Pall.

»Mumäh' Plip«, sagte er langsam. »Wir glauben, in dir den Mahdl-T vor uns zu haben, der uns nach der Femenlegende der Großen Prophetin Phyllis ins Paradies und wieder zurückführen wird. Aber die Ehrwürgende Mutter Jazzica, die Unheimliche, berichtete uns, daß man die Große Prophetin Phyllis des Ordens verwies und ihre Prophezeiungen nicht fortgesetzt wurden. So sei es. Wir glauben weiterhin, daß du der Laserium Al-Dilah', das helle Licht italienischer Liebeslieder, bist. Das alles glauben wir, obwohl keiner von uns eine Ahnung hat, was du für eine Rolle spielst, über welche Macht du verfügst und welches Ziel du verfolgst. So sei es. Wir alle glauben das – selbst Korma, und der glaubt nichts.«

Der Nabe legte sein Gesicht in würdevolle Falten und biß sich vor Konzentration in die Unterlippe. »Aber hast du wirklich mit Schmai-Gunug gesprochen?«

Pall nickte. »Allerdings.«

Spilgard begann zu zittern. »Daß ich diesen Tag erleben durfte...«, begann er.

In der Nähe erhob sich ein Tumult, und Frauen eilten heran. Unter ihnen war Jazzica, die sich einen Weg durch die Menge bahnte.

»Was geschieht hier?« verlangte sie zu wissen.

»Er ist gekommen, Ehrwürgende Mutter«, sagte Spilgard ruhig. »Mumäh' Plip hat die Brezel geritten...«

»Ausgezeichnet«, entfuhr es ihr. Dann gestattete sie es sich, Pall zu mustern und hinzuzufügen: »Nicht schlecht, Pall.«

»...und mit Schmai-Gunug geredet.«

Das Gemurmel verstummte schlagartig.

»Äh, das reicht, Spilgard«, sagte Pall hastig. Er lächelte seine Mutter an. »Einige der Männer glauben offenbar, daß...«

»Mumäh' Plip hat heute mit Schmai-Gunug gesprochen!« kreischte Spilgard.

Jazzica warf einen unangenehm scharfen Blick auf Pall. »Du hast mit der Brezel gesprochen?«

Pall wurde merklich kleiner. »Nun... äh... ja...«

»Und damit«, fuhr sie in einem Tonfall fort, den er schon seit früher Kindheit nicht mehr gehört hatte, »hältst du dich wohl für den Messiah, was?«

Pall blickte betreten in die Runde, zuckte erst mit der linken, dann mit der rechten Achsel, bis schließlich beide Schultern im selben Rhythmus zuckten. »Nun... so... zu... sagen«, stieß er zwischen den Zuckungen hervor. »Ja.«

Spilgard wandte sich an die versammelte Menge, die mittlerweile schon einige hundert Männer und Frauen zählte, und dröhnte: »Die Prophezeiung hat sich erfüllt!«

Ein Aufstöhnen ging durch die Menge, und in ganz Dootch City waren Freudenschreie und Jubelrufe zu hören.

»Laßt uns diesen Tag für alle Zeiten im Gedächtnis behalten«, rief er. »Er soll ein offizieller Feiertag werden. Schließt die Biergeschäfte und unterbrecht das Brauen. Die Schulen beenden den Unterricht und die Postämter ihren Dienst. Verbreitet die Nachricht durch Calltrans in jedes Erg und Eck, laßt das Volk von Pasta und Pizza wissen: Der Messiah ist gekommen.«

Die Femen brachen abermals in Jubelschreie aus und verschwanden im Dootch, um eine Riesenfete vorzubereiten. Inmitten der ausgelassenen Freude wandte sich Jazzica an Pall.

»Bei den tausend Räumen von Mimis Sheraton!« beschwor sie ihn. »Weißt du nicht, daß dich Baron Hackwonnen zu einem Back-Hack herausgefordert hat? Wäre es nicht an der Zeit, diese Femen wieder an die Arbeit zu schicken?«

»Alles zu seiner Zeit, Mutter«, sagte Pall. »Wir werden uns noch genug ums Geschäft kümmern, verlaß dich drauf. Aber wir werden – *ich* werde es nicht als Pall Arthritis tun, Sohn des Herzogs Lotto, sondern als Pall-Mumäh'-Plip... Messiah!«

Sie musterte ihn abschätzend. »Sie erwarten eine ganze Menge von ihrem Messiah.«

»Ich habe ihnen ja auch jede Menge zu bieten.«

»Und was genau, wenn ich fragen darf?«

»Macht«, antwortete er. »Habe ich ihnen nicht bereits einen Superführer gegeben? Und bin ich nicht derjenige mit der Schnapsidee vom Likör? Aber bist du nicht die Eine, die mir endlich einen Namen dafür nennen kann?«

Jazzica wandte verlegen den Kopf ab. »Ich habe darüber nachgedacht«, behauptete sie. »Aber bis jetzt hatte ich noch keinen durchschlagenden Erfolg.«

Seine Augen glühten. »Muß ich alles hier allein machen?« fragte er. »Sag mir wenigstens, was du bis jetzt auf Lager hast.«

»Arrakandis' Biersinn«, sagte sie sanft. »Bierlust-Essenz.«

»Pffhh!«

»Harrumf kam auf Kandisschmatzer.«

»Bahhh! Schmai-Gunug konnte mir weitaus bessere Namen nennen!«

Sie sah ihn nasebebend an. »Ich habe dir von Anfang an gesagt, daß ich dafür nicht zuständig bin! Fällt dir etwas Besseres ein?«

»Wahrscheinlich.«

»Dann nur zu! Ich muß mich um deine Schwester kümmern.«

Jazzica wirbelte auf ihrem Bierabsatz herum und eilte in ihre Gemächer.

Eine verdammte Sache, das mit dem Likörnamen, dachte Pall. *Ich brauche einen wirklich prallen Namen. Schließlich ist das Etikett genauso wichtig wie der Flascheninhalt.*

Ja, pflichtete er sich bei. *Ich werde Cocktail Mix essen und Bier trinken. Mal sehen, was für Namen mir dann einfallen. Und dann sind wir soweit, um die Hackwonnen an die Wand zu klatschen. Es wird ein richtiges Rache-Sieg-Überwältigungs-Happening.*

Gott schuf Arrakkandis, um die Menschheit zu irritieren.

AUS: »WITZ UND WEISHEIT MUMÄH' PLIPS«
VON PRINZESSIN SERUTAN

Jazzica saß in ihrer Meditationskammer auf einem Sitzkissen aus zuckergefüllten Bierfasern. Von dem festlichen Toben der Feier drang nur gedämpftes Gebrüll an ihr Ohr. *Hier liegt Honig,* dachte sie bitter. *Mein Sohn wird zum Held und Retter eines ganzen Volkes ausgerufen, und ich hocke hier wie eine beleidigte Leberwurst, fürchte um seine Zukunft und sorge mich ob seiner wunderlichen Berufswahl.*

Sie wußte, daß der Grund dafür bei den Femen lag. Sie waren ein stolzes Volk, das sich ihr aufbrausendes und unberechenbares Temperament durch jahrhundertelange Verfolgungen bewahrt hatte. Ihre Kultur war trotz aller Beschränktheit erstaunlich vielfältig. Das harte Leben auf Kandis hatte alle Spuren von Schwäche, Sanftheit und Frivolität aus ihnen ausgewaschen. Sie waren widerstandsfähig, stark und – durch den harten Überlebenskampf in einer unmenschlich süßen Umgebung – geradezu widerwärtig ehrenhaft.

Jazzica war auf Wallach-Eli aufgewachsen, einem Planeten, der für seine Bildung und Kultur bekannt war. Seit frühester Jugend war sie in Boni-Makkaroni-Schulen ausgebildet worden; sie war nicht nur mit der Höheren Kochkunst vertraut, sondern hatte auch gelernt, sich maßvoll und überlegen zu verhalten.

Das Resultat einer solchen Erziehung bestand in weitaus mehr als nur Tüchtigkeit in der Küche – Jazzica fühlte sich wie die meisten ihrer ehemaligen Mitschüler dem normalen Pöbel überlegen. Es war nur eine Frage richtig dosierter Anmaßung. Glücklicherweise empfand sie sich nicht Leuten unterlegen, die *mehr* als sie wußten – sie fand sie nur anmaßend.

Und nun bestand eine Alternativmöglichkeit zu der Rückkehr nach Cowboy-Dan, auf dem sie mit allen Rechten und Pflichten einer herzoglichen Strohwitwe ihren Familiengeschäften und Vergnügungen nachgehen konnte – sie konnte auf Arrakkandis bleiben und den Rest ihrer Tage als Ehrwürgende Mutter eines schweißanzuggekleideten Nomadenstammes verbringen.

Wenn sich Pall auf religiöse Verpflichtungen einläßt, bin ich hier praktisch festgesetzt, dachte sie. Ein bitteres Lachen stieg in ihr auf. *Und ich habe keine Möglichkeit, es zu verhindern. Habe ich die wirklich nicht? Nein, habe ich wirklich nicht.* Ein bitteres Kichern jagte dem bitteren Lachen hinterher.

»Entschuldigt, Ehrwürgende Mutter.«

Es war Spilgard. Er stand am Eingang der Kammer, seine Gestalt in Dootch-Kleidung gehüllt, die aus weiter Hose und grobem Hemd aus Bierstoff bestand. Jazzica glaubte, in seiner Stimme Angst mitschwingen zu hören.

»Was gibt es, Spilgard?« fragte sie.

»Ich suche Mumäh' Plip«, antwortete er. »Es gibt Kunde aus Arrakzuck, die ich von meinem Mund in sein Ohr übermitteln möchte. Aber er scheint sich in Luft aufgelöst zu haben.«

»Was sind das für Neuigkeiten?«

»Baron Hackwonnen ist angekommen«, sagte der Nabe. »Aber es ist nicht nur das. Unsere Spione berichten, daß der Kaiser höchstpersönlich mit fünf Legionen Hardehaurhar zu uns unterwegs ist.«

»Das muß Pall unbedingt wissen«, sagte Jazzica und raffte ihr Biergewand zusammen. »Komm, laß uns nach Loni sehen.«

»Ich habe schon mit dem Mädchen-Mädchen Loni gesprochen. Sie hat keine Ahnung, wo er ist.«

Jazzica warf ihm einen bestürzten Blick zu und eilte mit einer das Gewand nach hinten werfenden Bewegung auf den Gang hinaus. Spilgard folgte ihr.

Das Fest, mit dem die Ankunft des Messiah gefeiert wurde, war bereits in die vierte Stunde getreten und begann abzuflauen. Im ganzen Dootch hingen betrunkene oder schlafende Femen herum. Nach einigen vergeblichen Frage-Antwort-Spielen und dem sinnlosen Durchstöbern mehrerer Gemächer erreichten Jazzica und Spilgard den Brauraum der Haupthalle.

Zwei einsame Westerngloben verbreiteten spärliches Licht; der Reliquienraum, in dem Cocktail Mix, Bierfellsäcke und Krüge verstaut waren, lag im schattenhaften Halbdunkel.

»Warum hat Kibbee behauptet, daß wir Pall hier finden würden?« murmelte Jazzica.

Aus einer finsteren Ecke erscholl dumpfes Stöhnen.

Spilgard machte einen Satz nach vorne. »Web exex rap FCC!« fluchte er. »Es ist Mumäh' Plip!«

Pall lag hinter dem Cocktail-Mix-Behälter. Mit ungelenken Bewegungen kroch er ins Sichtfeld.

»Pall!« keuchte Jazzica.

»Ich habe es getan«, brummte Pall. »Ich habe es gesehen. Da ist etwas. Ich habe etwas gesehen...«

Spilgard flüsterte Jazzica zu: »Er hat etwas gesehen!«

»Mehr!« rief Pall. Er erhob sich schwankend. Seine Arme suchten bei Spilgard Halt. »Ich habe das getan, was die Ehrwürgende Mutter tut – vom Cocktail Mix gegessen...«

»Pall!« keuchte Jazzica erschrocken.

Er drehte sich einmal um die eigene Achse, packte seine Mutter bei den Schultern und starrte sie mit ausdruckslosen Augen an. »Ich bin der Kumquat Haagerdaß, Mutter«, sagte er. »Und ich verstehe, was auf Arrakkandis geschieht. Der Baron will die Brezel zerstören und das Biermonopol erhalten. Aber wenn ihm das gelingt, wird er sich selbst zerstören! Das Bier wird von den Brezeln produziert.«

Absolute Stille explodierte.

»Wußtest du das nicht?« fragte Spilgard unsicher.

Pall richtete seinen Blick auf ihn. »Was?«

»Alle Femen kennen den Kreislauf des natürlichen Lebens«, sagte der Nabe. »Wir bringen schon unseren Achtjährigen die Grundlagen der Ökologie bei. Salz läßt die Brezeln sterben, aus denen die Nüsse werden, der Cocktail Mix; aus einem Teil des Mix entstehen die Nuggets, die jungen Brezeln. Aus Wasser und Gerste entsteht zusammen mit anderen Mix-Nüssen das, was wir so gerne trinken: Bier.« Er zuckte mit den Schultern. »Wir brauchten keinen Kumquat Haagerdaß, um das zu wissen.«

Palls fanatisch glitzernder Blick bohrte sich in Spilgards Augen. »Aber sage mir eins, Spilgard«, begann er. »Weißt du ebenfalls, daß zerdrückte Nüsse mit bestimmten Ölen zu einer Paste gemischt ein köstlich schmeckendes Nahrungsmittel ergeben? Etwas, das man Erdnußbutter nennt? Etwas, das uns einen triumphalen Sieg in dem Back-Hack über den Baron und seine feisten Anhänger garantiert!«

»Pall!« keuchte Jazzica zum dritten Mal. »Woher weißt du das? Was hast du... vor?«

»Ich bin schon ein paar Stunden hier«, erklärte er. »Ich wollte Nüsse essen und Bier trinken, um mit ihrer Hilfe einen geeigneten Namen für den Likör zu finden. Mein Pflichtgefühl ließ mich trinken und trinken und Nuß um Nuß in mich hineinstopfen, bis mich schließlich die Idee überkam, daß man Nüsse auch zerquetschen und anschließend kochen könnte. Es kam einfach über mich, Mutter!« Leiser fügte er hinzu: »Und daher weiß ich, daß ich der Kumquat Haagerdaß bin.«

»Dann bist... dann *bist du* der Kumquat Haagerdaß...?« zischte Jazzica.

»Das bin ich«, sagte er.

Sie zögerte. »Ich meine, wirklich.«

»Auch wirklich.«

Sie zögerte immer noch. »Ich meine, wirklich wirklich.«

»Auch das, Mutter.«

»Aber wie kannst du dessen so sicher sein...?«

»Es kann gar kein Zweifel mehr bestehen«, stellte Pall fest. »Ich bin der Eine. Und damit basta.«

»Entschuldige, Mumäh' Plip«, sagte Spilgard. »Aber könnte mir einer von euch beiden erklären, worum es überhaupt geht...?«

»Ich bin ich«, fuhr Pall fort. »Und ich bin Er. Basta. Aus. Schluß mit der Diskussion.«

Jazzicas Augen glänzten, als sie Palls Worte mit umwerfender Wucht verstand. »Dann...«

»Ja«, bestätigte er.

»Und deshalb...«

»Ganz genau, Mutter.«

Ihre Augen weiteten sich entsetzt. »Das kannst du nicht«, rief sie.

»Er kann was nicht, Ehrwürgende Mutter?« fragte Spilgard.

»Pall, tu das nicht!« schrillte Jazzica. »Was ist los mit dir? Wie kannst du nur so sein.«

»Ich bin das, was du aus mir gemacht hast«, antwortete er scharf.

»Aber weißt du überhaupt, was du damit sagst?«

»Was *sagt* er denn...?« verlangte Spilgard zu wissen.

»Ich sage, was ich sagen muß«, stellte Pall fest. »Bin ich nicht dein Geschöpf?«

»Aber...«

»Schluß jetzt!«

»Nein!« schrie Jazzica.

»Doch! Es ist getan!«

»Was?« rief Spilgard. »Was ist getan?«

Jazzica fühlte, wie sie plötzliche Müdigkeit übermannte, als ob man ihr die volle Lebensbürde auf die Schultern geladen hätte. Sie lehnte sich gegen die Wand und seufzte. Pall seufzte ebenfalls, und eine Zeitlang strahlten beide die Ruhe und Ehrfurcht aus, die man angesichts eines überwältigenden Augenblicks empfindet.

Dann sprach Spilgard.

»Mumäh' Plip«, begann er zögernd. »Dieser Kumquat Haagerdaß, von dem ihr dauernd sprecht: Was ist das?«

»Eine Boni-Makkaroni-Angelegenheit«, antwortete Pall.

»Ja, das habe ich mir schon gedacht«, sagte der Nabe und kratzte sich am Kopf. »Aber was ist mit ihm los? Was erwartet man von dir, wenn du der Kumquat Haagerdaß bist?«

Pall schaute seine Mutter an. Sie erwiderte seinen Blick, zuckte mit den Achseln und sah weg. Er wandte sich an Spilgard.

»Ich bin das Unbekannte in den Boni-Makkaroni-Experimenten«, sagte er. »Ich bin der X-Faktor, nach dem sie seit Hunderten von Generationen suchen.«

»Ja.« Spilgard nickte, runzelte die Stirn und schüttelte den Kopf. »Und...?«

»Und... äh... ich... sieh mal, Spilgard: Es gibt zwei Kräfte im menschlichen Leben – die Ja-Kraft und die Nein-Kraft. Ich bin Der, Dem-... äh... -das-bekannt-ist.«

Spilgard wirkte ehrlich verwirrt. »Aber du hast es mir jetzt gesagt. Bin ich dadurch nicht auch ein Kumquat Haagerdaß?«

»Nein«, antwortete Pall, stieß sich ab und begann hin und her zu gehen. »Aber es wird Zeit, die Ratsversammlung einzuberufen. Wir müssen uns beeilen. Ich möchte, daß so schnell wie möglich ein Teil des Cocktail Mix zerstampft und nach meinen Anweisungen mit Nugget-Öl vermischt wird. Wir müssen die Ingredienzien für unseren Vorstoß zusammenstellen. Kaiser und Gilde werden wahrscheinlich im Raum warten, um Zeuge unserer Niederlage zu werden. Sie wollen den Baron benutzen, um mich loszuwerden, und anschließend selbst den Laden übernehmen und ihn allein schmeißen – einschließlich des gesamten Bierhandels. Deswegen müssen wir schnell handeln. Ein Turbinado zieht auf – ein Sturm, wie ihn noch niemand gesehen hat. Er wird uns dienlich sein.«

Pall Mumäh' Plip schritt gemessenen Schrittes aus dem Raum. Spilgard und Lady Jazzica folgten ihm in den Dootch; beide noch immer fassungslos. Spilgard zog die Ehrwürgende Mutter heimlich beiseite und flüsterte: »Und das alles weiß er, weil er Cocktail-Mix gegessen hat?«

Sie nickte und folgte ihrem Sohn.

Es gibt eine Kraft, die allen Lebensformen gemein ist, eine dynamische Schönheit, in der eine allumfassende Symmetrie des Kontexts sich enthüllt, als, oh, verdammt, das Band geht zu Ende. Loni, guck mal, ob wir noch eine Kassette…

AUS DEM UNLIZENSIERTEN MITSCHNITT:
»SAMSTAGABEND-PHILOSOPHIE. DIE DOOTCH CITY BÄNDER«
ÜBERTRAGEN VON PRINZESSIN SERUTAN

»Ihr werdet euch wahrscheinlich fragen, warum ich euch heute abend hierher gebeten habe.«

Sie hatten sich alle in der großen Versammlungshöhle eingefunden. Es war gerade einen Tag her, daß Pall den Cocktail Mix gegessen hatte und unzählige Femen aus allen großen Dootchs in Dootch City eingetroffen waren. Nun standen sie hier, mindestens fünf Millionen, und warteten mit Spannung darauf, was ihr Führer zu sagen hatte, der Mann, den sie Mumäh' Plip nannten.

»Es ist mir bekannt, daß viele von euch begierig darauf warten, endlich zuschlagen zu können«, sagte Pall. »Ihr wollt das hackwonnische Geschmeiß in einem grandiosen Back-Hack für alle Zeiten von Arrakkandis werfen.«

»Genug geredet!« schrie jemand. »Laßt uns unsere Siebe nehmen und gehen!«

»Ja«, riefen andere. »Während wir die Zeit mit Reden vergeuden, schmilzt die Butter, wird die Milch sauer, und der braune Zucker trocknet aus und verhärtet!«

Überall erscholl zustimmendes Gemurmel. Spilgard trat an den Rand des plattförmigen Felsvorsprungs, sah der gigantischen Menge ins Angesicht und hob beschwörend die Hände. »Ruhe!« rief er. »Hört die Worte Pall Mumäh' Plips!«

»Hat Spilgard noch das Recht, so zu reden?« fragte ein junger Femenkrieger. »Führt uns Spilgard noch länger, nachdem uns der Laserium Al-Dilah' selbst erschienen ist, um unser Erlöser zu sein?«

Die Menge grölte vor Begeisterung, und Pall sah den Fanatismus in ihren Augen. *Ich muß vorsichtig sein,* dachte er. *Sonst ist alles verloren, und mein Arsch geht auf Grundeis.*

»Femen!« schrie Pall. »Was soll ich mit Spilgard machen?«

»Feuer ihn!« schrie die Menge wie ein Mann.

Der Nabe, der neben Pall stand, drehte sich zu ihm um und sagte ruhig: »Du kannst mich nicht feuern, Mumäh' Plip. Ich kündige.«

»Ich bin bereit, dein Kündigungsgesuch anzunehmen, Spilgard«, sagte Pall im Kommandoton, damit ihn auch die anderen hören konnten. »Aber wisse: Wenn du gehst, werde auch ich gehen.«

»Das... kannst du nicht«, stammelte Spilgard.

»Ich kann es, und ich werde es.«

»Mumäh' Plip ist der Boß!« schrie jemand. »Er kann weder fliegen noch selber kündigen!«

Pall wandte sich an die Menge. »Femen«, rief er. »Würdet ihr meinem rechten Arm verweigern, mir zu dienen? Wollt ihr meinen besten Mitarbeiter dazu bringen, zur Konkurrenz zu gehen? Würdet ihr von mir verlangen, ohne Löffel zu kochen? Würdet ihr das? Könntet ihr das?«

»Nein«, erscholl die Antwort.

»Wie könnt ihr dann von mir verlangen, Spilgard den Nabe rauszuwerfen?«

Die Menge schwieg. Dann rief ein Mann: »Es ist aber vorgesehen!« Zustimmendes Gemurmel erhob sich.

»Es gibt Dinge, die sich ändern«, bemerkte Pall.

»Das ist wahr«, bestätigte ein junger Mann.

»Es gibt auch Dinge, die sich nicht ändern!« rief ein anderer laut.

»Stimmt ebenfalls!« wurde ihm beigepflichtet.

»Genug!« befahl Pall. »Was erwarten wir von einem Führer? Wir verlangen von ihm Talent, Intelligenz, Fähigkeit zur Teamarbeit und einen guten Schuß Kreativität, die ich den X-Faktor nennen möchte. Verfügt Spilgard nicht im Übermaß über diese Fähigkeiten?«

»Ja«, antworteten viele.

»Dann ist ja alles klar!« sagte Pall. »Spilgard bleibt!«

»Ja!«

Pall wandte sich an Spilgard. »Das heißt, wenn du bleiben willst, Spil.«

Der Nabe rieb sich mit der knorrigen Hand übers Kinn und dachte nach. »Nun ... ich bleibe – aber nicht als Nabe. Diesen Titel zu behalten und von dir Befehle anzunehmen – das sähe nicht gut aus, Mumäh' Plip.«

»Ich verstehe«, sagte Pall. »Dann machen wir folgendes: Du wirst Nabe i. R. und Ratgeber des Messiah. Wir machen daraus einen Beraterposten.«

Spilgard sprach mit der Würde eines Femen, der weiß, daß er einer guten Sache zustimmen kann. »Kein Problem.«

»Gut.« Pall wandte sich an die Menge und brüllte: »Spilgard stimmt zu!«

Die Höhle erbebte, als Millionen Kehlen gleichzeitig in Hochrufe ausbrachen. Pall kam nicht dazu, seinen Triumph zu genießen. Ein Bote näherte sich ihm.

»Mumäh' Plip, ich komme vom Außenposten«, sagte der Bote. »Der Turbinado wirbelt einher, und der Eyeliner des Kaisers ist in Arrakzuck gelandet. Sowohl der Baron als auch Flip-Rotha sind bereits aktiv geworden. Sie bereiten das Back-Hack vor.«

»Und die Gilde und NOAMCHOMSKI warten derweil weit über den Wolken«, brummte Pall. »Spil, die Stunde der Abrechnung ist gekommen. Schicke die Brauer zum Nußfang aus. Die Brezelleute sollen sich mit jedem Bumser bereithalten, den sie auftreiben können. Veranlasse die Naben, ihre Gruppen in die vereinbarte Position zu bringen.«

»Schon erledigt, Mumäh' Plip.« Spilgard schlenderte davon.

»Femen!« schrie Pall. Eine Stille antwortete ihm, wie man sie noch nie zuvor auf Arrakkandis vernommen hatte. »Seit ihr backbereit?«

Wie ein Mann röhrte die Menge: »Ja!«

»Dann frisch gebacken!«

Und wie die einzelnen Teile eines gigantischen Lebewesens strömten die fünf Millionen aus der Höhle.

Ja, wir werden backen, dachte Pall siegessicher. *Und wir werden, oh, noch soviel mehr machen...*

Und es kam die Zeit, in der sich alle Augen des bekannten Universums auf Arrakkandis richteten – metaphorisch gesprochen.

AUS: »›HOPPLA, RAUM-ZEIT-KONTINUUM! WIR KOMMEN!‹: DIE FEMEN-STORY« VON PRINZESSIN SERUTAN

Baron Wladimir Hackwonnen stand vor seiner Imperialen Majestät, dem Pahdedbrah Kaiser Sinkbad IV.; seine Gefühle waren bestenfalls gemischt. Sein gewaltiges Körpergewicht wurde von auf vollen Touren laufenden, in seinem Gürtel eingebauten Suspensoren mehr schlecht als recht neutralisiert. Er vermochte kaum über dem Boden zu schweben, ein Zustand, der ihm geradezu unerträglich schien. Sein Blick flackerte über die Einrichtung des Clubs, der er so viel seiner kostbaren Zeit geopfert hatte.

Sie hielten sich im Hauptsaal des Superstar-Cabarets von ›Stinkbäder's‹ Treff auf. Schon seit einer ganzen Weile war der Club dem intergalaktischen Publikum nicht mehr zugänglich. Grimmig blikkende Rausschmeißer hielten an sämtlichen Türen Wache und rissen vor jedem potentiellen Kunden ein Schild hoch, auf dem zu lesen stand: PRIVATE PARTY.

Der Baron hatte ganze Tage in dem Raum verbracht, um hier ein Lämpchen umzustellen und dort einen Vorhang umhängen zu lassen. Selbst der offensichtliche Erfolg seiner Bemühungen vermochte ihn nicht zu trösten. Als sein Blick die Wände entlangstreifte, flammte plötzliche Wut in ihm auf.

Jonzun Bois wird für diese Nachlässigkeit zahlen, dachte er. *Warum hat er mir nicht gesagt, daß schwarze Seide so viel Licht schluckt?*

Der Kaiser räusperte sich und musterte den Baron herablassend. Der Sessel, auf dem er inmitten der Bühne saß, war kein anderer als der große Verwunschene Kristallthron, der von seinem Vorfahren, Sinkbad I., entworfen worden war. Er war groß und massiv, aus einem einzigen Stück transparenten Hegel-Quarz geschlagen, und hatte einige Einschlüsse dialektischen Materials. Der Kaiser selbst war ein schmaler, verwittert wirkender Mann, der einen Trainingsanzug in den Familienfarben trug – schwarz in schwarz. Auf seiner linken Jackenseite prangte das Bildnis eines unsichtbaren Mannes.

Der Baron warf einen mißbilligenden Blick auf die in ein schwarzes Gewand gekleidete Frau an der Seite des Kaisers: ihre Haut war verschrumpelt, ihr einziges gesundes Auge blinzelte hämisch, und ihre Nase glich einer Karotte. Es war die Ehrwürgende Mutter George Cynthia Moharem, Abgesandte des Ältestenrates der Boni Makkaroni und gleichzeitig so etwas wie ein kaiserlicher Lügendetektor. Den Baron überlief ein Schauder. Die Anwesenheit der Hexe konnte nichts Gutes bedeuten.

Außer dem normalen Gefolge aus Bediensteten und Angehörigen der Leibwache fielen dem Baron zwei Mitglieder der Schlepper-Gilde auf. Einer war ein großer, kräftiger Kerl, der andere war schmal und hager. Beide trugen die Sonnenbrillen, die für ihresgleichen üblich waren. Es war dem Baron schleierhaft, was sie hier suchten, aber eins war ihm klar: Es hatte etwas mit Bier zu tun.

Nicht weit von ihm entfernt stand Flip-Rotha; trotz seines offensichtlichen Bemühens, mal nicht zu zappeln, war seine Unruhe fast körperlich spürbar. Er schien jemanden aus dem kaiserlichen Gefolge im Auge zu haben; der Herzschlag des Barons setzte aus, als er seinem Blick folgte.

Dieser kleine Narr! dachte der Baron. *Er versucht mit der Tochter des Kaisers anzubändeln!*

Es war Serutan, die Älteste aus dem Geschlecht der Sinkbads. Sie war in das weiße Gewand gekleidet, das Novizen der Boni Makkaroni trugen. Der Baron kannte das Geheimnis ihres Namens: drehte man ihn um und strich die beiden letzten Buchstaben weg, so ergab sich *Natur.* Ob das ein besonderer Einfall eines Werbemanagers war oder nur Zufall, vermochte der Baron allerdings nicht zu sagen. Haus Hackwonnen verwandte jedenfalls keine Sorgfalt darauf, die Umkehrung von Kindernamen mit spitzfindigen Mehrdeutigkeiten zu belegen. »Flip-Rotha« ergab umgedreht »Athor-Pilf« – gewiß ein ebenfalls wohlklingender Name, aber mehr nicht.

»So, Baron«, brummte der Kaiser. »Oder sollte ich besser ›Partner‹ sagen?«

»Wie es Euch gefällt, Majestät«, antwortete der Baron. »Ich begrüßte Euch zum Back-Hack und hoffe...«

»Das Back-Hack!« krächzte die Alte und rieb sich die knochigen Hände.

»Ja«, bestätigte der Baron ängstlich. »Ich habe den einen herausgefordert, den sie Mumäh' Plip nennen. Er dürfte in Kürze eintreffen.«

»Man berichtete mir, daß ein Zuckersturm im Anmarsch sei«, sagte der Kaiser. »Ein flügge werdender Turbinado. Ihr werdet doch nicht im Ernst glauben, daß selbst ein Verrückter wie Mumäh' Plip unter diesen Umständen reisen wird.«

»Er ist nicht nur verrückt, er ist total aus den Fugen geraten, wie sie alle. Ich erwarte...«

»Ihr erwartet«, unterbrach ihn der Kaiser. »In Eurer Rede taucht sehr oft das Wort ›Erwartung‹ auf, Baron...«

»Erwartungen!« kreischte die Ehrwürgende Mutter frohlockend. »Das reicht!«

»Bis jetzt«, sagte der Kaiser mit deutlicher Schärfe in der Stimme, die nicht nur gegen den Baron, sondern auch gegen die Ehrwürgende Mutter gerichtet war, »haben Euch Eure Erwartungen mit schöner Regelmäßigkeit im Stich gelassen.«

»Majestät...? Habe ich nicht...« Der Baron schluckte. »Ich weiß nicht, was Ihr meint...«

»Oh, kommt, Baron«, antwortete Sinkbad. »Sicherlich...«

»Ohhh, kommt!« zischte der Boni-Makkaroni-Lügendetektor. »Sicherlich!«

»Bitte, Ehrwürgende Mutter«, brachte der Kaiser mit einem erzwungenen Lächeln über die Lippen. »Darf ich?« Er wandte sich an den Baron. »Ihr spracht von Euren Erwartungen. Ihr habt seinerzeit berichtet, daß der endgültige Ausbau dieses Etablissements nicht länger als sechs Monate in Anspruch nehmen würde. In Wirklichkeit dauerte es aber dreizehn.«

»Daran war Jonzun Bois schuld, Majestät!« schrie Hackwonnen. »Dieser Mann ist ein eigensüchtiger Popanz! Vergnügt sich, anstatt zu arbeiten!«

»Letztes Mal habt Ihr ihn noch über den grünen Klee gelobt«, wandte der Kaiser ein. »Wie seltsam... Nun, lassen wir das... Aber Ihr habt mir versichert, daß Ihr binnen Jahr und Tag die Brezeln unter Kontrolle haben würdet. Bei meiner Ankunft mußte ich jedoch feststellen, daß sie genauso wie früher ihr Unwesen treiben.«

»Unwesen!« krächzte die Alte. »Ich komme! Sie sind!«

»Sie sind sehr groß, Eure Majestät...«

»Nur zu wahr. Und weiterhin verspracht Ihr mir, die Femen aus dem Geschäft zu werfen. Doch wie ich hörte, haben sie ihre Schwarzmarktaktivitäten ausgedehnt.« Die Augen des Kaisers funkelten ärgerlich. »Die Kunden drängeln sich um *ihre* Teegebäck-Verkaufsstände, während unsere Aldebaran-Chefplätzchenbäcker hilflos mit ansehen, wie ihre Verkaufstische unter dem vollen Gewicht unverkaufter Süßwaren zusammenbrechen!«

»Sie haben im letzten Jahr erstaunliche Fähigkeiten entwickelt«, stotterte der Baron. »Sie verwenden Rezepte, die bislang nur den Boni Makkaroni bekannt waren.«

»Tatsächlich?« murmelte der Kaiser und wandte sich an die Ehrwürgende Mutter George Cynthia Moharem.

Die Alte verzog das Gesicht und nickte widerwillig. »Sie benutzen Piniennüsse«, zischte sie. »Scheußliche Sache. Alter Boni-Makkaroni-Trick. *Wir* erfanden Piniennüsse...!«

»All das wird jetzt ein Ende finden, Majestät«, stellte der Baron fest. »Wenn wir erst einmal Mumäh' Plip geschlagen haben, wird ihr Widerstand schnell in sich zusammenbrechen. Übrigens«, fügte er hoffnungsvoll hinzu. »Wie viele sind es überhaupt? Eine

Handvoll Dörfer, in denen jeweils höchstens ein paar tausend Leute leben? Wir... ich meine natürlich Euch... können sie bis Updike Centauri werfen.«

»Ihr meint doch nicht etwa, daß Euch meine Hardehaurhar die Arbeit abnehmen sollen, wie?« fragte der Kaiser. »Schließlich ist das Eure Sache.«

»Nun, Majestät, es ist die Rede davon, daß...«

»Schweigt.« Der Kaiser wandte sich an die beiden Gildenmitglieder. »Meine Herren, Sie bestanden darauf, an dieser Unterredung teilzunehmen, um dem Baron eine Botschaft zu übermitteln.«

»Eh?« quakte der Baron und veränderte die Einstellung seiner Suspensoren, um sie besser im Blickfeld zu haben.

Die Gildenmänner tänzelten mit ihren typisch angeberischen ›Drei vor, Zwei zur Seite‹-Schritten auf den Baron zu. *Warum tragen sie nur immer diese verdammten Sonnenbrillen?* fragte sich der Baron.

Der dünnere von beiden baute sich vor ihm auf. »Du könntest in Schwulitäten geraten, Freundchen«, sagte er gedehnt.

»Wa...?«

»Uns ist es scheißegal, was für eine sechsbeinige Gazelle in dein Bier pinkelt«, fuhr er fort. »Aber daß du es wagst, auch uns damit zu beliefern, ist ja wohl nicht so ganz richtig, oder?«

Der Baron wandte sich hilfesuchend an den Kaiser. »Majestät«, quetschte er hervor, »wovon spricht er eigentlich...?«

»Davon, daß du Bier verwässerst«, schnarrte der stämmige Gildenmann.

Das Gesicht des Barons wechselte schlagartig die Farbe. Er verschluckte sich und keuchte: *»Ich?«*

»Du bist doch der Boß hier, oder etwa nicht?« bohrte der Gildenmann nach.

»Ja, aber...«

»Die Gilde ist über alle Maßen verwundert, Baron«, schnurrte der Kaiser. »Sie glauben, daß Ihr das Bier verwässert, um den Profit in die Höhe zu treiben. Bis jetzt gelang es mir noch, ihren gerechten Zorn im Zaum zu halten. Ich brauche Euch wohl nicht daran zu erinnern, wie wichtig Bier für einen Gildenmann ist...«

»Wir stehen mit der ganzen Gemeinschaft in Direktverbindung«, sagte der kleine Gildenmann. »Wenn wir nicht von dir und unserem Freund Sinkbad eine eidesstattliche Versicherung erhalten, daß der Verwässerungsunfug ab sofort eingestellt wird, rufen wir einen Generalstreik im ganzen verdammten Universum aus.« Er spuckte verächtlich vor die Füße des Barons. »Kein Bier, keine Transporte.«

»Überhaupt... keine mehr?«

Der dünne Gildenmann spuckte nochmals aus und grinste verächtlich. »Das war die Bestätigung, Dicker.«

Der Baron wirbelte mit Hilfe seiner Suspensoren von den Gildenmännern fort; seine Gewänder ein Strudel, der von seinen Fettmassen gebremst wurde. »Majestät, ich bin unschuldig«, kreischte er. »Ich schwöre es! Warum sollte ich mich mit der Gilde anlegen? Ich brauche ihre Lieferungen – Krabben, Kaviar, Aal – o Gott, wie könnte ich ohne diese Grundnahrungsmittel bestehen?!«

»Wir alle sind von ihnen abhängig«, sagte der Kaiser mit eisiger Kälte in der Stimme. »Ein Generalstreik der Gilde würde NOAMCHOMSKI ruinieren und könnte uns aus dem Geschäft werfen. Könnt Ihr Euch vorstellen, was die Großen Mächtigen Häuser mit demjenigen machen werden, den sie für den Schuldigen halten? Der Tod wäre eine Gnade.«

»Ich weiß!« stöhnte der Baron. »Deswegen würde ich ja nie...«

»Diese Herren haben mir zugesichert, die Urabstimmung für den Streik noch ein paar Tage hinauszuzögern, damit Ihr Gelegenheit habt, Eure Unschuld zu beweisen«, fuhr der Kaiser fort. »Und vor allem: Sorgt dafür, daß diese unmögliche Situation ein Ende findet.«

»Das... das werde ich«, keuchte der Baron. »Sobald das Back-Hack beendet ist...«

Unter den Hofleuten erhob sich Gemurmel; sie machten ein paar Rausschmeißern Platz, die ins Innere stürmten. »Majestät, an der Tür ist jemand...«

»Wir sind eine geschlossene Gesellschaft«, erinnerte sie der Kaiser irritiert. »Komplimentiert die betreffende Person auf der Stelle heraus...«

»Schäle, entkerne und würfle eine mittelgroße Gurke«, sagte eine klare, junge Stimme.

Sie drehten sich alle um und sahen ein kleines Mädchen-Kind mit kühnen Schritten in den Raum watscheln, das kaum mehr als zwei Jahre alt war. Es trug einen Femen-Schweißanzug, der in verspieltem Gelb gehalten war.

»Wer ist denn nun das schon wieder?« fragte der Kaiser.

»Das Rezept!« flüsterte die Ehrwürgende Mutter. »Ich kenne es...«

Der Kaiser beugte sich vor und fragte die Vorschul-Person: »Sag mir, Kleines, wer hat dich hergeschickt?«

»Vermenge Gewürze, Weinessig und Zucker im Glöckner-Schüttelbecher«, sagte das Mädchen. »Gieße die Mischung über die Gurkenstücke.«

Die Ehrwürgende Mutter trat ein paar Schritte vor und deutete mit ihren dürren Fingern voller Entsetzen auf das Mädchen. »Es ist ein Boni-Makkaroni-Rezept! Rigelianische geschnittene Aua-Vögel-Scheiben in Anti-Fischsauce! Sie kann es nicht kennen!«

»In der Tat«, sagte der Kaiser nachdenklich. »Und sie kann auch nicht wissen, daß es den genialen Konstrukteuren von Glöckner-Humbolt gelungen ist, einen perfekten Schüttelbecher zu entwikkeln.« Er warf einen Blick auf das Mädchen. »Kind...«

»Es ist eine Mißgeburt, ein Ungeheuer!« kreischte die Boni-Makkaroni-Älteste.

Das Kind hob eins seiner Patschehändchen. In ihm hielt es ein einzelnes, gefaltetes Blatt Bierpapier. Sinkbad nahm es und überflog den Inhalt. »Ich bin Nailya, Tochter von Herzog Lotto und Lady Jazzica, Schwester von Mumäh' Plip«, las er laut vor. »Ich übermittle Kaiser Sinkbad IV. die Grüße meines Bruders Mumäh' Plip und lade ihn hiermit zu dem Back-Hack ein, dessen Geschichte in die Unsterblichkeit eingehen wird.«

»Seht Ihr, Majestät!« quietschte der Baron. »Er kommt trotz des

Sturms! Er ist komplett verrückt!«

»Vielleicht«, sagte der Kaiser und erhob sich von seinem Thron. »Vielleicht ist er aber auch nur schlau. Der Sturm hält mich hier in Arrakzuck fest. Das weiß er natürlich. Es scheint diesem Mumäh' Plip viel an meiner Anwesenheit während des Back-Hacks zu liegen. Warum? Er muß sicher sein...«

Er kam nicht mehr dazu, seinen Satz zu beenden. Ein plötzliches Röhren erschütterte die Grundfesten des Gebäudes, und unter den Höflingen brach Panik aus. »Es ist nur der Sturm!« rief der Kaiser. Er mußte gegen das Toben des Turbinados anschreien. »Baron, glaubt Ihr immer noch, daß dieser Mumäh' Plip kommen wird? Inmitten solch eines Sturms? Sagt mir, gibt es hier Fenster?«

»Äh, nein, Majestät«, stammelte der Baron. »Meine Entwürfe – ich meine, Jonzun Bois Entwürfe – sahen im Cabaret keine vor. Ich habe mich natürlich mit Händen und Füßen dagegen gewehrt, aber...«

»Erspart mir weitere Lügengeschichten, Baron, und führt mich zu den nächsten Fenstern. Unverzüglich.«

Der Baron riß sich gewaltsam zusammen und befahl einigen Kellnern, ihn und den Kaiser in die Eingangshalle zu geleiten. In aller Eile verließen sie zusammen mit dem Hofstaat das Cabaret.

Dieser Kaiser hat einen Haufen Dreck um sich versammelt: Modegecken, Lakaien, Gammler, Arschkriecher und Penner der schlimmsten Sorte, dachte der Baron neidisch, während sie gemeinsam das Weite suchten. *Manche Menschen haben schon ein unverschämtes Glück.*

Sie erreichten die Halle, einen langgestreckten, gewundenen Raum, dessen Fensterseite von einem gigantischen roten Vorhang verdeckt wurde. »Aufziehen«, kommandierte der Kaiser.

Ein Diener schob die wallende Vorhangmasse zur Seite; dahinter kamen große Panoramascheiben zum Vorschein, die zur Stadt gerichtet waren. Zum ersten Mal in seinem Leben verschlug es dem Kaiser Sinkbad IV. vor Schreck die Sprache.

Unter ihnen, auf einem mehrere Quadratkilometer großen Gebiet, schob sich eine riesige Armee Brezeln vorwärts. Sie wirbelten die Luft zu einem gigantischen Zuckersturm auf, schleuderten Tonnen feinen Staubs in den Himmel, als sie sich durch den harten, dunkelbraunen Zucker in Richtung Stadt pflügten.

Aber das, was den Kaiser am meisten entsetzte, waren die kleinen Punkte auf dem Rücken der riesigen Imbiß-Ungeheuer, die er trotz der Entfernung erkannte: Hunderte, Tausende, wenn nicht Millionen Femen, die mit geschlossenen Schweißanzügen in geordneter Brezel-Formation ritten.

»A-a-aber... das Schild«, stammelte der Baron. »Wie kommen sie hinter das Schild? Es wurde von unseren Spezialmaschinen elektronisch getestet...«

»Es hat nicht gehalten«, schnaubte Flip-Rotha, der neben ihm stand. »Offensichtlich.«

»Verzeiht mir, Baron«, sagte der Kaiser knapp. »Es sieht beinahe so aus, als ob es heute doch noch ein Back-Hack geben würde.« Er wandte sich an den kommandierenden Offizier der Hardehaurhar. »Captain, laßt Eure Leute vor der Eingangstür sammeln. Tut Eure Pflicht – wendet meinetwegen sogar die verschärfte Kleiderordnung an. Es kommt mir niemand ohne Smoking, Frackhemd und Krawatte rein.«

»Aber Eure Majestät... Smoking zum Mittagessen?«

»Laßt Euch etwas einfallen. Aber gewährt um Himmels willen niemandem außer Mumäh' Plip Eintritt. Bringt ihn dann zu mir.«

Von den Stadttoren erschollen brechend-berstende Geräusche. Zwei Hardehaurhar stürmten in die Halle. »Sie sind durchgebrochen!« schrie einer von ihnen. »Majestät, rettet Euch ins Hinterzimmer!«

Der Kaiser warf dem Baron einen wütenden Blick zu. »Ihr seid in dieser Branche für alle Zeiten erledigt, Hackwonnen«, sagte er und eilte dann inmitten seiner Hardehaurhar zum Aufzug, der ihn in die Büros der Geschäftsführung bringen sollte.

Mittlerweile stürmten Tausende terroristisch-fanatischer Rausschmeißer ins Gebäude, um nicht mit den wilden Horden Femen nähere Bekanntschaft machen zu müssen, die ›Stinkbäder's Treff‹ überfluteten. Es kam zu allerlei Geschubse und Gedrängel, als fünf

Millionen ungebetener Besucher ohne Reservierung und Beachtung allgemeingültiger Kleiderregeln den größten und luxuriösesten Bar-Komplex im bekannten Universum heimsuchten.

Auf Bildschirmen der Geschäftsleitung verfolgte der Kaiser mit zusammengekniffenen Lippen die unglaublichsten Szenen, die je eine Bar gesehen hatte. Er wandte sich an die Ehrwürgende Mutter George Cynthia Moharem und machte sie auf eine Gruppe Femen aufmerksam, die auf einem der Bildschirme zu sehen war.

»Was ist in den Einmachgläsern, die sie da mit sich schleppen?« fragte er. »Dieses braune Zeug?«

Sie schüttelte den Kopf und setzte einen sehr ernsten Gesichtsausdruck auf. »Ich habe keine Ahnung, Majestät«, sagte sie. »Die Farbe erinnert mich allerdings an etwas, das in der Natur dieses verdammten Planeten vorkommt.«

»Und was ist das...?«

Sie legte ihr altes Gesicht in angeekelte Falten.

»Erdnüsse«, antwortete sie.

Er war ein Bäcker und ein Rüpel, ein Kunde und Zechpreller, Geisteskranker und Hilfsfeuerwerker, Krieger und Reservespieler. Er war ein höchst respektabler Führer, aber er war auch eine große Enttäuschung. Er war erst zufrieden, als seine Leute frei waren, aber an sich ging es ihm in erster Linie darum, seine Mutter unglücklich zu machen. Er streunte über Arrakkandis, als gehöre ihm der ganze Planet. Was glaubt er eigentlich, zu sein? Wenn er so unbeschreiblich ist, soll er doch seine verdammte Biographie selbst schreiben.

AUS: »KEIN NETTER TYP MEHR:
DIE PRINZESSIN SERUTAN STORY« VON PRINZESSIN SERUTAN

Sie brachten Pall Mumäh' Plip am Nachmittag seines Sieges ins Superstar-Cabaret. Das Back-Hack selbst hatte im *Kaiser-Raum* stattgefunden, dem Restaurant mit der größten Süßspeisenkapazität. Pall hatte dort die Zubereitung zahlreicher Gänge überwacht – Kuchen, Plätzchen, Gebäck – wobei er die Erdnußbutter strategisch geschickt einzusetzen verstand, die sie aus dem Cocktail Mix, dem salzigen Überbleibsel der Brezel, gewonnen hatten.

Die hackwönnischen Bäcker und Köche hatten dem jungen Mann nichts entgegenzusetzen gehabt, dessen Geschmack, Einfallsreichtum und Überraschungsrezepte nicht zuletzt auf die Einflüsterungen seiner Schwester, Nailya der Vollkommen Unheimlichen, zurückzuführen waren. Sie selbst hatte sie im Leib ihrer Mutter erfahren; Rezepte aller vorangegangenen Generationen. Die dramatische Präsentation jeder neuen Kreation wurde argwöhnischst von der Ehrwürgenden Mutter George Cynthia Moharem überwacht, die hinlänglich durch Boni-Makkaroni-Veröffentlichungen, üble Nachreden und Artikel in Zeitungen einer vergangenen Epoche bekannt war.

Während des Back-Hacks hatte die Alte Zeit für ein Gespräch mit Lady Jazzica gefunden. Sie hatte sie strafend angesehen und gesagt: »Du hast Boni-Makkaroni-Rezepte verraten, die jahrhundertelang geheimgehalten wurden, Jazzica. Ich werde dich auf die schwarze Liste setzen lassen.«

»Ich habe nichts verraten«, antwortete Jazzica. »Und ich glaube auch kaum, daß Ihr die Frau anschwärzen werdet, die den Kumquat Haagerdaß zur Welt gebracht hat.«

Die Alte warf ihr einen mißtrauischen Blick zu und zischte: »Du meinst...?«

»Ja.«

Die Hexe stöhnte, als sie plötzlich begriff. »Dann...«

»Genau.«

»Und deshalb...«

»Aller Wahrscheinlichkeit nach.«

»Und...«

»Unweigerlich.«

Es war eine halbe Stunde so weiter gegangen; Andeutungen und Schulterzucken hatten sich mit angerissenen Fragen und abgebrochenen Antworten abgelöst, und schließlich hatte immer mehr die Boni-Makkaroni-Geheimsprache – Zeichensprache, Augenblinzeln, Handzeichen und Fingerzucken – an Bedeutung gewonnen. Am Ende der Diskussion wußte Jazzica eins mit absoluter Gewißheit: Sie hatte keine Ahnung, worum es überhaupt gegangen war.

Aber sie weiß es auch nicht, dachte sie hämisch.

Nun beobachteten sie einander wieder, diesmal über zahlreiche Tische und Stühle hinweg, die in der riesigen Eingangshalle des Cabarets aufgebaut waren. Jazzica bemerkte, wie nah sich die Alte am Kaiser und seinem engsten Gefolge hielt, und fragte sich, wie es der Ehrwürgenden Mutter ergehen würde, wenn Pall die Familiengeschäfte ausweitete.

Und was wird dann aus dem Kaiser? dachte sie.

Sie kam zu dem Schluß, daß Pall Sinkbad vermutlich einen der unverbindlichen Gastgeberposten anbieten würde, wie sie bewährte Sportler oder abgedankte Könige erhielten, die ein paar Solaris nebenbei verdienten, indem sie sich in Small Talk übten und das Selbstbewußtsein neureicher Touristen mit ihrer Anwesenheit stärkten.

Ein schneller Blick auf ihren Sohn verriet nichts dergleichen.

Pall saß auf einem Stuhl auf der Bühne; der Thron des Kaisers war zur Seite geräumt worden. Jazzica und Spilgard saßen neben ihm. Die Lachkommandos der Feydeaukin hielten ein wachsames Auge auf ihre Umgebung.

Nun ist die Zeit reif, das Gleichgewicht der Macht nach den richtigen Gesichtspunkten zu verteilen, dachte Pall. Er starrte in den Raum, der sich langsam zu füllen begann. *Nun muß sich die Bestimmung meines Lebens erfüllen, auf daß sich die Erfüllung meiner geheimsten Hoffnungen und Wünsche für alle Zeiten in dem einzigen wahren und immerwährenden Ziel offenbare: mich reich und berühmt zu machen.*

Pall nickte Spilgard zu. »Laß den Baron vortreten«, sagte er. »Sofort, Mumäh' Plip.«

Er gehorcht mir, als ob ich ein Gott und kein Kamerad sei, dachte

Pall. *Er beginnt zu lernen.*

»So, My Lord Baron«, sagte Pall. »Treffen wir uns doch noch von Angesicht zu Angesicht.«

Der fette Mann zitterte auf seinen Suspensoren, als er auf die Bühne zuschwebte. »Ihr habt gewonnen«, begann er nervös. »Ich habe es gesehen. Es ist entschieden, gar keine Frage. Die gebutterten braunen Schokoladen-Erdnüsse waren superb. Superb!«

»Es freut mich, daß Ihr sie mögt.«

»Mögen? Oh, ich liebe sie! Ich verehre sie! Aber...« Er wurde blaß und begann stärker zu zittern. »Was wollt Ihr jetzt tun? Mit mir, meine ich?«

»Ihr habt meinen Vater ruiniert«, stellte Pall fest. »Ihr habt unseren Besitz beschlagnahmt, uns ins Exil geschickt und damit einem Leben voller Entbehrungen und Ungewißheit ausgesetzt. Ihr zeigtet Euch unfähig, diesen Club zu leiten, zeigtet ordinären Geschmack in Einrichtung und Aufmachung und Mißgeschick in der Werbung. Was meint Ihr, soll ich nun mit Euch machen?«

Der Mann zögerte und sagte dann kläglich: »Mich aus dem Club werfen lassen?«

Pall winkte abfällig und sagte zu den Wachen: »Er ist entlassen. Entfernt ihn aus meinem Sichtfeld.«

»Was?« schrie der Baron und warf wilde Blicke um sich. »Nein! Das könnt Ihr nicht tun! Ich habe Freunde! Ich habe Beziehungen! Ich habe einen Vertrag!«

»Alles Quatsch!« sagte Pall. »Ihr *hattet* einen Vertrag mit dem Kaiser, das ist alles. Durch meinen Sieg ist er null und nichtig geworden.«

Der Baron warf den beiden nahestehenden Gildenmännern einen flehenden Blick zu. Er schwebte auf sie zu und hob in einer melodramatischen Geste die Arme. »Helft mir!« sagte er weinerlich. »Unsere Geschäftsbeziehungen waren doch immer ausgezeichnet! So redet doch – er wird auf Euch hören!«

Der schmale, zäh wirkende Gildenmann erwiderte untätig seinen Blick; die Sonnenbrille verbarg seine Augen hinter ihren dunklen Gläsern. »Ich glaub' kaum, daß wir noch an Leuten Interesse haben, die Bier verdünnen«, bemerkte er kühl.

»Aber das war doch nicht ich!« schrie der Baron. »Das war er!« Er wirbelte herum und deutete auf Pall. »Er und dieser Femen Abschaum! Sie waren es!«

»Tut mir leid, Dickerchen«, sagte der Gildenmann. »Du bist aus dem Rennen.«

»Warum, Ihr...«

In einer einzigen hysterischen Bewegung holte der Baron aus und schlug dem Gildenmann ins Gesicht. Die umstehenden Höflinge stießen erschrocken die Luft aus. Wachen sprangen vor und griffen in die Fettmassen des Barons. Auch sie zuckten überrascht zusammen, als sie dem stoischen Blick des kleinen, hageren Gildenmannes begegneten.

Der Schlag hatte ihm die Sonnenbrille aus dem Gesicht gewischt und die Augen darunter zum Vorschein gebracht. Sie starrten in dem undifferenzierten Rot-in-Rot, dem tiefen unergründlichen Purpur der Bierabhängigen. Ohne Eile bückte sich der Gildenmann, setzte die Brille wieder auf und ließ seinen Blick durch die schwarzen Scheiben über die Versammlung schweifen.

Pall beobachtete den Vorgang ohne Anzeichen äußerer Erregung. *Ich habe es gewußt,* dachte er. *Diese Typen trinken mehr Bier als wir alle zusammen. Die Gilde gehört mir.*

Er signalisierte den Bediensteten, sich um den Baron zu kümmern. »Aus meinen Augen mit ihm.«

Der Baron wandte sich voller Wut um. »Wenn wir uns das nächste Mal sehen, halte ich eine einstweilige Verfügung in den Händen!«

»Na, dann bis zum Gerichtstermin.«

»Einspruch!«

Die Blicke der Anwesenden richteten sich auf den Hintergrund des Raumes. Ein junger Mann bahnte sich einen Weg durch die Menge. »Das also ist dieser Mumäh' Plip mit seiner Zuckerratten-Gang«, stellte er mit klarer, fester Stimme fest. »Niemand anders als unser alter Freund Pall Arthritis.«

»Ah-h-h-h, Flip-Rotha«, murmelte Pall. »Ich habe dich schon erwartet.«

»Korrigiere mich, falls ich irren sollte, Arthritis«, schnarrte Flip-Rotha, »aber ich habe den Eindruck, daß deine Mutter wie ein Straßenwagen ist – fünfundzwanzig Cent bis zur nächsten Ecke.«

Ein bedrohliches Zischen erfüllte den Raum. Pall lächelte und fragte: »Soll das eine Herausforderung sein? Willst du mich zum Geiferpatt fordern?«

»Das will ich«, bestätigte Flip-Rotha. »Ich werde dich in zehn Minuten fertigmachen und den vollen Betrieb wieder aufnehmen.«

Pall erhob sich und schritt auf den Rand der Bühne zu. »Dann komm. Meine Damen und Herren, ich habe die Ehre, Ihnen ein abgetakeltes Talent vorzustellen – Flip-Rotha Hackwonnen.«

Weiß Pall, auf was er sich da einläßt? fragte sich Jazzica voller Sorge. *Dieser Junge ist kein billiger Amateur...!*

Flip-Rotha betrat die Bühne unter donnerndem Applaus. Pall ließ zu, daß sein Stuhl verschoben wurde. Die Bühne wurde vollkommen geräumt; nur Stühle und Musikinstrumente blieben zurück. Flip-Rotha nahm ein Mikrofonstativ und warf es mit einer kräftigen Bewegung zur Seite.

»Ich glaube kaum, daß wir das brauchen«, sagte er. »Mein Geifer wird selbst noch einer taubstummen alten Dame in der hintersten Reihe die Ohren volldröhnen.«

Er ist übermütig, dachte Pall. *Das ist mein Vorteil.*

Flip-Rotha ging auf der rechten Bühnenseite in Geiferstellung, während sich Pall auf der linken Seite postierte. Jazzica bemerkte die Spannung des Publikums. Palls Feydeaukin bewegten sich unruhig. *Sie werden niemals zulassen, daß er durchfällt,* dachte sie. *Sie werden dieses Hackwonnen-Söhnchen niederbrüllen, bevor er einen entscheidenden Treffer landen kann.*

»Komm, Arthritis«, sagte Flip-Rotha grimmig. »Fang du an. Laß mich deine schlimmsten Beleidigungen hören.«

»Nach dir«, antwortete Pall ruhig. »Das ist jetzt mein Club. Gäste haben immer den ersten Schlag.«

Flip-Rothas Augen verengten sich. »Dein Club? Hah! Nun, du verkommenes Femensubjekt...« Er holte tief Atem, rang sich ein Lächeln ab und ließ einen Satz vorschnellen: »Du machst mich...«

Ein Chaos brach aus, als sechs Feydeaukin aus dem Raum rein- und rausrannten, die Türen hinter sich zuwarfen und riefen: »Ho-Ho-Buffo-Min! Ho-Ho-Buffo-Min!«

»Halt!« befahl Pall. »Feydeaukin, aufhören! Es soll alles seinen geregelten Gang gehen.«

»Aber warum, Geliebter?« schrie jemand.

Palls Blick raste über die Menge, bis er die Fragequelle entdeckte.

Loni!

»Mumäh' Plip braucht sich nicht mit so schmierigen Waschlappen einzulassen«, sagte das Mädchen-Mädchen.

»Aber Pall Arthritis kann nicht anders, Schleckermäulchen«, antwortete Pall. »Denk an die Schlagzeile: *Nach Back-Hack auch noch Geiferpatt!*«

»Wir können dieses Insekt in einer Sekunde zerquetschen«, sagte jemand anderes. Pall erkannte die Stimme. Es war Spilgard.

»Ich weiß, Spil«, sagte Pall. »Aber das muß ich selbst erledigen.«

Der Nabe zuckte mit den Schultern. »So sei es«, brummte er.

»Hast du dich mit deinen Frauen und Femenfreunden endlich ausgequatscht, Arthritis?« spöttelte Flip-Rotha. »Oder mußt du noch die Ratschläge der Kellner einholen?«

»Nicht nötig«, antwortete Pall. »Wir können anfangen.«

Die beiden nahmen gegenüber Aufstellung. Es herrschte Grabesstille. Pall musterte das Gesicht seines Gegners – Flip-Rotha schien sich selbst in einen Zustand vernichtender Wut versetzen zu wollen. Zwei endlose Minuten lang brachte er keinen Ton hervor, tänzelte vor und zurück, betrachtete Pall aus seinen kleinen, bösen Augen und begann mit stummer Mundarbeit.

Plötzlich griff er an. »Wenn ich ein Gesicht wie du hätte, würde ich meine...«

Pall schnellte einen Schritt vor.

Jetzt! dachte er.

Mit einer Bewegung, die zu schnell war, um sie mit dem bloßen Auge verfolgen zu können, langte er mit der Rechten in sein Schweißhemd und zerrte seinen Fingerschneider hervor. Ein Drehen des Handgelenks, und die größte Klinge schnellte heraus; wuchtig geschmissen sauste sie auf Flip-Rotha zu. Sie landete in seinem Herzen und blieb stecken.

»... und mich zurückziehen«, brachte Flip-Rotha noch den letzten Satz seines Geiferangriffs heraus, bevor er leblos von der Bühne stürzte.

Die Stille war so dick, daß man sie in dünne Stücke hätte schneiden können.

Pall wandte sich an das fassungslose Publikum. »Und jetzt mögen bitte der Kaiser und sein Ehrenwerter Lügendetektor vortreten.«

Die Menge spaltete sich wie das Rote Meer und ließ den Pahdedbrah Kaiser Sinkbad IV. und die Ehrwürgende Mutter George Cynthia Moharem passieren. Der Kaiser, eine große, schlanke Gestalt im schwarzen Trainingsanzug, schritt stolz und aufrecht auf die Bühne zu. Die Alte in ihrem schwarzen Gewand blieb mit niederträchtigen Bewegungen an seiner Seite.

»Wollt Ihr auch mich töten?« fragte der Kaiser wie ein Quizmaster in der Endrunde.

»Wenn es nötig ist«, antwortete Pall. »Aber ich glaube, Ihr werdet meinen Bedingungen zustimmen und damit eine unerfreuliche Wendung Eures Schicksals vermeiden.«

»Warum sollte ich Euch trauen?« verlangte der Kaiser zu wissen. »Ihr habt Euch nicht nur aufs Geifern beschränkt, sondern den armen Jungen gegen alle Regeln einfach abgestochen. Wie könnt Ihr glauben, daß ich jetzt noch mit Euch Geschäfte mache?«

»Ich bin nicht mehr im Geschäft«, gab Pall bekannt.

»Pall«, keuchte Jazzica. »Weißt du überhaupt, was du da sagst?«

»Allerdings, Mutter.« Pall wandte sich an den Kaiser. »Ich bin nicht mehr im Geschäft«, wiederholte er. »Ich kontrolliere das Ganze.«

»Sehr eindrucksvoll«, bemerkte der Kaiser. »Und wie glaubt Ihr, die Kontrolle aufrechterhalten zu können? Ihr glaubt doch nicht im Ernst, daß Euch die Großen Mächtigen Häuser gestatten werden...«

»Die Großen Mächtigen Häuser werden das tun, was ich von ihnen verlange«, sagte Pall gelassen. »Sie werden alles tun, um ihre Geschäfte nicht zu gefährden.«

»Dann schließen Eure Bedingungen mit ein...«

»Das sind meine Bedingungen«, erklärte Pall. »Die Hand Eurer Tochter, Eure gesamten Anteile an NOAMCHOMSKI als Mitgift einschließlich eines zwölfteiligen Sterling-Silbergedecks unserer Wahl.«

»Sterling? Ihr seid wahrlich wahnsinnig.«

Pall musterte den Kaiser und sagte mit ausgesuchter Vorsicht: »Nun gut. Vergeßt das Silber. Ich werde sowieso zu beschäftigt sein, um daran Freude zu haben. Ich werde sämtliche NOAMCHOMSKI-Gewinne dazu verwenden, um Arrakkandis zu dem zu machen, was es schon immer hätte sein sollen – ein planetenumspannendes Restaurant. Außerdem...«

»Entschuldigt, Mumäh' Plip.« Spilgard trat einen Schritt vor und sagte: »Aber was ist mit der Erfüllung unseres Fleischtraums auf einem neuen Kandis, auf dem wir Femen und unsere Kinder vier Jahrhunderte lang eine halbwegs ausgewogene Mischung aus Verfolgung, Unterdrückung und verfaulten Zähnen hinnehmen mußten?«

»Es wird Fleisch geben, das verspreche ich, Spil«, versicherte Pall. »Aber wir müssen es importieren. Auf den Zuckerfeldern werden nie Kühe grasen.«

»Und unsere Kinder und Kindeskinder...?«

»Sie werden alle in den Restaurants arbeiten«, sagte Pall. Er hob in einer feierlichen Geste die rechte Hand. »Das eine schwöre ich: Sie werden dasselbe wie ihre Chefs essen. Sie können frei unter den Menüs wählen. Natürlich mit Ausnahme lieferungsbedingter Engpässe.«

Er muß vorsichtig sein! dachte Jazzica. *Sonst gibt er noch vor lauter Hochmut und Überheblichkeit seinen ganzen Gewinn ab!*

»Ihr verlangt meine Tochter und NAOMCHOMSKI«, stellte der Kaiser sarkastisch fest, »und ich nehme an, daß ich...«

»Ihr und Euer Hofstaat werdet auf Salacia Simplicissimus Exil finden und Euch dem Befehl von Ojeh, dem korrupten Buchhalter, unterstellen«, sagte Pall. »Ihr selbst werdet eine Gruppe trainierter Arrakkandisscher Hunde kommandieren, denen ihr beibringen werdet, ein Medley aus Popsongs auf gestimmten Fahrradhörnern zu spielen.«

»Gildenmänner!« rief der Kaiser. »Habt ihr diesen Geisteskranken vernommen? Laßt uns gemeinsam die Ordnung im Universum wiederherstellen!«

»Sie werden Euch wohl kaum helfen, Majestät«, sagte Pall. »Denn sie werden bestimmt nicht das Risiko eingehen, daß ich meinen Femen den Befehl gebe, jede Brezel auf diesem Planeten aufzuspüren und zu vernichten.«

Der Kaiser lachte rauh auf. »Damit würdet Ihr uns einen Gefallen tun!« behauptete er. »Schon seit Jahren dränge ich die Hackwonnen, endlich mit den Brezeln aufzuräumen!«

»Es war Euer Glück, daß sie damit keinen Erfolg hatten«, sagte Pall. »Wenn die Brezeln sterben, gibt es kein Bier mehr. Im Laufe eines Jahres würde diese Welt vollkommen austrocknen.« Er deutete auf die beiden Gildenmänner. »Fragt sie. Sie können es bestätigen.«

Der Kaiser wirbelte herum. »Stimmt das?« verlangte er zu wissen.

Der kleine Gildenmann spuckte auf den Boden und sah den Kaiser an. »Ja.«

Der Kaiser wandte sich wieder an Pall. »Und wenn ich mich weigere? Wenn ich die Rache des Kramden schwöre und meine gesamten Hardehaurhar auf Euch hetze?«

»Dann werde ich Euch töten.«

Der Kaiser erbleichte und taumelte zurück. »Töten?« fragte er langsam. »Aber das ist ungesetzlich...«

»Für andere schon«, bestätigte Pall. »Aber nicht für jemanden wie mich, der an höhere Gesetze gebunden ist. Verlaßt Euch darauf, Majestät. Ich werde Euch töten.«

Pall wandte sich mit erhobener Stimme an das Publikum. »Genauso wie ich jeden anderen umbringen werde, der sich mir in den Weg stellt. Ich brauche nie wieder auf jemanden zu hören. Denn ich bin der Kumquat Haagerdaß, und was ich sage, gilt.«

»Schön gesprochen«, versicherte der Kaiser. Seine Stimme zitterte. »Doch auf was für eine Macht stützt Ihr Euch?«

»Zum einen auf die Boni Makkaroni«, sagte Pall. »Sie werden mich unterstützen, weil ich ihnen etwas geben kann, was Ihr nicht könnt.« Er warf einen Blick auf die Ehrwürgende Mutter und flüsterte: »Neue Zutaten.«

Die Augen der Alten verengten sich. »Nenne mir zwei«, krächzte sie.

»Die Erdnußbutter, die Ihr heute probiertet«, antwortete Pall. »Und etwas noch viel Wertvolleres – Bierlikör.«

»Dann ist es also wahr!« keuchte sie. »Die Gerüchte...«

»... beruhen vollständig auf Wahrheit«, sagte Pall. »Der Likör ist perfekt. Ihr werdet in ungefähr einer Woche die ersten Probefläschchen erhalten – zusammen mit Rabattmarken.«

»Pall«, sagte jemand. Alle Augen richteten sich auf Lady Jazzica. »Verteilst du Proben von etwas, das noch nicht einmal einen Namen hat?«

»Es hat einen Namen, Mutter«, antwortete Pall. »Ein Name, auf den ich heute nacht im Reliquienraum kam.« Er legte eine dramatische Pause ein und sagte dann: »Schluckbräu.«

»Genug!« schnarrte der Kaiser. »Ihr mögt vielleicht eine Kochschule voller Frauen auf Eure Seite ziehen, Arthritis. Aber glaubt Ihr wirklich, mich und die vereinigten Großen Mächtigen Häuser mit Erdnußbutter und süßen Likören schlagen zu können?«

Pall lächelte. »Um damit fertig zu werden, verlasse ich mich auf eine ungebrochene Kraft im Universum«, sagte er. »Auf mein Volk.«

Er sah am Kaiser vorbei auf die fünf Millionen Femenkrieger. »Femen! Werdet ihr dem Wort von Mumäh' Plip ohne Einschränkung gehorchen? Sind nicht seine Feinde auch die Euren? Ist nicht er der Boß der Bosse?«

Die Femen heulten vor Begeisterung auf. Nur einer hielt sich zurück – Spilgard, der fürchtete, daß die alte demokratische Ordnung der Stämme damit ihr Ende finden könnte.

Pall wandte sich wieder an den Kaiser. »Sie sind meine Muskeln, meine Sehnen, meine Torpedos und meine Soldaten. Keine Macht des Universums vermag ihnen standzuhalten. Und ich werde sie hinausschicken in die Weite des Alls, um die Zivilisation selbst zu reinigen. Ich bin der Kumquat Haagerdaß. Mehr braucht Ihr nicht zu wissen. Nennt mich einfach bei diesem Namen.«

Pall winkte einer Wache und deutete auf den Kaiser. »Bringt den Kaiser und diese Boni-Makkaroni-Hexe weg.«

Jazzica trat zu Pall und sah ihm tief in die Augen. »Mein Sohn«, sagte sie vorsichtig. »Es gab eine Zeit, als ich an der Weisheit deiner Schritte zweifelte. Ich glaubte, in dir die Ungestümheit der Jugend zu erkennen und verfluchte den Impuls, der mich zu deiner Geburt veranlaßt hat. Doch heute hat sich meine Meinung von Grund auf geändert. Es gibt tatsächlich Wichtigeres als Familiengeschäfte – zum Beispiel die Herrschaft über das Universum. Du bist das höchstentwickeltste Produkt unserer Rasse, und deine Herrschaft wird tausend Jahre währen. Es ist das endgültige Ergebnis deiner Ausbildung.«

»Danke, Mutter«, sagte Pall. »Und was dich selbst angeht: Was hättest du denn gern?«

»Ich?« Jazzica dachte kurz nach und lächelte dann. »Nun, ich weiß nicht. Ein paar Planeten. Eine Armee Sklaven. Vielleicht ein neues Appartment. Ich brauche Zeit, um mir darüber klarzuwerden.«

»Du wirst diese Zeit haben. Und ich – werde diese Frau haben.« Pall deutete auf eine große, blonde Frau, die am Rande des kaiserlichen Gefolges stand.

Sie trat mit hoch erhobenem Haupt einen Schritt vor. Ihr Vater, der Kaiser, hielt sie mit ausgestreckter Hand zurück.

»Willst du das, Tochter?« fragte er.

»Ja, Vater«, sagte sie einfach. »Dafür bin ich schließlich ausgebildet worden. Meine Karriereaussichten sind mehr als düster, wenn ich diesen Antrag nicht annehme. Ich kann mir nicht vorstellen, mit einer Narrenkappe auf dem Kopf bei einer zweitklassigen Hundenummer zu assistieren. Da werde ich schon lieber die Frau des Herrschers des Universums.« Sie sah in schüchternem Gehorsam zu Boden und sagte voller Bescheidenheit und Respekt: »Ich habe meine Entscheidung getroffen.«

Pall bahnte sich einen Weg durch die Menge, bis er die lippenzitternde Loni fand. »Keine Sorge, Geliebte«, sagte er zu ihr. »Ich mag auch dich.«

Dann hob Pall Mumäh' Plip die Hände und proklamierte: »Kommt, Femen! Im Universum wimmelt es vor Dekadenz und Korruption! Es ist der Tag gekommen, an dem wir mit der Bösen Schwarzen Kraft Satans auf jedem Planeten des Imperiums aufräumen werden! Werdet ihr mir in einem heiligen Kreuzzug folgen, der den Verfluchten in meinem Namen das Rückgrat brechen soll?«

In dem Cabaret erhob sich ein Gebrüll, wie es das Universum noch nie gehört hatte. Es war ein einziger Laut aus fünf Millionen Femenkehlen, die sich zu einem gewaltigen Schrei vereinten: »Aw-w-w-w re-e-e-e-t!«

Als die Femen aus dem Raum stürmten und ›Stinkbäder's Treff‹ überfluteten, brach das vollkommene Chaos aus. Sie trugen den Einen, den sie Mumäh' Plip nannten, auf ihren Schultern und feierten so ihren kulinarischen und politisch-religiösen Erfolg.

Trotz des Durcheinanders fand Jazzica zu Loni. Das Mädchen-Mädchen war durch den Glanz von Mumäh' Plips plötzlicher Machtergreifung ganz geblendet – und gleichermaßen besorgt und traurig über die Wahl seiner Ehefrau.

»Keine Sorge, Loni«, sagte Jazzica. »Er wird dich nicht vergessen. Die Heirat ist rein politisch. Er hat die Tochter Serutan gewählt, weil sie große literarische Ambitionen hat.«

»Ihr Ehemann wird Herrscher des Universums sein«, erwiderte Loni. »Sie wird keine Schwierigkeiten haben, einen Verleger zu finden.«

»Möglich. Aber sie wird nur dem Namen nach seine Frau sein.«

»Ich weiß, Ehrwürgende Mutter«, sagte Loni. »Aber welch ein Zustand. Sie, als die legale Frau, wird nicht in den Genuß seiner Liebkosungen und zärtlichen Blicke kommen – oder jedenfalls fast nie. Doch ich, die Konkubine – die Geschichte wird mich seine Frau nennen.«

»Die Geschichte kann dich nennen, wie sie will«, sagte Jazzica. »Solange sie dich nicht verfressen nennt.«

Loni sah ihr in die Augen. »Das verstehe ich nicht, Ehrwürgende Mutter.«

Jazzica seufzte und dachte. *Auch sie hat noch eine ganze Menge zu lernen.*

»Eines Tages wirst du es, mein Liebling«, sagte sie. »Eines Tages.«

ÜSTE PLANET · DER WÜSTE PLANET · DER WÜSTE PLANET · DER WÜSTE PLANE

DER WÜSTE PLANET · DER WÜSTE PLANET · DER WÜSTE PLANET · DER WÜSTE

ANHANG

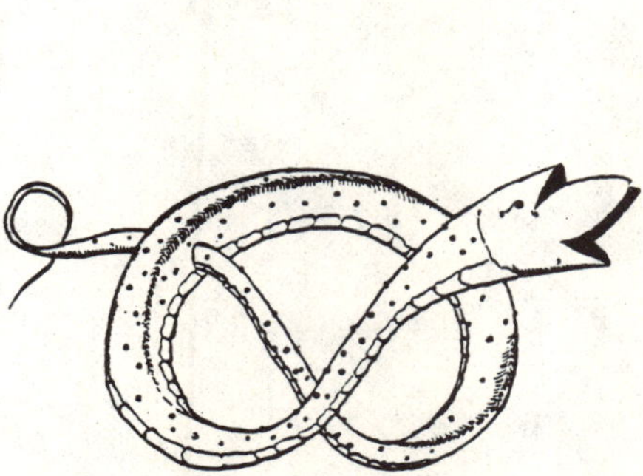

Imperiale Ausdrücke

Will man die Geschichte des Imperiums und Arrakkandis' begreifen, kommt man nicht darum herum, sich mit einigen speziellen Ausdrücken zu beschäftigen. Dem eifrig Studierenden sei hiermit die Möglichkeit geboten, sich durch einfaches Lesen in die Materie einzuarbeiten.

A

AAA-BBB-CCC: Höhnischer, sarkastischer Teenager-Ausdruck für »Na, sieh mal einer an« oder »Ich glaub', mein Hamster bohnert.«

AARGH: Felsige, unebene und unerfreuliche Landschaft.

ABDUL-JABBAR: »Der hochhändige, langbeinige Feind.« Boni-Makkaroni benutzen ihn als Kinderschreck. Auch als »Witwenmacher« bekannt.

ABGEFÜLLT: Zustand religiöser Berauschung: betrunken.

ADIRN: In der Femensprache ein junges Mädchen. Das ist alles. Alles andere wäre Verleumdung.

ADEP: In der Femensprache ein junger Mann, der schon alles weiß und doch noch viel zu lernen hat.

AMWAY GESETZ: In der Gesellschaft der Femen das Recht zur Herausforderung eines Gegners, der entweder selbst Genugtuung geben muß oder sein Recht an eine ihm nahestehende Gruppe von Verwandten, Freunden oder Nachbarn veräußern kann. Ein gewisser prozentualer Gewinnanteil – falls ein solcher vorhanden – verbleibt selbstverständlich beim Herausgeforderten.

ANTARES TELEPORT UND TELEPATH: Gigantischer Medienkonzern, bekannt für die eigenwillige Architektur seines Stammsitzes (Architekt: Jonzun Bois).

ARRAKKANDIS: Der wüste Planet, auch Kandis genannt

(zeitweilig als ›Stinkbäder's Treff‹ bekannt); dritter Planet der Sonne Canopeas.

AUASEIL: Zähe Faser aus den Pfui-Bah-Kletterpflanzen, mit dem Helden, seltener Bösewichte, gefesselt und geknebelt werden.

AUGE DES DURCHBLICKS: Die rot in roten Augen der Biertrinker. Charakteristikum der Femen, aber auch unter Out-Freunden und Mitgliedern der Schlepper-Gilde beobachtet.

AWW-REEET: Triumphierender Schrei der Femen; das »Reeet« läßt sich beliebig in die Länge ziehen.

B

BELLA-BELLA: Sechster Planet von Kuhsong. Bekannt für seine fremdsprachenmächtigen Katzen.

BIER (auch Schaum, Gesöff, braune Brühe etc. genannt): Das Nuß/Hefegetränk der Großen Weißen Weiten von Arrakkandis, das durch Imbiß-Katalysatoren und Tiefzucker-Gärung zerkleinerter Brezeln entsteht.

BIERBÄUERCHEN: Plötzliches Aufstoßen, Hauptrichtung Magen/Mund, nach dem Genuß von Bier.

BIEREXPLOSION: Gewaltige Explosion, die auftritt, wenn unterirdische Brühe reif wird.

BIER-FÄSSCHEN: Tümpel voll reifen Biers, die man nach einer »Bierexplosion« findet.

BIERKRUG: Krugähnlicher Behälter zum Trinken von bierähnlichem Getränk.

BIERPESER: Großes Gefährt, das auf Arrakkandis zur Bierernte verwandt wird.

BIERPAPIER: Papier, das die Femen aus Bier herstellen – niemand weiß, wie.

BLECHNAPF: Femengerät der Sicherheitsstufe Eins, um Haferschleim und andere appetitliche, sogenannte Nahrungsmittel sicherzustellen. »Wer einmal aus dem Blechnapf ißt«, lautet ein geflügeltes Femenwort, »wird das sein Lebtag nicht vergessen.«

BONGO OBLATEN: Kommen in besonderen rhythmischen Gegenden auf Arrakkandis vor, in der die Zuckerkristalle unter so großen Spannungen leiden, daß sie sich mit »Bop! Boppa-dop-dop«-Geräuschen Linderung zu verschaffen suchen.

BONI MAKKARONI: Quasi-religiöse Kochschule, die nach der Niederwerfung der Gefriertechnik im Laufe der Industriellen Revolution gegründet wurde.

BRANIF: Eine Frau, die nach dem Verschwinden ihres Mannes einem anderen zugesprochen wird.

BREZEL: Das riesige Imbiß-Ungeheuer von Arrakkandis.

BRÜHE: Mischung aus Wasser, Hefe und gesalzenen Erdnüssen, die man auch als »Vor-Bier«-Flüssigkeit bezeichnet.

BUFFO: »Amen« der Femen; Bedeutung etwa: Gott sei Dank, jetzt haben wir es hinter uns.

BUMSER: Gerät der Femen, um Brezeln anzulocken. Besteht aus einer Sprengladung »Peng«, die Zucker in Würfel preßt und dadurch ein Signal durch den geschockten Boden drückt.

C

CALLTRANSPO: Öffentliches Kommunikationsmittel der Eingeborenen von Arrakkandis, auch Calltrans genannt.

COCKTAIL MIX: Salziger Brezelextrakt, der als Grundlage religiöser, trance-ritueller Festivitäten der Femen dient.

COSMOPOLITAN: Eins der führenden Magnetazine des Imperiums (siehe Magnetazin). Spezialisiert auf Artikel, in denen die Frau von dreißig (Standardjahr) ermutigt wird, vorzugeben, sie sei achtzehn.

COWBOY-DAN: Kindheitssitz von Pall Mumäh' Plip; dritter Planet der Sonne Deltoid-Pectoris.

D

DOOTCH: Ortschaft der Femen. Der eigentliche Ortsname wird an »Dootch« angehängt.

DOOTCH CITY: Femenstadt der qualmenden Socken.

DORK: Langes, enges Tal, das gewöhnlich von recht reizlosen Leuten bewohnt wird, die fast alle zu kurze Hosen tragen.

E

ECK: Eine eckige Ebene oder eine ebene Ecke.

EHRWÜRGENDE MUTTER: Eine heilige Frau. Ursprünglich eine Lehrerin der Boni-Makkaroni-Schule, der Ursprung des Titels liegt im Dunkel; die wahrscheinlichste Hypothese behauptet, daß in den Anfängen des Ordens zu Ehren der ältesten, besten Köchinnen, die von diesen bereiteten Speisen von den Bewirteten noch einmal hochgewürgt wurden.

EMMENTÄLER: Der Käse, der nie enden wird. (Oder nie verenden wird, die Frage der ursprünglichen Bedeutung ist noch nicht geklärt.) Ein unsterbliches Käseprodukt der Alten Erde, von dem noch einige Exemplare in Originalverpackung erhalten sind.

ENGELBERTHUMPERDINCK: Beweis oder Indiz für eine sehr merkwürdige Sache. Ursprung unbekannt, und falls doch, dann sehr unwahrscheinlich.

ENZYKLOPEDOPHILIA PROPHYLAKTICA: Allumfassendes Buch der Weisheit und des Wissens unter besonderer Berücksichtigung ausgefallener Kochrezepte.

ERDNUSSBUTTER: Die pastenähnliche Masse aus zerdrücktem Cocktail Mix und Nußöl, die Mumäh' Plip erfand. Siehe auch Cocktail Mix.

ERG: Eine mittelgroße bis große Ebene; auch: eine Energieeinheit. Desgleichen eine Energieeinheit auf einer mittelgroßen bis großen Ebene.

EYELINER: Größtes Gildenschiff, nach Imperiumsgesetz das größte Gebilde, das von Menschen erbaut werden darf! Zieht schmutzige Spuren im Universum.

F

FEMEN: Die Einheimischen von Arrakkandis, die angeblich von den Nancyee Druze Leuten von Ad Astra Diaspora abstammen sollen.

FERNGLOTZER: Gerät der Femen; ursprünglich ein optischtechnisches Gerät.

FEYDEAUKIN: Lachkommandos der Femen, die den Kommodienstil bis zur Perfektion getrieben haben, um den Mahdl-T zu schützen oder vor Lachen zu sterben. Ihre ursprüngliche Taktik besteht darin, dauernd rein- und rauszulaufen, jedesmal die Türen hinter sich zuzuknallen und damit ihren Gegner zu verwirren.

FILTERZIG: Ein Überlebenswerkzeug der Femen, bestehend aus einer Zigarette mit einem Filter an einem Ende (seltener an zwei Enden, dann auch Filterzigzig genannt).

FINGERSCHNEIDER: Ein Waffenwerkzeug der Femen. Außer einigen Schneiden hat es einige sehr nützliche kleine Werkzeuge wie Flaschenöffner, Dietrich etc. (siehe auch Kirchenschlüssel).

FLOTZ: Ein Lied oder eine Ballade.

G

GEIFERPATT: Kampf gegen Beleidigungen, wüste Beschimpfungen und Schmeicheleien.

GETTY PREMIUM: Der Planet von Ofiorucci B(36), Heimatwelt von Haus Hackwonnen.

GRAPSCHER: Großer Transporter; jedoch auch mißverständlicherweise Kleiner Transporter, etwas, was man für gewöhnlich unter dem Sitz eines Orthodontothopters verstaut. (Auf nähere Einzelheiten wird hier besser nicht eingegangen.)

GROSSE MÄCHTIGE HÄUSER: Halter der Stammvermögen der wichtigsten (adligen) Familien (für gewöhnlich durch Blutsverwandtschaft vererbt) sowie die Stammsitze selbst.

H

HAFERSCHLEIM: Auch als Grütze erhältlich. Nahr- und schmackhafte Substanz (behaupten Femen) von gummiähnlicher Konsistenz, die in der Wildnis verzehrt wird, wenn sich nichts anderes mehr auftreiben läßt. Siehe auch Blechnapf.

HEIA-PEIA: Eine Mischung verschiedenster Wallfahrten und heiliger Reisen aus nicht offensichtlichen oder seltsam anmutenden Gründen.

HALB-FRAU: Eine Frau, die jemand nach einem Geiferpatt erbt.

HALTS-MAUL: »Schrecklich!« oder »Toll!« Kann in einer Nebenbedeutung auch heißen: »Bitte sei so lieb, und halt endlich den Mund!«

HARDEHAURHAR: Kaiserliche Rausschmeißertruppe mit extrem terroristisch-fanatischen Zügen.

HEGEL QUARZ: Superreiner Kristallfelsen gemustert mit winzigen Einschlüssen selbsttranszendierenden dialektischen Materials.

HOBO: Vierter Planet des Sonnensystems Gamma Gimmi; bekannt für seinen hohen Prozentsatz an Obdachlosen und Streunern.

HOKI-POKI: Ein tanzähnliches Ritual, dargebracht als Tanz oder aus rituellen Gründen.

HYPER-ERINNYE: Der weibliche Vorstand einer Boni-Makaroni-Schule. Etwaige Rachegelüste betreffender Person werden auf das energischste dementiert.

I

INDUSTRIELLE REVOLUTION: Universumsweite Revolution von 201 v. I. (vor Imperium) bis 108 v. I., in deren Verlauf sich die Menschheit von dem Fluch der Industrialisierung und Technik, insbesondere der Kühl- und Gefrierschränke, befreite.

J

JACK-THE-RIPPER-SAC-FLY: Eigentümliches Gerät der Femen, das auf den Zuckerfeldern verwandt wird. Keiner weiß so recht, wozu.

JOG-HURT: Boni-Makaroni-Technik der Körperbeherrschung. Schlachtruf: »Yah-bahdah Bah Do«.

JOG-HURTA: Boni-Makaroni-Technik der Seelenkontrolle. Abrufbar durch den Satz: »Eine Sache ist erst dann vorbei, wenn sie vorbei ist.«

K

KAUBÄCKCHEN: Vergifteter Kautabak sowie ein Giftmord mit vergiftetem Kautabak.

KEINER-SPIELT-MIT-MIR: Das harte Klassensystem des Imperiums.

KIRCHENSCHLÜSSEL: Ein nützliches Utensil der Femen, um Bierdosen zu öffnen. Normalerweise Bestandteil eines Fingerschneiders.

KLAUSKINSKI: Skeptische Haltung gegenüber einem religiös formulierten Gerücht.

KLEINES MONSTER: Auch »Baby Monster«. Die zweite Wachstumsphase der gigantischen Brezeln.

KOCH-STIMME: Eine Boni-Makaroni-Technik, um ungebetene Eindringlinge aus der Küche zu vertreiben. Der hohe, schrille Ton kann Menschen zum Wahnsinn bringen.

KOOLL-JUH-BAH!: »Jetzt schlägt's aber dreizehn!« Ursprüngliche Bedeutung: »Ihr glaubt wohl alle, ich sei bescheuert!«

KRAMDEN: Form der Blutrache, die unter zwei Häusern oder zwei Menschen ausgetragen wird, die von Rechts wegen befreundet sein müßten.

KREZNUM: Bratensoße.

KUMQUAT HAAGERDASZ: Derjenige, dessen fruchtähnliche Seele zu sanfter Konsistenz gestimmt ist. Eine Boni-Makkaroni-Prophezeiung wird deutlicher: »Derjenige, der das verloren gegangene Rezept wiederfinden wird.« Sonst weiß man nichts über ihn, außer daß es ein toller Bursche sein muß. Vielleicht ein Koch, der dreidimensionales Kochen mit übereinandergestapelten Töpfen vollbringen kann, vielleicht auch nicht.

L

LASERIUM AL-DILAH': »Das helle Licht italienischer Liebeslieder.« Laut Femen-Sagen der Erlöser aus einer anderen Welt. Siehe auch Mahdl-T.

LA-ZER-BOY BEAM: Ein Kraftfeld, das den Körper entspannt halten soll, während die Füße brav marschieren müssen.

LENNONJON: Ein wasserdichter Sack für Flüssigkeitstransporte.

LINK-WINK: Ein Überlebensgerät der Femen auf dem Prinzip einer Gitarre aus den frühen Sechzigern.

LYFAH-RYLI: »Ah, sieh mal einer an, es hat sich erfüllt.« Meist in bezug auf eine Legende oder Prophezeiung.

M

MAGNETAZIN: Periodisch erscheinendes Magazin auf Magnetband im Comicstil.

MAHDL-T: Laut Femen-Sagen »derjenige, der uns ins Paradies und wieder zurückführt«.

MAHI-NAHI: Laut Femen-Sagen der Tag, an dem der Erlöser erscheint.

MAHN F'RETI: Die Versuche der Femen, Fleisch zu produzieren; hauptsächlich aus Sojabohnen. Die Resultate sind durch die Bank geschmacklos und ungenießbar.

MAKOKAKOLA: Sagenumwittertes Getränk, das auf rätselhafte Weise mit betrügerischem Konkurs in Zusammenhang steht.

MANNHAU: Ratgeber für Könige oder andere Mächtige. Mannhaus bemühen sich im Sinne ihrer Pflichten, nur keinen Streit zu vermeiden, versuchen dabei aber, nicht direkt in Auseinandersetzungen hineingezogen zu werden.

MILANOS-2: Zweiter Planet von Milanos; bekannt für seine ausgezeichneten Schuhe und modischen Möbel.

MISSIONARI PHONIBALCONI: Der weitreichende Arm der Boni Makkaroni, um Legenden und besondere Nahrungsmittel im Universum zu verstreuen.

MITARBEITER AUSGEZEICHNETER DIENSTHERREN: Die Buchhaltergilde M. A. D., die vom Kaiser trotz höchst seltsamer Affären und Vorgänge lizenziert wurde.

MIZOUR-RI: Breiter Fluß in den Sagen der Femen.

N

NABE: Ein Führer der Femen. Ursprünglich Wirt eines kleinen Lokals.

NIX IX FIX HIX: Ein Ausdruck der Resignation, mit der man die Unabwendbarkeit des Schicksals feststellt. Sinngemäß: »Jetzt bist du wohl baff, was?«

NOAMCHOMSKI: Industriekombinat, »Neutrale Organisation Aller Machthungrigen Cleveren Häuser Ohne Meckerer, Stänkerer, Krämerseelen und Idealisten«, geleitet von den Großen Häusern und Ihrer Majestät dem Kaiser.

NUGGET: Erste Wachstumsphase der gigantischen Brezeln.

NOUVELLE ALDEBARAN: Populärer Kochstil zur Zeit Mumäh' Plips. Bekanntgeworden durch kleine Portionen, die Verwendung von Biogemüse und magensäurefördernden Ingredienzien sowie – last but not least – unverschämte Preise. Besondere Aufmerksamkeit verdienen die Vorspeisen Hummergrütze in Schwitzwassersud und gegrillte Babyzucchini mit Ananasschaum. Sie sind schlechtweg ungenießbar.

O

ORTHODONTOTHOPTER: Umgangssprachlich THOPTER. Geflügeltes fliegendes Etwas mit allerlei Schnickschnack und Komfort. Preis richtet sich nach Markenzeichen (Stern oder nicht Stern, das ist hier die Frage).

OUT-FREUND: Kürzel für einen Fremden, der nicht von Arrakkandis stammt. Ursprünglich: »Es ist out, Freund.« Das englische Wort »out« wird in diesem Fall benutzt, um sich auch sprachschwerfälligen Out-Freunden gegenüber verständlich zu machen (glauben die Femen).

P

PAHDEDBRAH WERBEFERNSEHEN: Das offizielle kaiserliche Fernsehen, bekannt für seine Dokumentarreihen über exotische Völker, seinen vergnüglichen Unterrichtssendungen und endlosen Wiederholungen altenglischer Kostümdramen.

PISTENTRAMPLER: Teures Schuhwerk, das sich normalerweise nur Blaublütige leisten können.

PLIP: Die traditionelle purpurne Serviette der Femen, die ihr Exil von einem Paradies symbolisieren soll, in dem man Hauptmahlzeiten zu essen bekam. Von ihr leitet sich Mumäh' Plips Name ab, mumäh' für das spezielle Purpur, Plip für die Serviette: das purpurne Lätzchen.

R

RAMTAMTAM: Althergebrachtes Femengerät zur Verständigung über kurze Entfernungen.

RANCHO JURIS GRANDE: Talkshow der Großen Mächtigen Häuser, in der peinliche Fragen gestellt werden, die zu einstweiligen Verfügungen führen können.

ROSA BAUERNBIBEL: Archaischer Text einschließlich des Guten Alten Testaments, des Verbesserten Neuen Testaments und den Neuen Knigge.

RAZZMATAZZIA: Nach starkem Biergenuß in religiösem Übermut unternommener Versuch, das Universum (oder etwas Ähnliches) zu erobern.

RICKENBACKER: Zwölfseitige gitarrenähnliche Gitarre.

RINGELREIN KLAMMLEDER: Modische Lederkleidung aus dem gegerbten Fell der klammen Ringelreiner.

S

SALZBROCKEN: Die riesigen Salzklumpen auf dem Rücken der Brezeln, über ihre chemische Zusammensetzung wird noch gestritten – eignen sie sich nun als Grundsubstanz für Streusalz oder nicht?

SALACIA SIMPLICISSIMUS: Dritter Planet von Beta-Fischook, dem offiziellen Gefängnisplaneten des Imperiums.

SCHAUMFALL: Das, was von einem frisch gefüllten Bierkrug herabrinnt, bzw. die Mundwinkel einer biertrinkenden Person entlangsabbert.

SUSPENSOR: Eine Verbesserung des Holzgenerators, mit dem Ziel, Fettpölsterchen anzuheben, ohne sie zu zerquetschen.

SCHMAI-GUNUG: Die riesige Brezel von Arrakkandis. Ausgewachsene Exemplare werden auch die »Absoluten Wahnsinnshämmer« genannt.

SCHNACK: Eine Segnung, eine Wohltat. (Die Erwähnung ist hier vollkommen willkürlich.) Ursprünglich hanseatisch »schnakken«, soviel wie quasseln oder labern.

SCHWEISSANZUG: Kleidungsstück der Femen auf Arrakkandis; es soll die Gewichtsabnahme optimiert werden, um so viel Süßigkeiten und Bier in sich hineinstopfen zu können wie möglich.

SCHWEISSZELT: Ein portabler Schutz der Femen nach dem berühmten Sandwich-Prinzip. Die Erhöhung der Schweißabsonderung bewirkt eine proportionale Erhöhung der Aufnahmefähigkeit von Bier, Nahrungsmitteln etc.

SCHILD: Ein dünne Tierhaut, die die Hauptstadt von Arrakkandis umspannt, um maximale Hygiene bei gleichzeitiger Bewegungsfreiheit zu garantieren.

SCHNORCHELSTÖPSEL: Femengerät zur Erleichterung des Atemholens in Zuckerstürmen.

SHANANA oder SHANA-NE-NE: Ein ganz bestimmter Erbe. Literarischer Bezug: »Der König? Nein, nein!«

SKROBBNIG: Der verdorrte Stamm eines Jorj-Busches. Wenn man mit diesem Wort beschimpft wird, sollte man zurecht beleidigt sein. (Siehe auch Geiferpatt).

SUFF-FEST: Gemütliches Beisammensein der Femen bei ein oder zwei Glas Bier.

T

TABLETT DE NOTIZ: Papptablett der Femen, um kleine Erfrischungen zu reichen oder Nachrichten zu notieren.

TALMUD TE CHING: Der archaische heilige Text der Jiu-Jitsus für Jesus und der Judo-Christlich Liberalen Tradition.

TOLLKIRSCHE: Auch »Tolle Kirsche«. Vergiftete Frucht von ca. einem Zentimeter Durchmesser, Farbe rot. Nicht zu verwechseln mit Tollerdbeeren.

TROCKENKEKS: Ein staubhaltiges, erstickendes Nahrungsmittel, das einem schon nach dem ersten Bissen auf den Keks geht.

TORAH'RA BUMM DI-'EY: Heilige Schrift der Hebrew National Salaami Leute.

TURBINADO: Ein Zucker-Wirbelsturm auf Arrakkandis.

U

UPDIKE CENTAURI: Ein Stern, der für seine schöne, sanft strahlende Oberfläche bekannt ist.

V

VERRIFAX-SITZMODUL: Der letzte Schrei der Möbel-Designer: Vorsicht, Kurzschlußgefahr!

VOLKSEMPFÄNGER: Ein Volk oder eine Nation; besonders gemeint: lese-, schreib- und fernsehkundiges Volk.

W

WALLA-HALLA: Eine wallende Hügelkette, möglicherweise älter als jede andere geografische Formation, dafür aber gut erhalten.

WALLACH-ELI: Sechster Planet von Tempo Terrance, bekannt für seine Blasiertheit. Heimatwelt der Boni Makkaroni.

WALLY: Ein kleiner, dummer Femenjunge.

WESTERNGLOBUS: Lichtquelle ohne Wackelkontakt, die ihre Umgebung in das sanfte Licht taucht, aus dem Träume sind.

WOHLWOLLENDES INTERPLANETARISCHES REISEBÜRO: Organisiert Reisen durch das Universum. Die Mitarbeiter sind durch ihr ausschweifendes Leben und durch Funk und Fernsehen bekannt.

Z

ZICKZACKPAPIER: Papier aus dem Fruchtfleisch der Tulgypflanze, bekannt für die Klebrigkeit seiner Oberfläche. Streift man es an der einen Seite von der Hand ab, »Zick«, hat man es auf der anderen wieder dran, »Zack«.

ZUCKERGEIER: Vogel von Arrakkandis. Kosename der Femen: »Der süße Vogel der Jugend.«